U0082950

沉月之鑰

水泉——著
竹官——繪

愛藏版・第一部・卷四

Content

〈少帝〉

〈西城〉

少帝

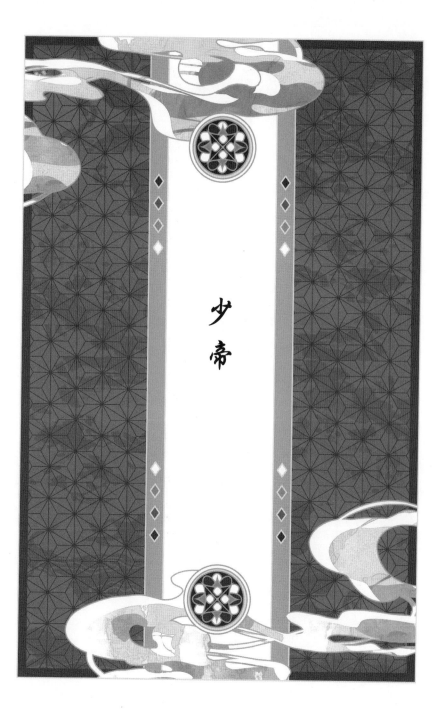

范統的事前記述

戰場上應有的熱血沸騰，戰場上應有的激昂情緒，東方城的士兵此刻都具備了。

我到現在還是處在無法接受發生了什麼事情的狀態中，換句話說，就是在逃避現實。

啊啊，我覺得還是該繼續我的徵婚大業，就算是落月的女孩子也沒有關係，只要願意誠心相處，敝人都十分歡迎，請跟我締結良緣吧，現在都還不遲啊！

不，我還是應該冷靜下來，找回我的理智。落月的女孩子怎麼可以啊！我們之間已經沒有緣分了，開什麼玩笑，剛才珞侍才被那個混帳落月少帝在軍前處決啊！雖然因為發生得太突然，我整個眼前一黑有點拒絕接受，可是這都是真的啊！

事情怎麼會變成這個樣子……雖然音侍大人把人搶回來了，但還有救嗎？那麼多道光從他身體貫穿過去，根本、根本沒有什麼活下來的可能吧！人的身體裡流出那麼多血來，怎麼可能沒死，而且音侍大人怎麼又把人抱走了？女王在這裡呀，帶走了怎麼復活？

珞侍，求你完好無缺地出現，然後跟我們說其實你是新生居民，死了還可以重生吧？

事到如今，就算你的死激起了大家的憤慨，因而打了勝仗，那也沒有意義啊！

如果把落月的人殺個片甲不留你就會活著回來，那我就……叫月退去殺！硃砂雖然在前陣，可是他應該沒有把落月的人殺光光的能力，雖然我也不太肯定月退有沒有這樣的實力，不過我想應該有幾分可能吧？

掙扎了半天，我還是無法接受這個事實啊！

其實等一下我就會驚醒，然後發現一切不過是一場夢了吧？

我還可以去找珞侍說說這個恐怖的夢，然後被他罵觸霉頭，一切都像以前那樣，對吧？

啊啊啊啊！這種焦躁痛苦的感覺是怎麼回事！

是因為我其實很清楚這不是夢嗎？

可惡，珞侍再怎麼說也是王子，女王還是會救他的吧？會救他吧？

這種時候誰還有心情在後方觀戰啊——快點結束回去，讓我們知道一下珞侍的狀況啊！

✣ 章之一　昔日的名字

『死亡，其實不會是一個重新開始。』——月退

東方城與西方城的戰事，在談判破裂之後，隨即以無可攔阻之勢展開。

雙方前陣的士兵，在一陣衝鋒之後正面交戰，一片廝殺中也無法維持什麼秩序，在沒有哪一邊佔有壓倒性優勢的情況下，一時之間也很難看出哪一邊的人死傷得比較快，也許連身在前陣的人都分不出來。

站在後陣待命的范統現在仍滿腦子都是珞侍被射殺的畫面，很難聚精會神地盯著戰場上的態勢，他搖了搖頭想把雜亂的思緒甩開，但卻不見任何效果。

東方城的指揮台上，在音侍離開後就剩下矽櫻、違侍與綾侍了，除了早先的宣戰命令，一直都沒有下一步的指示，即便剛剛才剛生了一件大事，指揮台上現在仍然平靜無波，好像珞侍的死亡對一切沒有任何影響一樣。

受到影響的也許只有士兵而已。范統這麼想著，看著因為激憤而興起戰意的前陣士兵，只覺得充滿了徬徨跟無助。

近在眼前的戰事，彷彿讓人沒有時間悲傷。

隨時有人死去。隨時有人消逝。

范統覺得他現在連硃砂能不能活著回來都沒有把握了，在遠方交戰的人群中，要找出硃砂的身影實在太困難。即使平常私交不好，但在剛剛目睹一個朋友死去的現在，他不由得還是產生了希望大家都能平安無事的心理。

本來第一天的談判，就算開戰也是點到為止，然而，在落月少帝做出那種嚴重挑釁的激烈行為後，接下來戰局究竟會怎麼發展，會不會演變成高層出手的局面，沒有人能夠預測。

至少現在戰鬥完全沒有要停止的樣子。他們不會等到前陣的人消耗殆盡，在那之前，只要等命令下達，中陣的人就會補上了。

而雙方的王，都只是坐在高高的台上，冷漠地看著這場戰事。

如果沒有意外狀況，按照原定編排，後陣的人不會有直接跟敵人接觸的機會，這大概是范統唯一慶幸的事情，儘管這樣很沒有參與感。

符咒是練成了，但他一向沒有作戰的慾望，如果要打，他想打的也是坐在西方城指揮台上的那個少帝，但這當然是他不可能做到的事。

這個時候，范統才注意到，大家手持的武器都沒有發光。

也許是第一場戰爭的關係，以談判、爭面子為主，雙方的士兵都沒有佩帶噬魂武器。但是，只要戰事延續，噬魂武器的發放肯定勢在必行。

今天死掉的新生居民都還可以從水池重生，都還不會就此消失，然而以後就不是這樣了。

而身為原生居民的珞侍，更是連從水池重生的機會都沒有。

想到這裡，范統不由得咬緊了牙，不知該如何想下去。

不管怎麼想都是落月少帝該死啦！宣戰就宣戰，幹嘛搞個人來血祭！他根本腦袋有毛病吧？落月是怎麼教出這樣一個混帳東西來的啊！

為什麼要做出這種無可挽回的事情？如果落月打敗仗了，你能拿什麼來賠我們？你就算切腹自殺也換不回珞侍啊！

拒絕王血注入儀式，又讓敵對意識變得如此激烈，該不會你其實想毀滅這個世界吧？在這麼做之前想想你身邊那兩個魔法劍衛的名字好不好？伊耶！雅梅碟！不——住手——

新的指令下達到了後陣，使得范統沒有餘暇再胡思亂想。他們現在要進行的是布陣的工作，這似乎是為了派出中陣的士兵做準備，雖然前陣的士兵還在激戰中。

在有一方下達撤退命令之前，戰鬥不會結束。而後陣的人準備的陣法也必須確保剩餘人員的安全撤離，這些都是他們被指派的任務。

從開戰到現在過的時間還不算很久，但范統的內心就像等了好幾天一樣焦躁，而這種感覺無法淡化。

不過，一直正常進行的戰局，卻在這時出現了變化。

從另一側出現的一道閃光，準確地切入兩軍交戰的中心點，然後便爆出一聲轟然巨響。

所有人都不清楚發生了什麼事，處在事發中心的士兵們也只知道自己被一股強橫但不致命的氣勁轟飛了出去，一片塵土飛揚中，一時之間也看不見中心的情況。

「怎麼了？」

「發生了什麼事？」

這顯然不是哪一邊預料過會發生的事情，對兩方來說，都是個突發狀況。

在弄不明白狀況時，沒有人想輕易進擊，雙方的士兵都退回了己方陣營那邊，因為無法判斷該如何行動，而指揮台上命令也還未下達。

當飄揚的塵土散去，露出中間被清空出來的區域與站在中間的那名少年時，范統睜大了眼睛。

月退……？

為、為什麼會是月退？月退來這裡做什麼？

他滿心的疑問幾乎要滿溢出來，但是現在，他也不可能越過這麼遙遠的距離，向他的朋友詢問怎麼回事。

而站在那裡的少年，抬起了他的臉，只是他那張與少帝相似的面孔，朝向的是西方城那邊。

然後他帶著幾分壓抑的沉靜話語，以擴音魔法清晰地傳了出來。

「那爾西，住手。」

忽然出現的少年穿著的是東方城的衣服，身上也有東方城新生居民的印記，剛才分開兩軍的爆破應該就是他做的，儘管現在的他，身上並沒有散發出具有威脅性的氣息。

而這名少年居然有著一張和西方城少帝有八分相似的臉，說出來的話，用的也是西方城的話語。

透過術法攝像，東方城指揮台上的三人將戰場中心的情況都看得一清二楚，算是認識對方的綾侍皺起了眉頭，矽櫻則在眉宇間的訝異一閃而過後，維持沉默。

「陛下，如何處理現在的狀況？」

違侍走上前一步，輕聲詢問著。前線的士兵需要一個方針，以穩定每個人的行動。

「讓他們待命，靜觀其變。」

矽櫻淡淡地做出了指示，這項指令，自然就由違侍傳達給前陣的士兵了。

西方城多數的人都不明白這身分不明的少年的來意，頂多只因為那肖似他們皇帝的容貌而驚奇，也沒有人知道，他所說出的「那爾西」是什麼人。

然而指揮台上的狀況卻不太一樣。當塵煙散去，看清楚來人面貌時，他們的皇帝彷彿難以置信地握緊了座椅的手把，接著站了起來，儘管背上出了點冷汗，唇角卻不受控制地上揚，彎

曲成一個扭曲的笑容。

從那少年的身影出現開始，他就如同只看得見他的身影，再也看不見別的東西。

「陛下？」

雅梅碟疑惑地問了一聲，伊耶也不解地看向了他，奧吉薩則是伸出手在他肩上拍了一下，才讓他將起伏的情緒收斂回來。

「沒事。」

恩格萊爾在回答了這句話後，隨即針對場中的少年發話了。

「夜止的新生居民，干涉戰場做什麼？」

盯著指揮台的月退臉色有點蒼白。不論是逐漸加重的身體不適，還是當面面對過去的精神壓力，都使他覺得力不從心的感覺一直上升。

「我要阻止這場戰爭。你根本沒有開戰的權力。」

月退在說完這句話後，那爾西隨即輕笑了出來。

「你？一個夜止的新生居民能怎麼做？阻止這場戰爭，憑什麼？」

雖然想堅定自己的態度，但在那不把這一切當成一回事的聲音傳入耳中後，他還是忍不住顫抖。

「憑我知道你根本沒有王血，也沒有坐在那個位子上宣戰的資格！」

這是一句聳動的話語，直指恩格萊爾，只是在場的眾人即便感到驚奇，也不至於立即產生動搖。

因為話誰都可以說，這麼重大的事情提不出證據，實在令人難以相信。

更何況站在恩格萊爾身周的那四名魔法劍衛，幾乎就形同為他的身分背書了。

「我還以為有什麼更好的說詞呢……前陣的士兵，放任干擾戰場的人不管，是不想打仗了嗎？夜止的人就是我們的敵人，不動手攻擊還在那裡做什麼？把他除掉！」

皇帝都親自下令了，位在前陣的西方城士兵自然依令而動，武器與魔法通通以月退為目標攻擊過去，面對這近在眼前的危險，月退不得不拿出劍來抵擋，雖然他從沒有期望能夠和平解決，但現在的狀況要動手，確實十分不利。

他橫劍一掃，逼退了最前方的士兵，在危及自身安全時，他還是會殺人的，即使這些士兵只是因為被蒙蔽而對他發動攻擊。

因為他知道自己不能死在這裡。至少，不能死在此刻。

他還沒有達成他的目的，什麼都還沒有改變。

「你們根本不知道自己為什麼而戰！」

密集的魔法攻勢與人數過多、包夾過來的士兵，讓他沒有說話的餘裕，他不希望自己僅剩的氣力耗在這些人身上。

「我的士兵自然是為我而戰，因為這是西方城皇帝的命令。」

恩格萊爾以理所當然的語氣緩緩說出這句話後，月退像是被觸動了某些深埋心中的事物，原先還留手的劍瞬間狠狠地在這些士兵身上挑出一片血霧。

因為他突然爆出的力道，使得圍攻他的士兵死傷不少，後面的人由於心知不敵而有點退卻，不過看到月退持劍而立的身軀突然像是承受不住痛苦一般跪倒在地，他們頓時判斷敵人的狀況不佳，現在正是趁虛而入的時機。

「你不是！」

「難道你想說你才是？隨便一個人跑出來就可以冒充我的話，那也太可笑了吧，你以為有誰會相信嗎？」

站在指揮台上的少帝冷笑了一聲，那樣的笑聲聽在他耳中，彷彿也讓許多回憶浮起。

在他還沒有死亡，還活在那座華美的聖西羅宮中被限制著自由，身邊說話的對象，只有他一個人的時候。

他偶爾也會聽他這樣子冷笑。像是對他不以為然，抑或是覺得這個世界可笑至極。

那個時候的他頂著少帝這個虛有其表的身分，不懂得爭取什麼，也不懂得反抗。他像是一枚好用卻不穩定的棋子，讓培育他的人反過來畏懼，施予他的束縛一再變本加厲。

現在的他也許不一樣了，只是他改變不了這些過去。

改變不了必須由他背負的一切。

改變不了被這個人所殺的事實。

西方城士兵像是疲勞轟炸般的攻擊，讓剛進行過王血復活的他感到棘手。如果是平常的狀況，也許這些不算什麼，但現在反應力下降，就算單只進行防禦，也吃力得無法保護好自己。

一記漏掉的光球在他身側炸開，護身的結界施得太慢，他的左半邊身子立即感覺一陣麻痛，偶爾突破防禦近身的劍也在他身上劃出了一些輕微的傷口，這樣的他並不符合傳聞中的形象。

那以一人之身屠盡東方城軍隊，帶給敵人惡夢般的恐懼，給予西方城居民安定的守護神之姿……

每次格檔時都如同要發出悲鳴的劍，在這一次的招架中，因為他的意志力難以驅使手握緊劍柄，而使得唯一的防身武器被擊飛了出去，面臨敵人隨即砍過來的利劍，他只能消極地後退閃避。

驅使著他來到這裡的，是他無法捨下的責任心。

但這份心情漸漸地變質、扭曲，崩毀得太過快速。

畢竟早已死去的他之所以能夠站在這裡，不是因為那理應隨著死亡而消失的職責，而是因為憎恨。

早在他被殺的那一刻，「恩格萊爾」就已經確實死亡，他在付出了自己的雙眼、人生與生存意義後，又被奪走了性命。

他沒有虧欠任何人，無論是西方城的一切還是這個世界的一切，都該已經與他無關——只要他能坐視水池失去功效後，所有被吸引來這個世界的新生居民，眼中的絕望。

只要他能坐視以「月退」的身分重新認識的重要的人，都因「恩格萊爾」的死亡而失去活下去的機會，根本不知道他們打的是一場贏了也沒有任何生存機會的戰爭。

他不知道這麼做是不是自私，只知道那樣的情況他無法忍受。

所以看似可以選擇的他，其實也無從選擇。

來到這裡是為了解決問題，但是用這雙眼看見那個錯了太多次的人時，他渴望維持的冷靜，還是在絕望中消失殆盡了。

他永遠無法忘記他自身的死亡，以及他本能的憎恨。

他懷恨重回幻世，而直到現在，恨意造成的陰影，依然盤據在胸中，與死亡深深糾纏。

就算他再怎麼極力控制，與「月退」的誕生息息相關、緊密結合的憎恨，還是壓倒了他的理智。

殺了他的凶手就在眼前。

扼殺了他的生命、使用了他的名字，坐在他原本的位子上，取代他的地位，徹徹底底抹殺掉他的存在。

世界上不會有兩個恩格萊爾，有的只是恩格萊爾和他的替身。

替身殺了他取而代之。竟然也能騙過所有的人，讓他們都以為他就是本尊？

「那爾西……」

一面舉起雙臂護住頭部，他一面低低唸出這個名字。

但並非感懷的思念。

而是更深更深，剝離了溫暖的情感後，黑色與白色交織、破碎，而後細碎地扎在靈魂之內，銳利而傷人的刺痛。

很久以前，他就已經不怕痛了。

因此他知道，不是因為痛了才恨，而是因為恨了才痛。

把所有的期盼與情感都寄託在一個人身上，然後再全面翻轉為入骨的恨意。

這一次他沒有失去意識，彷彿因為憎恨的過度催化，他感覺自己的精神比任何時候都清醒。

逐漸防禦不住的攻擊。逐漸虛軟無力的身體。

他需要能夠改變現狀的東西。即便更多時候，他能夠依靠的只有自己。

士兵的劍鋒在他的手臂劃出一道血痕，那短暫的痛覺被他自發性地忽略。伏下身子後，要迎接的又是下一波攻擊。

這裡沒有人會幫他。西方城的人不會，東方城的人也不會。

不能死在這裡。

他只能一再地告訴自己，催眠自己辦到。

不能，死在這裡。

不會再讓任何人殺死。

不會再給予任何人這樣的機會。
這是他曾經付出過生命，換取來的教訓。
「天羅炎！」
乍看之下應該已經陷入困境、無力回天的少年，忽然喊出了一個名字。
聲音中灌注了力量，而那個名字，這裡沒有人不曉得。
那是西方城鎮國之寶，少帝配劍的名字。
「什……」
當月退喚出天羅炎之名時，指揮台上的恩格萊爾也臉色一變，大吃一驚。
因為他掛於腰間的劍猛然震動起來，他還沒能反應過來，四弦劍天羅炎便自劍鞘中脫出，化為一道流利而迅速的弧線，朝著呼喚它的主人直飛過去。
一直站在恩格萊爾身邊的幾名魔法劍衛表情各異，伊耶則終於忍不住出言諷刺。
「我們的皇帝制不住天羅炎？這是在開玩笑嗎？」
這句話說得相當不客氣，恩格萊爾則只是咬著牙看向月退所在的地方，沒有給他任何回應。
「伊耶……」
雅梅碟本來想斥責他僭越的言詞，但天羅炎脫鞘而出的事，他也不曉得該如何解釋，終究只開了口，然後找不到話說下去。

橫越了半個戰場的天羅炎宛如具有自己的意識，飛竄到目的地後，它首先做的事情便是劍音一催，神器等級的殺傷力準確瞄準了包圍月退的大片士兵，猶如不放過任何一個朝他舉劍的人一般，音波甚至化為實質斬過他們的軀體，一連串的慘叫聲後，數十個人就這麼慘死現場。

那就像是武器對冒犯主人的敵人施予的制裁。在那一大片人倒下後，天羅炎的劍體本身突然幻化出一個半透明少女身影，形體嬌小而虛幻。

面貌像是十幾歲人類少女的器靈飄飛到月退的面前時，帶有幾分英氣的臉上流露出了狂喜與混亂的情緒，她張開了雙臂，如同欲迎接主人的回歸。

『恩格萊爾……恩格萊爾！你還活著，我就知道你不會那麼輕易就死去！』

其實他已經死過一次了，但是現在沒有解釋這個的必要。

一身狼狽的月退對著他的劍露出了笑容，一如以往地朝她伸出手。

「我知道妳被邪咒的結界束縛，但是妳還是來了。無論是什麼時候，唯有妳不會拋下我，唯有妳會陪伴在我身邊……」

天羅炎的雙手握上了他的手掌，一向冷酷的面容，或許是因為曾經歷死別的緣故，也難得地流露出了幾分情感。

『我不會拋下你，只因你是數百年來我唯一認可的主人。為我向那個人類討回這份屈辱的代價，為我斬下他的頭顱，讓他後悔將我束縛在他的身邊——』

她的話語最後，音調也轉為了切齒的怨恨，而月退只是以溫柔帶著悲傷的笑容看著她。

握著他手掌的雙手，他感覺不到。

他的劍因為邪咒的長期封印，幻化出來的面貌，現在竟只能維持著半透明的幻影。正襯著他現在的傷痕累累。

「我知道了。那麼，再幫我一次好嗎？將妳的力量借給我，讓我們的心神共通……」

就像是上一次這麼做的時候。

就像是以前一樣。

天羅炎點了點頭，沒有多餘的話語，隨即變化回原先美麗的劍型。

他的手握上了飄浮於面前的劍柄，這樣近距離地看著天羅炎半透明的修長劍身，彷彿有種力量又回到了身上，而他無所不能的感覺。

月退靜靜地站了起來，此時西方城的士兵已經失去了接近他的勇氣，不管是因為天羅炎剛才的屠殺，還是認主般的行為。

當他轉頭重新看向西方城的指揮台，方才溫柔的笑容也就此凝固，情緒整個轉化為深沉的漩渦。

以他的人為中心，一層一層地，像是視覺的錯亂一般，黑白的空間擴散了出去，籠罩往後方的指揮台。

隨著環境的色彩在眾人眼前剝落，他也恍若這個空間的主宰一般，不知是魔法還是術法的作用，讓他的身形緩緩浮起。

「我一直在想，為什麼我會質變……」

處在這個失色的扭曲領域中，聽著由自己內心塑造出來的尖嘯，以及面前每一張陌生臉孔透出的恐懼，他扯開嘴角笑了。

「原來這就是你讓我看見的世界，那爾西。」

只有黑白絕望。

只有不成型的扭曲畫面，與無法呼吸的感覺。

從來沒有失明過的你，也睜眼看一看吧？

在這領域擴散的期間，月退的身上也發生了讓所有人為之震驚的異變。

被他握在手中的天羅炎，由劍柄蔓延出流動的金屬，攀附上他的右手臂後，就像是徹底地結合在一起，生長出了劍上的紋飾花紋，纏繞住手臂的金屬線條也輝耀著冰冷的光輝。

劍身就像是他手臂的延伸。

他輕輕一揮舞天羅炎，四道令人聞之色變的「光弦」便瞬間浮現在劍身周圍，呈現符文的型態，向外展開地繞著劍體旋轉。

完美的器化。以冷傲強盛的天羅炎為對象，成為它的宿主。

要以神器做為器化的修練對象，幾乎是付出生命也不可能辦到的事情，可是現在卻有一個人在他們面前將不可能化為可能，足見為何所有的人都作聲不得。

「以死亡來膜拜吧。」

揚劍一掃，他一黑一白的眼睛不帶任何情感，冰冷地說了下去。

「從地獄歸來的，你們的皇帝。」

范統的事後補述

喔咿——？

我不是故意要在內心發出這種怪聲的，那、那個……可是，這實在是太——太——太峰迴路轉了吧——！可惡，我一時之間還想不到形容詞啊！

依照我那薄弱的理解能力……總而言之，月退其實是落月少帝，他真正的名字是恩格萊爾對吧？

那在落月指揮台上的那個人又是誰啊啊啊啊！

今天我還咒罵了落月少帝好多次，結果根本是罵錯人罵到月退嗎！是這樣嗎？這也太感傷了吧！這樣我會在心裡過意不去啊！

那到底要怎麼罵才能罵到害死珞侍的那個長得很像月退的傢伙啊！

不不，現在這好像不是重點，忽然知道這件事情，我既錯愕又打擊，感覺好像應該回顧一下之前的相處點滴，以了解之前他都隱瞞了我一些什麼事？

他……他以前用來治療我的，該不會是王血吧！

哇靠！有夠浪費！超級浪費的啊！月退你怎麼捨得！而且我昨天還叫你再浪費一次！還好你拒絕我了！

幸好一個人雖然一輩子只能被王血復活一次，但治療卻不限次數！不然我豈不是平白花掉了欲哭無淚？

還有！搞半天王血在月退身上，那之前王血注入儀式我們是去心酸的啊？

你一開始就知道不會成功了嘛！都不告訴我們！這樣子感覺很陰險耶，難怪你每次都欲言又止的，什麼都不敢跟我們說，其實是怕我們知道了會有被耍的感覺然後翻臉？

不過如果你真的是傳聞中那個怪物少帝……呃，既然是月退的話，這樣說好像有點傷人。如果你真的是傳聞中那個強得跟妖怪一樣……算了，反正如果你真的是恩格萊爾，那你果然比音侍大人強嗎？

噗哈哈哈還要我練到你那種程度！太過分啦！也不想想強者都有一把威風又好看的武器了，除了我還有誰要拖把啊！

噢，音侍大人也想要拖把，而且他也沒有一把像樣的武器……可是音侍大人他也是個殺刀手啊！噗哈哈哈交給他會死吧？但月退拿過噗哈哈哈，噗哈哈哈都沒死，音侍大人拿了說不定也沒事？

不管啦！現在情況是怎樣？

月退你這麼光明正大地暴露了你的身分，真的沒有關係嗎？未來你要怎麼辦啊！

剛才你被圍毆的時候我還著急，現在好劍在手……希望無窮？我是說，贏面應該有百分之九十以上了？

可是就算你贏了，你也不可能回來東方城了啊？

那……你要回去當皇帝？

那我們……

章之二　未完的顫音

『我們不能回到從前，但我也只是不想再次失去。』——壁柔

「那是……」

儘管隔了好一段距離，東方城的指揮台上，矽櫻依舊對這駭人聽聞的異相感到驚異。

他們有攝像術法可以用，但就算沒有使用這便利的術法，那麼大規模的區域幻像，他們也不可能沒看見。

「似乎是揉合了術法、魔法與邪咒的特殊領域……質變的能力嗎？」

綾侍簡單研究後做出了這樣的判斷。新生居民的質變能力，一向是難以解析理解原理的，這個領域能力看起來有點棘手，如果未來要對上，只怕很麻煩。

「居然可以修成天羅炎器化……」

矽櫻注視著月退在空中的身影，以帶著些許挫敗的口吻喃喃唸了這麼一句。

綾侍和違侍都沒有接話，因為也沒有這個需要。

范統覺得不用照鏡子也可以知道自己現在臉色很難看。

大概從月退出現開始，他的臉色就難看到現在了。好朋友忽然變成西方城的皇帝，雖然落差有點大，但還不算太要緊，他真正在意的是別的事情。

像是他只能在這裡看著，都幫不上他的忙，連越過這群東方城士兵到他身邊都辦不到。

在看見他被圍毆受傷時，范統也不明白是怎麼回事。在他的認知裡，月退不應該面對那些銀線甚至是銅線階級的傢伙就不敵的。

落月少帝可是金線三紋，不是嗎？

但他沒有任何的辦法，叫噗哈哈哈幫忙，噗哈哈哈也不理他，自顧自睡覺，而等到月退喚來了天羅炎，實行了黑白視界與器化後，范統便覺得自己臉色一定更難看了。

那個只有黑白的扭曲領域，他見識過。在那個領域裡的感覺簡直痛不欲生，彷彿生命裡所有的溫暖與喜樂都被奪走了一樣，殘存下來的只有絕望與痛苦。

領域是月退的內心造成的。

那麼，他本人又是承受過什麼樣的痛苦，才能從心中蔓延出這樣的絕望？

月退那偶爾表露出來的「空」，是為了保護自己，而架設出的隔離嗎？

范統不想隨便猜測，可是，再次看到他施展這個領域，以身在外面旁觀的角度來看，他卻覺得心很痛。

彷彿是因為壓抑著強迫自己不要哭泣，才扭曲成這樣的世界。

他知道負面的情感在侵蝕著他，可是他還是什麼也不能為他做。

他為了橫在他們之間種種現實的距離而無力，但是他不希望月退從此遠到他到達不了的位置。

他不喜歡這種好像就要失去一個朋友的感覺。

他不喜歡。

在看到月退直接將天羅炎催至四弦後，那爾西頓時臉色一變，轉向了身邊的魔法劍衛們。

「架護陣！」

西方城的五名魔法劍衛，可以聯合架設出一個牢不可破的護罩，這本來就是為了保護皇帝而研發出來的技法，只是現在少了鑽石劍衛，梅花劍衛又是為了湊布陣人數臨時選出來，只怕也還沒練好，護罩的效果能呈現出多少，實在堪憂。

已經是這樣的情況了，偏偏伊耶還冷哼了一聲不聽令。

「我不知道你們哪一個是真的，我也不知道這鬧劇演的是哪一齣，但我不想奉陪了，你們自己看著辦吧。」

語畢，還不等雅梅碟叫住他，他就自行跳下高台離開了。

「真是的，怎麼這樣……」

「別管他了。」

那爾西並沒有因為伊耶離去而動容，要求剩下的三名劍衛進行布陣的事宜。

在他們剛將護罩架設於指揮台前時，天羅炎的四弦顫音就正面與護罩對撞了。四弦狀態下的音波是結合著噬魂之光的，只要被掃中，就是無可挽救的災難，即便不是致命傷，傷及了靈魂，會出現什麼樣的後遺症也無法預估。

而直接衝撞護罩的音波比想像中要來得強大，只憑三名魔法劍衛的支撐，顯然還是十分危險，實力不如另外兩人的梅花劍衛在魔法陣中承受了這一擊後，臉色頓時就慘白了。

研判護罩不可能長久支撐下去後，那爾西再度下達了攻擊的指令。

「攻擊他！這是軍令！」

若說一開始大家對那爾西的少帝身分都沒有懷疑，那麼在月退拿到了天羅炎後，西方城的每一個人心裡，只怕都出現了動搖。

只是身著少帝的衣服，以少帝的身分指揮軍隊的，終究是高台上那個人。

魔法劍衛們都沒站出來倒戈了，他們所能做的，似乎也只有繼續相信台上的那個少帝，聽從他的命令。

就算他們正身處月退造出來的扭曲空間中痛苦，也得使盡各種攻擊的手段，將半空中那恍若死神的少年擊墜。

「有膽量將武器朝向你們的王，就要承受這麼做的後果。」

月退在揮劍破壞了數個朝他發動的魔法後，冷冷地說話了。

「天羅炎還不能算是個證明，那麼，這裡的人全都死光的話，是否能證明些什麼？」

這樣明顯的恐嚇，似乎不是開玩笑的，士兵們因為心理上的恐懼與生理上的不適，幾乎想棄械投降，然而軍令為重，違反軍令，一樣不會有好下場。

「若要攔阻在我面前，我的劍就算再染上幾萬人的鮮血，又有何妨？」

眼見月退將劍舉起，目標似乎轉移為下面的軍隊，在求生意志的影響下，西方城的士兵紛紛瘋狂做出攻擊，只盼能在那致命的一劍掃下之前取得先機，讓他不能再繼續戰鬥。

器化的狀態下，固然武器的威力能得到最大的發揮，但消耗的氣力也十分驚人，以他剛進行過復活之術的身體操控，能夠戰鬥的時間已經十分有限。

所以，他並不想將時間繼續浪費在這些士兵身上。他的目標是那爾西。

只有那爾西。

讓他為了他所犯過的錯付出代價。

就在這裡格殺他，不要再逃避面對。

然而，他消去了對人群的戰意，不代表士兵會停止他們的攻擊。應接不完的攻擊魔法令他生厭，而他以攻擊取代防禦的做法，則讓他身上的傷又多添了幾處。

月退再度催動天羅炎，隔空將被領域洗成白色的高密度音波擊往指揮台前的護壁。

他聽到音波與護壁的撞擊，看見支撐著護罩的三名魔法劍衛身體又是一晃，但是那爾西仍無懼地看著他。

即使在這種時候，即使知道這個護罩不能再保護他多久，他看著他的時候，唇邊依然掛著一抹冷笑。

彷彿就在這裡死於他的劍下也沒有什麼大不了。

彷彿他心中其實也期待著護罩破碎的那一瞬間。

不該是這樣的。

他感覺到自己心中的憎恨焚燃，即便向外擴散出了這樣的黑白領域，還是找不到發洩的出口。

下方又一波魔法攻擊襲來，這次是聯合施放的大型魔法，但他恍若未聞。

他只想朝指揮台移動過去，近距離看清楚那爾西的表情。

真切地揮劍嚐到他的鮮血，而非隔著一段距離將他毀滅。

所以，當那在領域中釋放著白色烈焰的火輪往他的後背襲上時，他也置之不理，只顧著輸送力量將護罩破壞。

「恩格萊爾！」

精神的恍惚中，他因為聽到一個熟悉的聲音喊著他曾經的名字，而回過了頭。

飛到了空中接近他，為他消去那一擊的人，是璧柔。

儘管那圈火輪的威力強大，但在觸上璧柔的身體後，便如同分解掉了一般消失於無形。

因為他知道會出現這樣的現象，所以在璧柔為他擋下那一記魔法攻擊時，他並沒有因此而驚慌失措。

雖然現在正處於質變能力的啟動中，望眼所見的她，連同那急切的神情都是一片黑白浮動的影像，但他還是微笑了。

就如同看見天羅炎為他來時的笑容。

「愛菲羅爾……」

他輕輕地喚出他的護甲的名。

他從未穿戴過的法衣。

「恩格萊爾，我……」

面對著他，看著他的笑容，璧柔就像快要哭出來了一樣，不知道該說什麼。

為什麼會一直沒有認出來呢？

因為從未見過他的臉孔？因為他成為新生居民後氣息出現了些微的改變？因為從沒有想過他會出現在這裡？

還是因為，不夠關心？

「我想過好幾次。如果那個時候妳在，我是不是就不會死了呢……」

對於少年淡然問出的問題，璧柔完全找不出話回答。

身為他的護甲，在他最需要她的時候，她總是不在他身邊。

在知道他已經不在了以後，便自行離開了西方城，甚至沒想追究事情的前因後果。

就算心裡隱隱約約覺得不妥，還是照樣過著自己自由開心的生活。

就像以前一樣。

幾乎不去宮中探視，只顧著在外以「月璧柔」這個身分生活的以前……

「我以為妳已經背棄我了，幸好這不是真的，是吧？」

月退柔和的音調在說完這句話後，隨即轉變為冷冽。

「但是，妳現在來做什麼？回去，我不需要妳，這是我的戰鬥，跟妳一點關係也沒有。」

聽到月退趕她走，璧柔總算找回了說話的能力，激動地喊了出來。

「我是你的護甲！我也想跟你一起並肩戰鬥，守護你啊！我不知道為什麼每次都錯過，在我知道的時候都已經結束，為什麼你不呼喚我……為什麼你不需要我呢？」

月退還沒對她的話語做出回答，依附在他身上的天羅炎便化形出了上半身的影子，朝著她怒斥。

『妳有什麼資格說這種話？妳為什麼辦不到時時刻刻陪在他身邊？五年前的那場戰爭，妳在哪裡？他被殺死的時候，妳又在哪裡！』

「我……」

天羅炎的這番質問，又一次讓璧柔臉色蒼白，無話可答。

而這個時候，月退突然壓住胸口，面露痛苦之色，原先在天羅炎劍身周遭旋轉的四道光弦也瞬間消失，甚至有種快要解除器化的排斥感，似乎身體已經到了極限。

「恩格萊爾！」

看見這種情況，璧柔驚慌地上前扶住他，卻被他揚手揮開，顯然不想要她的任何幫助。

「不要再硬撐了，你的身體……」

『他不是要妳退下嗎？滾開！』

天羅炎對璧柔怒目而視，即使璧柔是來幫忙的，她依然對她充滿敵意。

『吾皇之尊嚴不可侮蔑，應殺盡所有阻礙之人！』

「但是他才剛復活過人，現在的身體狀況根本不可能繼續戰鬥啊！難道妳要毀了他嗎？」

璧柔著急地說出來的這句話總算讓天羅炎為之一愣，然而，這次駁斥她的話的人，是月退。

「我的意志要我戰鬥。只要能殺掉他，就算再次死去也無所謂……」

他一面說，一面抹去唇邊溢出的鮮血，重新看向指揮台上的那爾西，然後催動天羅炎。

一弦。

「不要！不要再勉強自己了，恩格萊爾——」

他彷彿聽不見璧柔接近哭喊的聲音，仍舊堅持將力量逼入劍中。

二弦。

天羅炎彷彿決定遵從他的意志，幻化出來的身影消失了，吸收著月退傳輸過來的術法之力，發揮出他所需要的效果。

三弦。

「停下來！停下來，月退！」

在璧柔喊出他現在的名字的那一刻，月退的動作僵硬了。

好像曾經，他也在這樣的絕望領悟中，聽見一聲想要制止他的呼喊。

『月退！』

『再也不會了。』

好像他曾經對某個人，做出過這樣的承諾。

再也不會什麼呢？

『但是我想，人生能有一個記取之前的教訓重新開始的機會，還是一件很棒的事情吧。』

『選擇能讓自己比較幸福快樂的那一條就好了嘛，這是最重要的事情啊。』

他知道自己無法重新開始。那麼為什麼要想起來呢？

這麼做其實無法讓自己幸福快樂。只是因為無論哪一條路都讓他笑不出來。

全身上下都好痛。一種麻木的痛。

不是的，不是只要殺了那個人，就什麼都無所謂了。

不是的。

不是的……

范統……

混亂到瀕臨崩解的思緒在這裡停格中斷，他覺得自己就像跟身體的連結斷了線一樣，所有釋出的力量同時停止瓦解，質變的領域一下子就蒸散消失，結合在手臂上的劍也猛然間失去依附，與他的身體分離後掉落。

「恩格萊——」

在璧柔驚叫著想要接住他時，幾秒之間閃電發生了許多事情。

彷彿便是看準了他力竭不支的這一刻，奧吉薩迅捷逼近的身影首先瞄準的目標是天羅炎，只見他手上放射出的黑色絲線，猶如不祥的詛咒一般準確地纏繞出天羅炎的劍身，在劍體激烈掙扎中硬是完成了封印，使得天羅炎又喪失了才剛剛獲得的自由，落入他的手中。

而朝著下墜的月退飛去的璧柔，則在碰到他之前遭到攻擊。

一道簡單的符咒電網在無預警的情況下逼得她縮回手自保，再回神時，面無表情的綾侍已經將人搶到手中，同時以符咒挪移回東方城的指揮台。

把昏迷中的月退帶到矽櫻面前後，綾侍淡淡地詢問處置方式。

「帶回神王殿嗎？櫻。」

矽櫻點了點頭，同時也站了起來。

「撤兵。需要的人質既然到手了，就看接下來如何利用吧。」

眼見事情變成這樣，璧柔雖然心急，但也沒有任何辦法，制服了天羅炎的奧吉薩似乎想接著對付她，因為自知不敵，她只有選擇先行隱匿身形逃離。

東方城已經發布了撤兵命令，但混在士兵中佇立，剛才將璧柔送過來的音侍，仍呆呆看著她身影消失的空中，彷彿對一切有點難以置信。

「愛菲……羅爾？」

范統的事後補述

月月月月月月退！

月退被抓走啦！等一下！不是一劍在手希望無窮，已經必勝了嗎？怎麼突然翻盤中箭落馬劍毀人亡啊！啊，不對啦！劍沒毀，人也沒亡，可是都被俘虜成階下囚啦！是這樣沒錯吧？

如果開賭盤的話，莊家一定賺翻啦！不對啦——朋友陷入危機，我怎麼還在想這些亂七八糟的東西！

綾侍大人您助紂為虐！不要跟違侍大人一樣當女王陛下的走狗啊！大家好歹認識一場，您就放過月退吧！

為什麼是被東方城抓走，落月少帝被東方城俘虜，還有比這更糟糕的事情嗎？如果是被落月那邊的人抓走也就算了……不，不對，那個假少帝不曉得會對他怎麼樣啊，好像被哪一邊抓走都一樣糟糕嘛！

女王陛下您抓他又要做什麼？王血榨一榨再拿去跟落月談判，把人利用個乾乾淨淨？儀式上侮辱您的人不是他啊！可不可以高抬貴手手下留情？月退他只是個善良的孩子——

啊……不過五年前那三十萬人是他殺的。

糟糕，相較之下，這個仇好像結得更大？

總不會要他付出代價，以命相抵吧？

怎麼辦——到底怎麼辦——

說起來，當初猜他上輩子是有錢人家少爺，結果真不是普通有錢呢，難怪曉得很多這個世界的知識，我就說不像是預習課本知道的……

不過，身為皇帝，又有那麼強的實力，為什麼會被殺呢？

他好像還說過，殺他的是他喜歡過的人……該不會就是那個假少帝吧！

這是什麼樣複雜的恩怨情仇，可不可以不要這麼可怕？

璧柔居然不是人也就算了……為什麼我覺得月退你跟你的劍還有你的護甲都挺曖昧的？你為什麼跟每一個人的關係都那麼複雜，這樣我很困擾啊，頭都快炸掉了！

總之，不能就這麼放著不管啊，我可以找誰商量？

該不會只有噗哈哈哈吧？

噢噢噢噢……這真是太殘酷了，要是只有噗哈哈哈可以商量，月退不就等於沒救了嗎？只憑我一個人到底可以做什麼？

要是我把噗哈哈哈抵押給音侍大人，他會不會願意幫我把月退弄出來？

可、可是，這樣噗哈哈哈又太可憐了……我連可以拿來買通人的有價物品都沒幾個，原來我在東方城的生活過得這麼失敗嗎？

呃啊！差點因為月退身分的衝擊就忘了珞侍的事！珞侍到底怎麼樣啦！

還有每次都被我下意識遺忘的硃砂！就算撤兵回去，畢竟是不同編隊，前陣的士兵要集中訓練，我們也見不到面的樣子……

事情到底會變成怎麼樣？大人物的想法我猜不透啊！

章之三 質疑

『伊耶！伯父要你好好做魔法劍衛，你不可以辭掉！』——雅梅碟

『奇怪了，少帝都可以換人，魔法劍衛為什麼不行？』——伊耶

『一定是因為找不到那麼娃娃臉又矮的成年男子當替身。』——范統

正式宣戰的談判戰，因為月退的出現，西方城可說是灰頭土臉，局面大亂，所以，當東方城宣布撤兵時，他們也決定撤退了，畢竟現場的狀況實在沒有追擊的本錢，而且，他們還有很多問題需要處理。

真假少帝的流言在軍中流傳，即使下了封口令，那麼多人現場看到的情況，還是很有可能傳回城內，讓大家知道。

流言是一回事，人心惶惶是一回事，只要還沒發酵到群民興起疑問反抗的地步，就還暫時不需要面對。

但是，就算把民眾的問題擱置一旁，那爾西也無法完全逃避關於身分問題的詢問。

因為，這是來自魔法劍衛的質疑。

聖西羅宮後的天頂花園，平時是不會有什麼人上去的。

也正因為如此，這個能杜絕無關人士闖入或偷聽的場所，才被選為他們談話的地點。

由於這裡是聖西羅宮的最高處，吹拂進來的風也因而大了點，但這風聲還不到妨礙說話的地步。

奧吉薩站在他的身側。那爾西看了看站在眼前的兩名魔法劍衛，神情相當冷淡。

他的底細奧吉薩很清楚，一開始他就選擇站在他這邊了，所以自然不會在此刻要他交代什麼，新選出來的梅花劍衛只是暫時湊數的，沒有見他的資格，鑽石劍衛又不在城內。

所以，回來之後，要求他解釋清楚的，便是鬼牌劍衛與紅心劍衛了。

正確來說，伊耶是「要求」他解釋，雅梅碟則是「希望」他能做點說明，兩者的態度不太相同。

但是對他來說，事情是一樣的。

「我不覺得我有義務對你們交代什麼事情。」

那爾西一開始的態度就很強硬，彷彿他沒有絲毫的心虛與理虧，行為也沒有可疑之處。

「發生了那麼多事，你如果提不出任何自己是本尊的證據，我們是不會相信你的。」

伊耶的語氣也不怎麼好，擺明了就是沒有一個能讓他滿意的答案，他便會就此翻臉——雖然，他的確已經在戰場上拒絕合作過一次了。

「陛下，我們不是真的懷疑您，只是對戰場上的事情有所疑惑，我們只是希望您能消除我們的疑慮……」

雅梅碟神情中帶著幾分惶恐與歉意，好像覺得提出這種要求的自己很該死一樣，畢竟，這是在質疑他一向以一片赤誠效忠的少帝，他覺得這麼做很不應該。

只是，理應是少帝配劍的天羅炎在他們眼前飛了出去，對著另一名少年喊出恩格萊爾這個名字，這是不爭的事實。

這使他們無法毫無理由地繼續相信眼前這個人。

「我們的要求很簡單，找個死人來，找不到我去殺一個也可以。」

伊耶說著，宛如這是一件再簡單不過的事情。

「復活他，用你的王血救活，我就相信你是真的。」

其實他心裡根本就覺得對方拿不出來。從正式見到這位少帝到現在，他已經累積了太多不滿。

今天戰場上的事情也讓他很不愉快。拿東方城的王子血祭這件事，他事前聽都沒聽說過。先不說處決一個無力抵抗的少年有無爭議性，在開戰前就激起敵人仇恨與憤怒的情緒，無論怎麼看都是不智之舉。

皇帝要獨斷獨行，不跟部下商量，他沒有意見，只要做出的是正確的決定。

然而他的每次妄為幾乎都將西方城帶入危險的境地。從那不可理喻的拔雞毛命令、破壞王血注入儀式，到這次的談判開戰。

有仗可以打，不必再維持虛偽的和平，對伊耶來說是好事，而開戰文宣反指東方城破壞儀式，也只是一種政治手段，還在他可以接受的範圍，但他不希望受制於一個不理性的假皇帝，甚至最後一敗塗地。

寧可兩敗俱傷，也不要打敗仗。

天羅炎的歸屬問題固然需要關心，但那不是最大的重點。

最大的重點在於王血。延續兩國命脈的依歸，也是皇帝能夠坐擁如此高位的原因。

他需要證明的不是天羅炎屬不屬於他，他可以、也不需要是五年前阻下東方城大軍的那個人。

只要他擁有王血，他就是西方城少帝恩格萊爾，五年前的事情可以解釋為替身的所作所為，那都沒有關係。

只要他擁有王血。

「魔法劍衛，有資格對皇帝下令？西方城有這樣的制度？」

那爾西顯然一點也沒有配合的意思，他的表情充分表現出了他的不屑。

「你可以不做，只不過會立即失去兩名魔法劍衛罷了。」

伊耶的話語具有威脅的意味。他之所以會懷疑這個人沒有王血，之前他蓄意破壞王血注入儀式也是原因之一。

再加上他正式露面以來，從來沒有施行過王血的治療跟復活，認為他沒有王血，是十分合理的推測。

「你們應該相信陛下。」

一向少言的奧吉薩說了這麼一句話，不過，伊耶當然是不買帳的。

「你這麼相信他的原因是什麼？」

奧吉薩沒有回答他這個問題，似乎也不想再開口。

「沒有人非得妥協相信你不可，『陛下』。」

伊耶在稱謂上特別加重了語氣，彷彿也添增了幾分嘲諷的意味。

那爾西沉默了幾秒後，無謂地笑了。

「想要我拿出證明，我是不是也該因為這無禮的舉止討一些應該要有的代價？」

伊耶皺起了眉頭，雅梅碟還是一臉不安，那爾西則繼續說了下去。

「你們之中誰都可以……」

他抬起了手，輕輕地指向花園圍欄的缺口。

「現在，從這裡，跳下去。獻出你的忠誠。如果你死了，我就用王血救你。」

聽到這荒謬的要求，伊耶瞪大了眼睛，雅梅碟也呆了呆。

「開什麼玩笑！誰會答應這種條件！」

「辦不到就沒有資格要求我。從這裡跳下去求得一個真相的勇氣，兩位都沒有嗎？」

「皇帝不應該要求自己的臣子去死。」

伊耶的眼中燃燒著怒火，對這個人的厭惡又上升了一層。

以天頂花園的高度，如果不做任何保護措施，是真的會摔死的，伊耶不用跳也知道這一點。

「臣明白了。」

沒想到雅梅碟忽然說了這麼一句話，讓伊耶完全傻眼。

「等一下，你想做什麼？」

看著他走向柵欄的缺口，伊耶心裡覺得不妙，連忙問了一句。

「我的確需要真相，不然只會處於一片迷惘中……所以，我跳。我跳了以後，就會真相大白了吧？」

那爾西挑了挑眉，沒阻止他走往花園邊的行為，或許是想看他會不會真的這麼做。

伊耶正因為找不到適合的話來罵他的蠢腦袋而生氣，一回神，就看見雅梅碟毫不猶豫地從缺口跳了出去。

「你這個白痴！」

情急之下，他火速衝到了缺口旁，掏出了跟劍一起隨身攜帶的鞭子，一揮一捲，準確地束住了雅梅碟的身體，還沒把人弄上來，他就開口先罵了。

「你要是死了還去哪看真相？你以為你死了他會救你嗎？笨蛋少一個是一個，他根本是虛張聲勢騙你的，你為什麼都看不出來啊！」

雅梅碟還沒對他這劈頭一陣罵反應過來，就被他輔以魔法的鞭子帶了上去，重新站回了上面。

「伊耶……」

「……」

「好痛。你的鞭子為什麼要裝這麼多倒刺，我的衣服都被鉤破了……」

「怎樣？你到底想通你有多蠢了沒？」

對於整個搞不清楚重點還離題的他，伊耶永遠都不知道該說什麼。

「既然沒有死成，那麼條件不成立，就這樣了。」

人可以呆到這種地步，也真的是無藥可救了吧？

那爾西冷淡地說完這句話，隨即轉身就要離開。

「陛下——」

雅梅碟見他要走，頓時又慌了一下，卻也不知道該如何挽留。

由於他喊了這麼一聲，那爾西停下了腳步，回頭看向了他們。

「想離開，我不會慰留，隨便你們。不信任我的部下，少掉還比留著好。」

聽他這麼說，伊耶的下一步動作便是解下別在衣內的魔法劍衛勛章，隨手拋擲到了地上。

「那麼，我從今天開始卸職。我不再是你的魔法劍衛了，如你所願。」

他這樣乾脆的動作，就好像對這個職位毫不留戀一樣，那爾西冷哼了一聲，沒有等雅梅碟表態，便直接從花園的入口下樓了。

奧吉薩是跟著他離開的，於是，天頂花園裡就只剩下伊耶和雅梅碟兩個人。

「伊耶，你就這樣辭掉鬼牌劍衛的職位？當初授勳時伯父多高興，你這麼做，到時候伯父回來了，豈不是又……」

雅梅碟每次只要一開口，說出來的幾乎就是讓伊耶受不了的說教。

「我辭我的職，關他什麼事！」

一提到自己的父親，伊耶就臉色大變，心情極度惡化。

「當然關他的事，他是你父親啊！而且，當初你不也是因為伯父的期望才接下這個職務的嗎？」

「煩死了！那種陳年舊事就不要提了！」

伊耶一點也沒有繼續讓話題圍繞在自己身上的意願，因為那百分之百只會讓他不愉快。

「你自己有什麼打算？你還要繼續當你的紅心劍衛，保護那種傢伙？」

被他問到這個問題，雅梅碟馬上緊張地捏緊自己的劍衛勳章，好像那是很重要的東西，怕一放手就被伊耶搶去丟掉一樣。

「你的腦袋到底要蠢到什麼時候？早知道剛才讓你摔死就好了！」

伊耶看他這種態度，當然立即就勃然大怒，雅梅碟則是為難地搖著頭，看起來也很掙扎。

「可是……陛下又沒有說他不是真的……」

「你一定要他親口說他不是你的陛下，你才要醒悟嗎？你崇拜的是五年前拿著天羅炎捍衛了西方城的那個人吧？無論怎麼看都不是他啊！」

伊耶這番話倒也有幾分道理，雅梅碟為之動搖了一下，但還是沒有說出要辭退職務的話。

「我不知道該怎麼做……」

「你這個樣子簡直像是付出了感情不甘心被欺騙就繼續自欺欺人死纏爛打的男人！孽緣當斷則斷的道理你就是不懂嗎！」

要讓頑石開竅，不是那麼容易的事情，儘管伊耶吼得憤怒，仍然不見效果。

「我……也許先在家想想吧，這畢竟是很重大的事情，而且……」

雅梅碟遲疑地說出這幾句話後，瞧了一下伊耶的臉色，才說下去。

「戰場上出現的那名少年……不管他是什麼人，他現在在夜止女王的手裡，我們真的都不管嗎？」

「你都還不確定誰是你的主君，管什麼？」

伊耶沒好氣地嘲諷了回去，對他的問題嗤之以鼻。

「至於我，反正職務都辭了，自然也不關我的事情了。」

「這……」

在沒辦法把魔法劍衛這個大帽子扣上去的情況下，雅梅碟也接不下去了。

「今天救你這一次，之後你要怎麼樣我都不管了，再管你的事情，我一定會短命。」

伊耶本來就不是喜歡多管別人閒事的人，今天做的這些事，是看在多年交情的分上，不過額度也差不多用完了，丟下這句話，他就轉頭走掉了。

天頂花園的風本來就很強烈，在人都走光只剩下他後，空蕩蕩的花園裡，那種冷清的感覺就更甚了。

上一次有這樣的感覺，是辛苦收集來的雞毛被撒了一地的時候，不過那時候的感覺跟現在卻不太相同。

如果那時可以因為猜測不出皇帝的心思而哭笑不得，這次就是苦澀在心裡散播，因為連唯一的朋友都放話不理他了。

他向前走了幾步，將伊耶丟在地上的勛章拾起，心裡也搞不清楚是什麼滋味。

猶如失去了目標後就不知道該怎麼前進。

「還是替他保管起來好了……」

他覺得這是個不應該隨便丟棄在這裡的東西，儘管這個東西對伊耶來說可能沒有什麼意義。

說不定這輩子也沒有交還到伊耶手上的一天——但他還是將之慎重地收入了衣袋中，整個人彷彿也因為做了這個舉動，而心安了一點。

西方城的未來會怎麼樣呢？戰事究竟會持續還是中止？種種的事態中，他實在不知道哪一個才是自己最應該關注的。

從天頂花園離開後，那爾西一路繃著臉走回了自己的起居室，他知道奧吉薩一直跟在身後，直到他進入房中停下腳步，隨著停下來的奧吉薩還是什麼也不說。

「你就沒有任何話要說嗎？」

最後，忍不住打破沉默的，還是那爾西。

「他回來了，西方城真正的皇帝回來了，身為黑桃劍衛，你沒有任何的想法？你明明知道我是個假貨！」

他想，自己在問出這些話的時候，神情一定很扭曲。

但奧吉薩即使正面面對他激烈的情緒，仍舊面不改色。

「如果一開始是因為少帝死亡的事情不能讓大家知道，所以才讓我登上這個位子，假裝人還在，那麼現在他回來了，你還不打算採取任何行動？」

他會問出這些話，也許是因為厭煩了這個人總是將他當作是真正的皇帝一樣，聽從他的命令，跟在他身邊。

因為一切明明是假的，而他並非不知情。

「我是先皇選出來的魔法劍衛。」

奧吉薩開口說話的語氣十分平淡。

「您是先皇唯一的血脈。無論您想怎麼做，我都會支持您。」

「什麼唯一的血脈！」

那爾西聽見這句話後，頓時如同失去了理智。

「暉侍呢！你把暉侍當成什麼了！」

這個名字讓奧吉薩沉默了數秒，但他的回應仍然平靜。

「先皇將他的孩子託付給我。暉侍的事情，我很抱歉。」

對那爾西來說，這樣一句抱歉，並不是他想要的東西，也沒有任何的用處。

暉侍不是奧吉薩害死的，其實不應該怪罪於他。

但是……嚴格來說，暉侍也不是恩格萊爾害死的，他卻還是下了手，殺了他啊。

「您接下來有什麼打算呢？」

被他這樣神色如常地詢問，感覺就好像什麼事情都沒有發生過一樣，那爾西一時彷彿產生了這種錯覺。

但並非如此。

恩格萊爾成為新生居民回來了，而他們雖然搶回天羅炎，卻眼睜睜看著人被東方城帶走。

只是他似乎也無法有所作為。

眼前能幫他的人，只有奧吉薩而已。

「……先靜觀其變。」

想了半晌，他做出這樣的決定。

「闖進夜止找人太不切實際，也許他們接下來還會有什麼動作……先看看他們的反應再說。」

「是。」

奧吉薩對他的決定沒有任何異議，很乾脆就應了下來。

「另外，這把劍……」

那爾西將天羅炎連著劍鞘從腰間摘下，狠狠地向前摔到地上。

「看是要找牢裡那些老傢伙動手還是怎樣都好，封印上得穩固一點，居然讓它掙脫，像什麼話？」

在盯著被自己砸到地上的劍時，他的眼神中充滿嫌惡，畢竟，這件事讓他在兩軍面前顏面盡失。

「我明白了。」

奧吉薩從地上把天羅炎拿了起來，他既然應承了，就會將這件事辦好。

不管那幾個被囚禁起來的長老多難纏，他也會想出辦法讓他們配合。

「那麼，退下吧，我想自己一個人靜一靜。」

在他不想跟人同處一室時，奧吉薩一向也不多說什麼，便會安靜地離去。

纏眼的布條，那天他解下來之後，就放在桌上了。

那爾西走到桌前，覺得自己似乎已經不再需要這個東西。

沉月會吸引其他世界懷有遺憾與執念的靈魂，來到這個世界，成為新生居民。

從來沒聽說過幻世的原生居民死後成為新生居民的例子。

可是他回來了，他變成了新生居民，回到了這個世界。

帶著被他殺死的記憶。

帶著一雙能夠正視他的眼睛。

所以，果然是因為憎恨與不甘嗎？

是什麼樣的程度，才能讓他突破限制，又重回這片土地？

那爾西覺得自己握緊的手，有點無力。

應該要是什麼樣的心情，他也無法說清。

范統的事後補述

我搞不清楚現在是什麼狀況。不管是落月要不要繼續開戰，還是東方城要不要堅持報復……但是前陣的士兵沒有解散，仍然集中訓練管理，看來應該是沒有直接放棄武力交涉的意思……

在一團混亂中，回到宿舍的我決定先睡個覺再說。

我絕對不是因為宿舍裡只剩下我一個人所以覺得很新鮮，我也不是因為看到三張床都可以讓我使用才決定睡覺的！事實上我還是乖乖爬到上鋪去睡，沒有因為睡下鋪比較方便就偷懶不爬上去……

好吧，我也動過睡下鋪的念頭，但硃砂那麼可怕的人，要是被他發現搞不好又是一番災難，誰知道他有沒有潔癖？為了我的生命安全著想，還是不要比較好，以免月退被女王帶走後都還好好的，我就已經死無全屍。

嗯……我也希望我能多出一點緊張感啦，但是我天性如此，改也改不掉，我知道這種時候睡覺好像不太應該，可是我也還想不到能做什麼啊！

如果我為了朋友擔心，一整個晚上都睡不著，月退他就可以平安無事的話，那我就算必須拿針戳我的手以維持清醒也會堅持通宵，但是只要有腦袋有理智的人，就會曉得這不可能吧？

安睡一晚之後頭腦應該就可以比較清醒，然後可以好好來想想這件事……我是這麼想的啦。

但是一夜亂七八糟的夢過去後，我的腦袋漿糊程度好像沒怎麼減少。

誰來告訴我為什麼在如此嚴峻的形勢下，我會夢見那種啦啦啦哈哈來追我啊的海灘奔馳青春陽光的追逐夢？

我的腦袋是撞壞了還是怎麼了嗎？

東方城哪來的沙灘海水啊？而且為什麼我要邊跑邊拿著一根拖……拂塵？夢中的我可以不要這麼讓人絕望嗎？

我絕對不會說出我是跑在前面被追的那個還是跑在後頭追人的那個！堂堂一個大男人作這種夢實在太愚蠢了！而且跟我演對手戲追來追去的那個對象還一直換！

大概是因為對象換成音侍大人的時候感覺實在太驚悚了，我才會突然驚醒吧……連中間換成米重的時候我都沒有這麼驚恐啊，這股打從心裡對音侍大人的抗拒與排斥，到底是對他長相的嫉妒還是對他思維的不齒？雖然這種夕陽下啦啦哈哈奔跑的白痴追逐感覺很適合他，但是當另一個跟著蠢的對象是我的時候，就一點也開心不起來了啊！

神啊，如果一定要讓我作這種夢，為什麼對象不能是個美女呢？我連作夢都要虐待自己，不能對自己好一點嗎？

不然就夢點符合時事的東西也好啊！明明情況這麼嚴肅，卻作這種蠢夢，讓我情何以堪？但我想，以我腦子的情況，就算真的夢了符合時事的東西，說不定也是月退被女王納入後宮，於是跟音侍大人還有綾侍大人鬧宮鬥之類的情節……如此認清自己後，實在令人想自殺重新投胎看看會不會好轉啊……

我想幫助月退。我想幫他……但是我能拿什麼幫他呢？

我能拿什麼幫他呢？

心有餘而力不足的感覺……實在沉重。

✣章之四

團結力量大……嗎？

『人家不是說三人成虎？只要湊滿三個人，就可以跟老虎一樣厲害。』——壁柔

『我覺得老虎也不怎麼厲害啊，三隻老虎都沒有我一個人厲害。』——硃砂

『你們全都搞錯啦！根本不是這樣的！有沒有哪個人能讓人心安一點啊！』——范統

從戰場上撤退，回到東方城後，已經過了一夜。

雖然看不出東方城之後的戰爭意願如何，但從後陣的人可以回宿舍這點來看，應該也沒有立即就要再度出兵的可能。

范統一個人坐在床上沉悶地啃著公家糧食。戰爭期間，伙食能跟平時一樣就不錯了，根本不可能奢望有什麼好吃的。

一面吃東西補充熱量，他一面覺得一點也沒有清醒過來的感覺，畢竟，昨天的一切太不真實。

我的好朋友忽然變成了敵國的皇帝。這該——這該怎麼說呢？我覺得我也需要一點心態的調整跟適應期？

好吧，這也許就是之前我還在探究該不該接觸的月退的另外一面了，心情一言難盡啊。

小民對這件事情甚感惶恐，嗯。可是又能怎麼樣？他是我的朋友啊，就算他今天不是變成落月少帝，而是變成一隻鳥，我也得接受這個現實嘛，頂多遭到的刺激又更大一點。

就算他多出一個身分，也不會就此變了一個人吧？只是要站在他身邊會多出一些無形的壓力而已。

必須想辦法自己生出站在他身邊的自信……跟能力。不然所謂的朋友，真的只會變成他的累贅而已……

范統一面想著這些有的沒的，一面食不知味地吃著東西，當房門被人粗魯地打開時，他還嚇了一跳——畢竟另外兩個住在這裡的人，這個時間點都不可能回來。

可是打開房門進來的人是硃砂。照理說這個時間點不該出現在這裡的人之一。

「硃、硃砂？你怎麼會——」

「你為什麼會這麼安然地坐在床上吃東西啊？」

硃砂彷彿對他的粗神經感到不可思議，一開口就是這樣一個問題，打斷了他本來也還沒想好要講什麼的話。

「我肚子不餓嘛！」

「肚子不餓還吃！你難道昨天根本沒上戰場，所以不知道發生了什麼事嗎？」

跟硃砂這個不相信他會講反話的人說話，實在難以溝通。范統搖了搖頭後，才想到該問什麼。

「前陣的士兵不是還沒收起來嗎？你怎麼可以回去？」
「聽不懂你在說什麼。這種時候誰還理他們，當逃兵就當逃兵，月退的事情比較重要。」
噢……這樣啊。
不，不對吧！我怎麼只有「這樣啊」如此平淡的想法？是經歷了什麼大風大浪，導致處變不驚了嗎？
「月退的事情，你沒有什麼想法？」
范統問出這句話後，便因為語意被詛咒顛倒而皺眉，幸好硃砂還是誤打誤撞地回答了。
「如果沒有什麼想法我回來做什麼？當然是把他救出來！你要不要幫忙？」
噢！硃砂，你真是果決！你知道你剛才說了什麼驚世駭俗的話嗎？
這意味著你要拖著一個草綠色流蘇的笨蛋勇闖神王殿，打敗綾侍大人音侍大人跟女王，突破王宮封鎖線——你確定？你、你有這麼勇猛的本錢嗎？你真的知道你在說什麼？
「你要是不想幫忙就算了，最低限度只要求你封口，你要是敢說出去，就算得去偷噬魂武器，我也會回來殺了你。」
等一下，我只不過還在震驚，連猶豫都還沒開始猶豫，你為什麼要這麼急著幫我做出決定啊？
「我沒有說不幫忙，只是抽象來說，你想怎麼做啊？」
我是說具體來說，別說得太抽象，救人也該有個計畫吧？

「看看有什麼資源可以利用。你如果要幫忙，就一起想辦法啊。」

硃砂手叉著腰，氣勢洶洶地對他這麼說。

太好了，你還有幾分理性。你也知道直接闖神王殿是死路一條吧？不用等綾侍大人或者音侍大人出馬，光是違侍大人就可以單手把我們兩個捏死了……

革命同胞只有兩個人，會不會太少了點？我覺得這樣好慘啊。

「我們也許可以先打聽一下月退現在的狀況，再了解一下還有誰可以幫我們？」

詛咒難得放過范統，讓他講出了一句正確的話。

「說到誰可以幫我們……有一個人理所當然跟我們的立場相同吧？」

「啊？誰啊？」

范統才剛問，硃砂立即就用一臉受不了笨蛋的表情看向他。

「除了璧柔還有誰？她是月退的護甲對吧？你的腦袋平常到底有沒有在動的？」

對喔！我都忘記了！說起來，璧柔不是人這件事明明就很驚悚啊！相處那麼久，我一直都以為她是個正常的女孩子！可能是因為對我來說她的事情不太重要吧，不然怎麼會忘得那麼乾淨……

「那你聯絡她看看？雖然人不知道去哪了，但是邪咒通訊器應該還可以用吧。」

符咒通訊器就符咒通訊器，邪咒通訊器是什麼玩意兒啦，總不是配合著落月背景做出來的俏皮更動吧？

「我才沒有存那個女人的聯絡方式，你來聯絡。」

沒想到硃砂一口拒絕，范統頓時愕然。

這是怎樣？你跟璧柔之間有這麼深的嫌隙？明明認識還把人家當陌生人？

「你這麼喜歡她？」

「誰喜歡她！我才不想跟情敵有太多的來往，雖然不會因為交情而心軟，但我也討厭那種類型的人。」

你這樣不對啊！俗話說知己知彼百戰百勝，你應該多多親近情敵，跟她當好姊妹，從她口中套出有用的情報，等到大事底定再把她一腳踢開吧？還是你想光明磊落分勝負？但我覺得月退好像比較喜歡你的情敵喔？你真的一點也不想要點陰險的手段嗎？

說是這麼說，人家肯不肯跟人妖當好姊妹我也不曉得，算了，當我沒說過。

「不喜歡她還可以排除喜惡找她落井下石，你也挺不簡單的。」

我是說找她幫忙。找她落井下石……是叫她去暗殺月退嗎？太神祕啦。

「因為我發現她不是人，那就沒什麼提防的必要了，月退跟她之間根本不可能。」

硃砂同學，你的想法太天真了，你都可以認為月退跟你這個人妖可能了，他跟他的護甲有什麼不可能的？沒看他跟天羅炎都曖昧成那個樣子，就算有什麼跨越種族的愛我也不意外啊！

「雖然難得有這種增進感情的加分機會，不太想分給別人，可是光靠我一個人是不太可能救得出月退的，只好勉為其難找你們一起了。」

……真是感謝你的包容心？你真是有氣度？為成大事不拘小節？
你就這麼直白地說出來，這樣好嗎？這樣真的好嗎？
「你快點聯絡璧柔，別再浪費時間了。說起來，等時間再拖長一些，東方城的高層搞不好就會想到要清查月退的人際關係，那時我們也會有麻煩，不如趁他們還沒想到，趕快速戰速決。」
硃砂指出來的地方范統還沒想到，不由得有種一語驚醒夢中人的感覺。
可是……為什麼變成你在發號施令啊？還有，要我這個有語言障礙的人負責交涉跟聯絡，你會不會太不懂得工作分配？
心裡唸歸唸，范統還是老實地拿出符咒通訊器來，試圖跟璧柔通訊。
現在不知下落何方的璧柔，應該找了個地方藏身，沒有辦法光明正大地回來繼續假裝東方城的新生居民。范統也沒有把握她會不會接這個通訊，畢竟她的身分當著那麼多東方城居民的面前暴露出來，當然也無法預測認識的人有何想法。
幸好通訊要求被接受了。
『是……范統嗎？』
璧柔的聲音聽起來小心翼翼的，看來在接起通訊時還有幾分猜疑。
「不是。」
噢！這種低級的錯誤到底要犯幾次！妳為什麼要問這種問題，誘導我說出這種答案！簡直都要氣急敗壞了！

『聽起來應該是范統。找我做什麼？』

很好，妳還記得我會說反話。我真不知道該難過還是高興。

「我跟硃砂想要把月退救出來，我們覺得妳應該也一樣，所以想找妳一起，畢竟人多失敗的機率比較高。」

顛倒的詞句出現在這種地方，至少比較好判讀，但是這種觸霉頭的話還是讓范統一陣不爽。

『咦？你們……』

璧柔的聲音聽起來很吃驚，她沒有說完這句話就陷入了沉默，像是在思考什麼。

『你們……現在在宿舍裡嗎？』

范統等了一陣子，才等到她問出下一句話。

「嗯。」

為了怕多講話又變成反話，他索性只應了一聲。

『我去找你們好了，用符咒通訊器說話不方便。』

啊？哪裡不方便？難道妳在什麼奇怪的地方嗎？

范統雖然心裡疑惑，還是同意了，然後，他便結束了通訊。

「怎麼樣？」

看他放下了符咒通訊器，硃砂立即問了情況。

「璧柔說不要過來兩趟。」

……嗯，不要過來兩趟，所以過來一趟，這樣解釋還可以吧？

「你的表達方式可以不要這麼拗口嗎？」

硃砂一直都很嫌棄他這張嘴，他也曉得這一點。

你以為我不想嗎！我也很想擁有一張可以正常說話的嘴啊！你這人真的很討厭耶——

而璧柔說要過來，也讓范統有點不解就是了。

她現在的狀況，可以光明正大走大門進來嗎？還是她會變裝？既然不是人，搞不好也可以變出另一種樣子來？

這麼想著，他不由得對璧柔的變裝起了一點期待，可惜最後讓他失望了。

當聽見「叩叩叩」的聲音時，他們一時還以為有人敲門，開了門發現沒有人之後，才發現聲音的方向不對，應該是窗戶那邊。

一看之下，原來是璧柔那隻焦巴在敲窗戶。

……妳要來就來，還派隻鳥來探路是怎樣？差點以為是惡作劇，真是的……

范統打開窗戶後，這隻黑色的鳥就十分從容自在地飛了進來，讓他心中有點害怕。

你要進來沒關係，可千萬別在我們房間裡變回原形啊！把我們住的地方撐爆弄垮的話，我一定會跟你主人索賠的！

而小鳥飛進來後，璧柔也跟著出現在打開的窗戶外，大概是從底下飄上來的。

由於窗子不怎麼大，她又不像她的寵物一樣會變大變小，要從窗戶進來還卡住了一下，費了點功夫，等到人終於成功進了房間，硃砂還冷嘲熱諷了一句。

「太胖了？」

硃砂同學，你真的對她很不友善，就算已經覺得她不具備情敵的地位也一樣嘛。

「才不是！是窗戶太小了啦！」

所有的女人都對胖這個字眼非常在意，璧柔也不例外，立即就臉色大變地澄清，一面還緊張兮兮地往下看看自己的身材，像是想檢查哪裡有沒有多一塊肉出來一樣。

我說啊，妳不是護甲嗎？身材應該沒有變形走樣的危機吧？

「我從窗戶進來從來不會有卡住的問題。」

硃砂以一臉不屑的樣子，做出了這樣的發言。

那應該是你身手矯健吧？還有，你什麼時候從窗戶進來過了？你沒事從窗戶進來做什麼？你有變身成女性體再從窗戶進來過嗎？要是你用女性體進來，胸部一定會卡住啦！

「不要再討論卡不卡住的問題了啦！」

璧柔惱羞成怒了，顯然這個話題讓她很不開心，不過這的確不是現在該討論的重點。

「不是啊，這很重要，慢點討論月退的事情吧。」

唉，我只是想說句話緩和，為什麼又被扭轉成完全相反的意思了？

「為什麼決定要當面談？」

硃砂略過了范統的話，直接朝璧柔發問。

「我們用的畢竟都是東方城的符咒通訊器，我擔心被監聽，況且我們用的還是綾侍大哥做的，感覺就更不安全了。」

這麼說也是有點道理。綾侍大人感覺不會站在我們這邊，就算妳以前很親暱地喊他大哥，多半也沒多少情分累積下來，現在知道了妳的身分，就算不抓妳也該防妳，通訊器如果能夠竊聽，取得消息就很方便了……

但是，妳既然覺得會被監聽，還說要來找我們，而且也真的來了，妳就不怕綾侍大人守在這裡逮妳，來個人贓俱獲……好像也沒有贓，嗯，又用錯成語了。

「擔心談話內容外洩嗎……但是我們也沒有別的聯繫方法，真是麻煩。」

硃砂聽了她的話後，隨即皺起了眉頭。如果沒有一起行動，而是分頭行事，那還是需要互相聯絡的，最方便的也只有符咒通訊器了。

「先別提那個，你們……是認真的嗎？」

璧柔來到這裡問出的第一個問題，讓他們有點反應不過來。

「你們都是東方城的新生居民，和我的立場不同，跟我一起去救恩格萊爾，意味著你們之後就不可能在這裡繼續住下去了，這是叛出東方城的行為，做了以後就沒有退路了，你們真的願意嗎？」

喔喔……原來是這個問題啊。住在東方城有什麼好的？可以離開的話，等於順便躲掉債務，求之不得啊！請讓我重新開始吧！給我一個無負債的美好人生！

「如果我們沒找妳，妳一個人有什麼打算？」

范統還沒用他那張破嘴問問題，硃砂就先問了。

「我會先確認他的安危，再想辦法把他救出來。儘管很難辦到，我還是會做。」

璧柔在這麼回答的時候，神情中透著愧疚與堅定。

「那我們要是成功救到了人，妳有什麼接下來的對策嗎？」

東方城要是不能待了，大家就只能一起走了，要走去哪裡，也是個很重要的問題，硃砂當然要問一下。

「要是能成功脫逃，我們可以到西方城去，先暫時住到我家，應該沒什麼問題。」

噢……對喔，妳是落月來的嘛，妳在落月有自己的宅邸啊？感覺還真是微妙。

「妳的身分不是也暴露給落月的人知道了嗎？回去沒有問題？」

硃砂覺得奇怪而問了這個問題，璧柔則搖了搖頭。

「我在落月以月璧柔的身分行動的時候，一向是覆面的，他們認不出我來。」

怎麼這麼有先見之明啊？我一直以為女人長得好看就會想讓大家稱讚的，妳居然捨得遮起來？

「月退以前當少帝的時候也是覆面，妳也是覆面……」

沒想到硃砂居然在意起奇怪的地方，讓人有點無話可說。

拜託，你連這個也要計較？沒有人會想用覆面來表達情侶裝的概念好嗎？

「原因不一樣啦，所以，你們真的確定嗎？」

璧柔又問了一次，硃砂幾乎毫不猶豫就同意了。

「當然。新生居民本來就是別的世界來的，在東方城也不過住了這麼點時間，沒有什麼忠誠問題，月退比較重要，而且，換個國家住住看，也挺新鮮的。」

你根本是心中無祖國只有情郎吧？要愛，不要國家？但那也得月退願意以身相許報答你才行啊！

「范統，那你呢？」

璧柔問他的時候，硃砂也同時轉頭看向他。他們會問他要不要一夥，實在讓范統有點意外，因為他根本沒有什麼派得上用場的能力，找他一起簡直是給他們增加麻煩的。

儘管如此，他還是點了點頭。

做這種事情，其實凶多吉少，但他還是不願缺席，只要有能幫得上忙的地方，他都想盡力做做看。

「我答應過他，要陪他一起回去。」

在月退的身分揭曉後，很多本來忘記了或者以為不重要的細節，經歷了一夜的混亂後，都重新浮現。

雖然那個時候，他還不知道自己答應了什麼，那個時候，他也不曉得回去指的是回西方城。

不過此時，曾經的約定並非重點。

他只是想著，如果什麼也不做，也許就再也見不到月退了。

他只是想著……月退要去做那麼危險的事情之前，甚至沒有跟他道別。

既然三個人的意願都確定了，那麼自然該進入討論做法的階段，為了增加溝通的效率，范統也去拿了紙筆過來，決定有什麼意見都用寫的，以免又造成誤會。

雖然寫字沒有用說的快，但要等人家腦內翻譯完還不一定翻對，不如用寫的比較乾脆。

「我們要怎麼得知他現在的狀況呢？」

這是個首先需要確認的問題，如果可以的話，最好也探聽一下矽櫻打算怎麼處置月退，然後算一下他們還有多少時間。

「就算要潛入，也得知道確切的位置才比較好辦，而且要是被發現，看守一定會更加嚴密，救人就更難了。」

硃砂一面說一面沉思，似乎十分困擾。

如果真的要執行潛入調查，一定也是硃砂跟璧柔中的一個人進行，這種考驗實力的體力活，目前完全與范統無關。

在璧柔說出她在西方城的位階是金線二紋的時候，范統跟硃砂都嚇了一跳。明明有那種水準的實力，還要人家帶她去殺雞拔毛，躲在背後當啦啦隊，范統不知該說她隱藏身分隱藏得很好，還是臉皮厚到無敵。

不過就算她比硃砂強，依照她那副單純無心機的樣子，硃砂照樣可以耍陰的修理她……

而璧柔也問了硃砂擅自離開軍隊的事情會不會被追查，硃砂則表示，由於近期可能不會有出兵的打算，人那麼多根本不會仔細一一清查，可能要過好一陣子才會發現他跑了，這點不必擔心。

聽到這樣的說法，范統也不免對東方城的軍紀感到絕望。

這麼說來，乖乖待在那裡接受集體管束訓練的都是些冤大頭白痴了？

其實也不能這麼說，畢竟硃砂是抱持著跑出來就不再回去的心理離開的，那些要繼續待在東方城的新生居民可不能這麼做。

「妳跟月退有沒有什麼特殊的聯絡方法啊？像是距離接近就能直接進行心靈交談之類的……妳不是他的護甲嗎？」

靈能武器可以和主人心靈相通，硃砂應該是想到了這一點，才會這麼問璧柔。

雖然護甲跟武器的原理一不一樣，大家都不太清楚，不過璧柔都可以變成人了，也不可能不如靈能武器吧。

「這個……」

璧柔因為這個問題而臉上一紅，好像有點尷尬。

「照理說應該要有的……可是過去我們在一起的時間太少，還沒有培養到可以心靈相通的地步……」

啊？

什麼？妳說什麼？那個……妳是在他幾歲的時候認他為主人的，我不太清楚，但你們成為主從關係至少也五年以上了吧！月退都能跟天羅炎修成器化了，跟妳卻連心靈相通都辦不到？我跟噗哈哈哈這樣前言不對後語地來往，也還不到一年的時間就可以心靈交談了耶！妳是在開玩笑吧！

「真對不起……」

大概是因為缺少這種理當要有的功能，璧柔心虛地道了歉。

妳應該道歉的對象是月退才對吧？妳到底有多長的時間自己一個人在外面玩，都不在他身邊啊？

「那麼又得再想辦法了，至少也得知道他的位置才好救人……妳連他在哪裡都感應不到嗎？」

硃砂說話的口吻已經帶了點責備，顯然他問的時候就預料到了答案。

「沒有辦法……而且，他畢竟死過一次，聯繫就等於是斷了，要再接觸才能重新連結……」

藉口啦──藉口──月退遇人不淑啦──妳不要再給自己找台階下了──

「嘖，難道真的要夜探神王殿？」

硃砂看起來真的在認真考慮這個方法了，這讓范統有點頭皮發麻。

偷偷潛入神王殿這種事情，一次就很多了，扣除掉進去救人的那一次就沒有多餘的額度啦，再增加不太妥當吧？

於是，他在紙上寫下「要不要先跟珞侍探探口風」這幾個字，再遞給他們看。

「珞侍？不是死了嗎？」

硃砂顯然只關心月退的事情，連珞侍的消息也不打聽一下。

「沒有啦，他被恩格萊爾復活了，所以昨天才會那樣……」

璧柔說著又紅了眼眶，仍然對自己沒保護好月退的事情耿耿於懷。

其實聽她喊恩格萊爾，范統跟硃砂都聽得不是很習慣，畢竟他們叫的一直是月退這個名字，但他們也沒有糾正她的意思就是了，畢竟，那才是月退的本名。

嗯啊，我也是回來聽了一些流言才曉得月退救了珞侍，不然他怎麼可能撐不住昏倒被俘虜？王血救人後的虛弱後遺症真可怕，但也不是說不要救珞侍就好了，唉……你就不能打完了再回去救嗎？

「那，范統，你再用符咒通訊器聯絡看看。」

硃砂下巴一抬，就以一副指使人的態度叫他去做。

怎麼又是我！好啦，這裡面的確只有我跟珞侍講得上話，但是……珞侍知道月退的身分後不知道怎麼想？

大家應該還是朋友吧？應該、應該是吧？

范統硬著頭皮拿出了符咒通訊器，送出通訊要求之後等待回應。

只是，苦苦等候了好一陣子，通訊都沒有接通。

「沒反應嗎？」

范統點了點頭回應了這個問題。

珞侍之前被落月的人抓去，身上的通訊器應該被搜走了吧？回來到現在也才一個晚上，復活後人都還不知道怎麼樣，只怕也沒空準備新的符咒通訊器……

這麼想著，他在紙上寫下了「搞不好人還在休息，之後再試試看吧」這樣的字句。

那隻進了房間就開始亂飛亂跳的焦巴，還突然飛了過來衝進墨水裡，腳沾了一堆之後又在范統的紙上亂踩了好幾個腳印，讓他有種怒火上升的感覺，幸好字沒有因而糊掉。

管管妳家的笨鳥啊！璧柔！

「如果可以請珞侍打聽，的確安全許多，就不知道他肯不肯幫這個忙……」

璧柔祈禱著事情能夠順利，硃砂則奇怪地看向她。

「妳不是還有音侍大人嗎？怎麼不去拜託音侍大人看看？」

噢！為什麼又是音侍大人！我覺得拜託音侍大人辦事就是有種不牢靠的感覺啊！

但是上次他承諾月退會沒事，最後也真的無罪放出來了……我好像不該這樣對他抱持偏見？當初我還在內心立誓以後不說音侍大人的壞話，結果根本一直在打破誓言——

不行啦，現在只要提到音侍大人，我就會想到昨天晚上那個啦啦哈哈哈來追我啊的白痴驚悚夢，快從我的腦袋滾出去——！

「我……不知道應該怎麼面對他……畢竟、畢竟一直沒有說清楚我的身分，好像一直在騙他一樣，也不曉得他怎麼想……」

璧柔一聽到音侍的名字，就有點慌張，一臉做了錯事不安的樣子，范統也不知道該說什麼。

所以說，妳為什麼要這樣無意識地欺騙人家的感情啊？早該料到有這一天了吧？還是妳想扮家家酒一輩子，或者哪一天突然消失，假裝成好聚好散？不是這樣的吧！

然後……妳之所以不能嫁，是因為妳不是人吧？那妳的未婚夫又是怎麼回事啊？明明不是人還去跟人訂下婚約，又有哪個男人被妳殘害了？

「范統、硃砂，如果是你們會怎麼想？」

璧柔想來想去還是很不安，忍不住向眼前這兩個男性詢問意見。

「也不會怎麼樣啦，沒有緣分就找上一個。」

我是說找下一個。繼續找上一個藕斷絲連做什麼？啊，忘記用寫的了。

「膽敢欺騙我的感情，讓我投注了一堆心血後發現根本是一場騙局，我一定將他千刀萬剮，親手送他上路。」

硃砂也很配合地回答了，只是在回答時眼神的凶惡與語氣的可怕，讓人不由得想倒退三步。

那個，你不要這麼小心眼好嗎？月退他應該還沒有欺騙你的感情吧？畢竟他從來沒有接受過你……所以你說的不是他吧？我可不想看你跟他反目後摸到床邊去抹他脖子啊——

「范統，你真是個心胸寬大的男人，我以前都看錯你了……」

好說、好說……慢著，以前都看錯我了是怎樣？妳到底之前把我當成什麼樣的癟三傢伙了？說清楚啊妳！

「只是沒有勇氣尋仇才會那樣決定吧？」

硃砂對范統總是充滿鄙視，這種時候自然也不例外。

你為什麼那麼瞧不起人啊——尋仇有何意義，這還不到深仇大恨的境界吧？怎麼你就不反省一下你自己過於激烈的心態呢？

「先等等看珞侍的消息吧，如果真的不行，再問音侍好了……我真的好擔心他對我的身分會有什麼反應，而且他好像跟女王很親近的樣子不是嗎？這麼大的事情，總覺得幫我們的機率很低……」

妳不要都還沒問就自己設想一堆啦！這樣會害我們也開始覺得希望渺茫耶！

「我跟范統應該先住在這裡看狀況怎麼樣，妳要住哪？如果不用符咒通訊器，我們怎麼聯絡妳？」

月退的床不是空下來了嗎？雖然男女有別，不過她又不是人，跟我們住一起也沒關係吧？

雖然我覺得真這麼決定的話，你會自己去睡月退的中鋪，然後叫璧柔睡你的下鋪……

「噢，找個暫時住的地方對我來說還不成問題……」

璧柔思考過後這麼說。聽她的說法，范統總忍不住要往強佔民宅之類的方向想。

「聯絡的話……我固定每天晚上都過來你們這裡一趟吧，我看我把焦巴留在這裡好了，其他時間如果要聯絡我，就寫字條讓牠帶來給我。」

啥？飛鴿傳書？

范統還在為了這古老的方式驚奇時，硃砂卻不太樂意地開口了。

「這隻鳥我們可不知道怎麼養，更別說是讓牠聽話了。萬一牠凶性大發怎麼辦？成天在房間裡撞來撞去吵人睡覺的話，會干擾到我的生活。」

就是啊！之前跑來啄我們窗戶的時候，妳就不知道硃砂有多想做掉牠。

「不會啦，焦巴很乖的，只要對牠溫柔一點就沒有問題了，牠很聰明的。食物方面，因為牠什麼都吃，餵點公家糧食就可以了，也不會花到錢。」

牠什麼都吃……會不會半夜變大把我們吃掉？

「……」

硃砂瞪著剛好飛到他面前停下的焦巴，焦巴也因為那殺氣騰騰的注視而驚嚇地轉過來看向他，一人一鳥剛好大眼瞪小眼，不過，儘管這隻小鳥是來自虛空一區的魔獸，還是被硃砂凶暴的眼神嚇得動彈不得。

「哼。好吧，不過是隻笨鳥，我就不信調教不來。」

噢，瞧瞧他唇邊那抹冷笑。璧柔妳要是還有一分愛護這隻笨鳥的心，就把牠帶走吧，別留在這裡給這個人妖魔頭凌虐啊。

「嗯，那這陣子就先拜託你們照顧牠了，如果要叫牠帶信給我，就把寫好的紙摺好放到牠嘴邊，等牠咬住後再把牠丟出窗外，牠就會自己飛來找我了。」

慢著！這是什麼粗暴的手法啊？這是實驗出來的嗎？還有，如果牠不小心把紙吞了要怎麼辦？難道要開膛剖腹把東西取出來？

「好。那妳可以再從窗子爬出去了。」

硃砂你就不用說出來了吧？不過，話說，璧柔妳金線二紋的實力，就沒有炫一點的進出方法嗎？像是用魔法出現還是穿牆而出什麼的……都沒有嗎？枉費我那麼期待，妳為什麼要這麼低調搞得這麼平凡啊？

「要不是東方城現在管制嚴格，全城都設下了禁止傳送的法陣，我才不用爬窗子呢！」

大概是剛才被窗子卡住，自尊心有點受損，璧柔說這話的時候整個人都氣呼呼的。

「妳要不要考慮腿先出去？這樣卡住了就沒救了，拉妳一把也會變成倒栽蔥。」

范統一時心直口快就直接用講的了，理所當然又錯了幾個詞。

我是說腿先出去的話還有救，推妳一把還不至於變成倒栽蔥啦！

「才不需要！不會卡住啦！」

可能是卡住的話題一直刺激少女的玻璃心，璧柔連再見都不說，就直接快速跳窗離去了。

這次倒是真的沒有卡住。不然范統還擔心她會惱羞成怒下直接毀掉他們的窗子。

「那我們……」

當房間裡只有自己跟硃砂的時候，范統覺得還挺不自在的，他一直都不知道該怎麼跟硃砂說話。

「你做你該做的事，維持正常生活就好了，不然反而可疑。這陣子的公家糧食也由你去領，我現在是逃兵的身分，出現在人前不太方便。」

啊？又是我？我怎麼變成打雜的啦！什麼都變成叫我做，還一副理所當然的語氣！你至少也加上一個請字吧？

范統固然心裡不滿，也不敢直接對著硃砂說出來，他也只能安慰自己，沒膽量的人可以活久一點。

「我要補眠了，別吵到我。記得去領晚上的晚餐。」

硃砂的那句「別吵到我」是瞪著僵在桌上不敢亂動的焦巴說的，這可憐的小鳥彷彿嚇到快要掉毛了。

說起來，硃砂跟綾侍大人到底哪一個比較可怕呢？

而因為硃砂三餐都要吃的關係，就算范統自己不想吃，也得幫他去領吃的。領悟到這一點後，他再度偷偷哀聲嘆氣。

這種雜役般的命運，實在讓我感嘆萬千。我生來就不是做大事的命嗎？我要哭了啊！而且還不能真的哭出來，因為會吵到硃砂睡覺……人沒種到這種地步，大概也沒什麼好說的了，只希望列祖列宗不要跳出來指責我，不管是太沒種還是范家因為我死掉而絕後的事情……

『范統……』

可能是因為他正專心感傷著自己的命運，噗哈哈哈的聲音出現在他腦袋裡時，還讓他嚇了好大一跳。

『做什麼啊？』

因為可以心靈溝通，不怕吵到硃砂，范統跟噗哈哈哈交談時覺得還挺輕鬆的，沒什麼壓力。

『你們……怎麼聽起來又要去做危險的事情了啊？』

『我也沒辦法啊，朋友交了就要認命，月退他既然被抓了，我們當然得幫他想辦法，難不成你覺得我們應該絕交？』

明哲保身切割關係這種事情，范統當然也不是沒想過，但是當對象是月退的時候，他實在是做不出來。

要是被抓的是璧柔或者硃砂，他可能還會抱持著「這也是沒辦法的事，什麼？救人？那種事情我哪可能做得來啊」之類的想法，然後只幫對方祈禱幾句就作罷。

然而出了事情、有危險的人是月退。就算他還沒去救人之前就知道希望渺茫，也得試過了再說。

『我、我才沒有那麼缺德，可是你們只有這樣三個人，怎麼看也不會成功吧，這是送死而已啊！』

被噗哈哈哈直接講出現實來，范統心裡還真是五味雜陳。

『對啦對啦，我們是以卵擊石，我這個實力不怎麼樣的居然異想天開想去救人，實在很可笑啦。』

『本拂塵只是關心幾句，你講話怎麼這麼酸？』

噗哈哈哈好像又有點生氣了，仔細想想，它也沒什麼惡意，范統抓了抓頭。

『好啦，是我語氣不好，總之不用勸阻我了，如果不小心害你沒了主人，那也只能說很抱歉，反正我們已經決定要做了。』

『明明幾乎沒有成功的機會，被抓到就會完蛋，你還想做？』

問這個問題的時候，噗哈哈哈彷彿充滿了疑問，像是不明白為什麼會有人這麼笨。

『我好不容易才下定決心無視生死問題的啊！你不要一直影響我好不好！有什麼辦法

呢，誰教每次出事的都是月退，有些事情不做的話是會後悔的，朋友是互相的，我不能只想著接受他的保護，他需要我的時候我也該付出啊！』

在他講完這一串之後，噗哈哈哈好一陣子都沒有再出聲，久到讓范統差點以為它又睡著了，或者覺得他太天真而不想理他。

『……你這個人，實在是……』

結果等了許久，只等到這沒頭沒尾的幾個字，讓范統完全摸不著頭緒。

實在是？實在是怎樣？

因為噗哈哈哈沒有說下去，范統自然也就得不到答案了。再追問說不定又會碰一鼻子灰，有了先前的經驗，他覺得還是安靜閉嘴比較好。

沒事可做的狀態下，范統嘆了一口氣後，便爬回了床上趴著，只等晚餐時間到了再出門領公家糧食。

然後他也忽然意識到，會繼續睡在這不吉利的四四四號房的日子，似乎不多了。

范統的事後補述

搶救月退小組緊急成立！每個人都有有去無回的決心，使命必達！

……當然啦，有去有回還是比較好的，至少、至少也要讓我們見到月退吧？如果連月退都沒見到，任務就直接因為全員陣亡而敗北，那也太哀傷了，還是我們在落網之後能夠拜託敵人網開一面，讓我們見見月退話別？

我覺得還是不要抱持太多期待比較好，儘管人應該有志氣，不該自己給自己漏氣。況且其實我們不只三個人！我們還有一隻鳥呢！雖然乍看之下只是一隻小鳥，但牠的本體可是很大的！至少也是可以在虛空一區生活的生物，就算可以在地上毫無戒心地睡著，也活了那麼久還沒被吃掉呢！

連我自己都想說「那又怎麼樣」了……事實上這隻鳥看起來就是又呆又蠢，毫無戰鬥能力的樣子嘛，說了那麼多虛張聲勢的介紹，也沒有絲毫安慰到我自己的感覺……

月退被帶去神王殿，不曉得待遇如何？我想他應該不太可能自己逃出來吧，東方城為了防止他逃跑，一定會在他身上做各種手腳的。

就不要挑斷手筋腳筋啊！那實在是太殘忍了！麻煩對待俘虜人道一點！人家好歹是個身分尊貴的皇帝！

啊，不過，月退畢竟是新生居民，死一次後不管什麼傷都可以治好了……搞不好會因為這樣，他們就乾脆進行無視俘虜生命安全，死了又死死了又死的酷刑？不──

我覺得想像力豐富的我實在不該有太多自己一個人發呆思考的時間。然後雖然已經過了這麼久了，事到如今根本就已經成定局了，但還是容我再說一句──

我明明腦中充滿幻想，為什麼沒有絲毫術法的資質啊！純粹想像到底是什麼玩意兒！可惡！

✣ 章之五

綿延的夢魘

『正因為是現實而不是夢。正因為……』——珞侍

在一片黑白交錯的混亂中，他又作了有他的夢。

那是個悲傷的夢，或者說，是個自虐的夢。

他不知道為什麼自己要一直重複這樣的惡夢，彷彿是自己不肯放過自己一樣，夢境在現實與虛構間交錯，折磨的也只有他一個人而已。

最初死亡的過程，他已經夢過無數次。即使在絕望中，他也醒不過來，只有斷斷續續的夢囈偶爾會讓別人聽見，而他其實也不知道自己在說什麼。

也許是因為面對面了，親眼看到他了，這次的夢清晰得血淋淋，清晰得讓他無法逃避。

過去的惡夢只有聲音和觸覺，所有的影像都扭曲不堪，幾不成形。

但這次的夢卻有了視覺。

夢裡的他又像那時候一樣，失去了所有的力量。他虛弱地倒在那爾西的腳邊，掙扎著想伸手探向前抓住他的劍，卻被對方一腳踩住手掌。

又像那時候一樣，對自己的命運無能為力，而即使求救，廣大的聖西羅宮中也不會有人回

應他。

『你已經不是皇帝了，手也不需要拿劍了，不如就廢掉吧？』

那爾西居高臨下地看著他，殘酷的笑容配合著他說話的語氣，緊接著就是一陣襲上神經的痛，讓他咬緊了牙才能夠不叫喊出來。

只不過是個虛擬出來的夢境而已，痛覺居然也如此真實。

『用那樣的表情看我做什麼，你以為我會因為你痛苦就停手嗎？』

他的聲音笑笑的，和殺死他時，那帶著哽咽與顫抖的聲音完全不同。

他其實不太能明白，自己為什麼要具象這樣一個那爾西出來，然後在夢中折磨自己。

在他的心目中，那爾西已經是這個樣子了嗎？

他一再地以夢境虐待自己，是為了提醒自己不要忘記對他的恨嗎？

為什麼呢？

還不夠嗎？如今這樣還不夠嗎？

踩在他手上的腳收了回去，繼而又重重踢上他的腹側。

那樣真實的痛楚可以模擬出來，也許是因為過去在失去視覺的一片黑暗中，這些暴行都曾經有人施加在他身上。

在長老們處罰他的暗室裡，這些他都經歷過。

『你為什麼要回來呢？沒想過也許會再落入我手中嗎？』

夢中傳入他耳中的盡是些無情的話語，有的時候，他也有種對著這個幻影哀求的衝動。

夠了吧。那爾西，停止吧……

但是，夢中的他總是發不出聲音。即便神情就是最直接的無言控訴，他還是想用自己的聲音問他一句——

為什麼？

他的夢是不可能讓他問的，因為他虛擬不出那爾西的回答。

而他總也不知道，究竟應該叫那爾西停止，還是叫自己停止。

這是他的心塑造出來的那爾西，但是，他卻無法控制他。

夢明明應該是個什麼事情都可能發生的場所，但就是不會有人來救他。

他到底能期待些什麼呢？

『為什麼要殺你，為什麼要傷害你？』

『不覺得問出這種話來的你，太蠢了點嗎？』

彷彿是為了諷刺他的話語，由那爾西的聲音說出來，就像是一把利刃直刺他的內心。

是啊。

難道他，居然還想為殺了他的凶手找藉口嗎……？

月退醒來的時候，眼睛還無法正確地捕捉光影。

他不是自然清醒，而是被人拿水潑醒的。一開始他還無法確認這是什麼地方，過了幾秒看清楚周遭環境後，他才判斷出自己身在牢房中。

這個監牢的樣子跟上次關的地方看起來不太一樣，由於在戰場上昏迷後，他就不知道後來發生什麼事了，為什麼會身在牢中，他實在也不怎麼清楚。

天羅炎呢？還有，璧柔呢？

他多麼害怕囚於那爾西手中的夢境成真，以致在看見圍繞在身周的獄卒穿著東方城的服飾時，他竟然覺得鬆了一口氣。

原來是落在東方城手裡……只是，為什麼？後來怎麼了？

月退覺得自己需要搞清楚狀況，不過，現在他是個階下囚，這是不爭的事實，他的力量也被特殊的封印限制住了，不可能憑著自己的能力離開這裡。

而當下的狀況也不容他進行需要時間的思考，因為他首先得面對的，就是這群來意不善的獄卒。

「落月少帝居然也有成為東方城的俘虜的一天啊——」

「竟然跑到我們這裡來當新生居民，那麼輕易就死了，看來也不怎麼樣嘛？」

在聽見他們的奚落時，月退還愣了一下，接著才想起自己的身分已經形同曝光的事情。

東方城的居民厭惡西方城的人已經根深蒂固，如果這些恨意有個代表對象，那麼那個代表對象就是他——西方城少帝・恩格萊爾。

他其實也很清楚這意味著什麼。儘管他沒有在東方城迫害過他們，他以少帝的身分所做的事情也不過就是消滅侵略者，保衛自己的國家……但這些人是不會理性思考這些，也不會給他辯解的機會的。

他想，也許他們會對他動一些酷刑，或是在言語上極力地羞辱他。

當自己厭惡的敵人無力抵抗地出現在自己面前的時候，很多人都會這麼做。過去他或許還不明白，但現在他算是明白透澈了。

也因為明白這一點，他總希望能夠努力不讓自己陷入那種境地……只是，有些時候狀況還是無法控制的。

他又犯了太過輕率的錯。那麼不經算計就衝了出去，讓自己的祕密曝光在大家面前，又沒有考慮自己的身體狀況，最後便淪落到了任人宰割的地步。

結果，是不是什麼都沒有做到？

沒能突破護罩殺了那爾西，沒能平息這整件事情……

明明決定即使付出生命為代價，也要殺掉罪魁禍首的，卻還是在最後一刻放手了。

總是不知道做事的方法……總是不曉得應該怎麼做才好。

「喂，以為不吭聲就沒事了嗎？你以為我們不敢動你？到底明不明白自己的處境啊？」

這四、五名散發著惡意的獄卒，看著他的眼神是不具善意的，月退依然維持著沉默。

他無論說什麼、做什麼都會激起對方的情緒，那麼不如完全不要有反應，還來得好一點。

他們想施以暴力還是什麼都沒有關係，反正那些他很早以前就已經習慣了。

習慣在承受痛苦的時候切割自己，習慣在事後當作什麼都沒發生，只默默地接受治療。

那個時候，他連用王血治療自己，都不被允許。

獄卒們扯著他的手臂將他從地上拉了起來，接下來應該就是可預期的疼痛了，什麼時候會結束呢？

反正只要忍下來，等他們膩了，自然不會繼續的。

很消極，卻也是他唯一會的應對模式。

只是事情偶爾也會出乎他的意料，承受疼痛沒有多久的時間，獄卒們的行為就被一個突然出現的人喝止。

「住手！你們這是做什麼？」

帶著怒氣走過來的人，居然是違侍。

月退在驚訝中先抽回了被他們抓住的手，揉一揉剛才遭到毆打的地方，儘管狀況有點不明，但似乎不是對他不利。

「違侍大人……」

大概是平常積威甚深，這些身為新生居民的獄卒在看見違侍出現的時候，通通都嚇得不知道該做什麼——因為他們不覺得自己有做錯什麼事情，卻又不敢向違侍詢問。

違侍繃著一張臉走近牢房外面時，他們看起來都想先道歉求饒了，但不知原因又不曉得該從何求饒起，導致氣氛一時之間有點微妙。

「你們的工作是什麼？」

違侍掃了他們一眼後，首先冷著聲音問出來的，就是這樣一個問題。而他也不等他們回答，就自己又說了下去。

「陛下命令你們刑求了嗎？陛下給過你們這樣的權力？」

「沒有……」

他們惶恐地低下頭，似乎還是不明白違侍為什麼會發這麼大的脾氣。

「你們有沒有半點任職神王殿的榮譽感？沒有任何人要你們做，你們卻自己對一個無法反抗的人動手，你們究竟知不知道自己該做的是什麼事情？」

被他這樣罵下來，幾名獄卒雖然沒有完全服氣，但也有點慚愧，每個人都不知道該說什麼話才好。

「還不快出去做你們該做的事！陛下沒有命令之前，不准動他！聽清楚沒有？」

違侍對於別人的過錯不會輕易饒恕，像這樣沒有追究責任已經很難得了，聽他這麼說，獄卒們如獲大赦，連忙出了牢房將牢門關好，就離開了這裡。

因為違侍沒有跟著走掉，而是用有點複雜的眼神看向月退，所以，在四目相接的時候，月退忍不住開口問了。

「謝謝你的維護，但是，為什麼？」

他已經恢復了西方城少帝的身分，自然沒有必要對違侍使用敬稱。而聽了他的問句後，違侍的臉色頓時變得有點難看。

「這不是維護你，是維護東方城的紀律與立場！」

他的辯解讓月退有點一頭霧水。若是真的為了所謂的公平正義，光明磊落，就不該趁他昏倒的時候把他抓到這裡才對啊。

這種事情違侍大可以裝作不知道，牢裡發生的事本來就不是高層會管的，他會特地來這一趟，怎麼看都不怎麼正常。

「不是都暗算在先，把我抓到牢裡來了嗎……」

雖然說出來可能會得罪對方，但月退一向很單純，就不知不覺把心裡的想法講出來了。

「那又不是我所能管的！」

違侍果然有點被他的話戳到內心，然後好像覺得自己有點失態，臉色因而更難看了。

「要不是你救了珞侍，我才懶得管這些事情！」

丟下這句話後，他隨即快步離去，再也沒有多看月退一眼。

「等等……」

月退反應過來後，急急地想喊住他，但只聽見遠處傳來重重的關門聲，看來違侍已經走掉了。

本來想再多打聽一點珞侍的消息，但違侍都走了，那自然是問不到了。

路侍……不知道怎麼樣了？

雖然那個時候他是親眼看到珞侍活過來才離開的，但他還是有點擔心之後的情況。

畢竟這是他成為新生居民後第一次以王血復活人，效果是不是能跟生前一樣，他也不太能肯定。

要是復活後有什麼後遺症，他覺得自己一定會自責難過。

是因為他不夠果決，拖了太久，東方城和西方城才會開戰，珞侍也才會因而喪生。

這是他必須背負的責任。

直到現在一個人獨處，沒有人干擾了，他才有心神去想其他也很重要的事情。

比如說范統。比如……他在東方城交到的朋友。

其實沒有幾個，一隻手就可以數得完。他的人際關係無論是生前還是死後，都貧乏得可以。

他的身分他們一定都知道了。同在那個戰場上，根本什麼都看得一清二楚了吧。

那麼，他們會怎麼想呢？會怎麼看待他呢？

月退覺得自己很難往樂觀的方向去想。也是因為這樣，他才始終無法對他們說出口，生怕當下得到的最直接反應就是排斥與拒絕。

但這一樣只是拖延時間而已。

害怕被討厭，便不敢求答案。

不敢求答案，所以連想都不敢想，控制著自己的思緒，不要去深思這個問題。

如果被討厭的話，應該要怎麼辦才好呢？

在這個問題的面前，他徬徨無助。

認識了新的朋友，認識了可以一起生活、一起為了各種事情傷心或高興的人，這已經成為他回到這個世界後，活下去的最大力量。

第一次嚐到生命的快樂，第一次擁有平凡的幸福。

如果失去了會怎麼樣呢？

如果他注定回復到一無所有，該如何是好呢？

他無從想像。

因為違侍的命令，月退從醒來後，在牢內度過的第一夜，還算安全。

沒有別人再來找他麻煩，待遇也在正常範圍，吃的是公家糧食，還給了他一條棉被，除了被關在裡面不能出去走動以外，跟在宿舍的生活差不多——連要洗澡都可以請人帶他去。

只是洗澡的時候不能關門，外面還有人看守，感覺還是怪怪的，他知道這是為了避免他假藉洗澡私底下搞鬼，但這種沒有隱私權的感覺實在不太好，只好盡可能當作外面的人不存在了。

以剛復活過人的虛弱身體強行動用武力，還與天羅炎器化，果然是不可能什麼代價都沒有的。他的右手現在只剩下做一些輕微、簡單動作的能力，可說是暫時廢掉了，沒有再拿劍戰鬥的可能……除非他又一次勉強自己。

雖然他左手也可以拿劍，不過，如果真的碰到必須認真搏鬥的場合，這樣的情況還是很不便的。

這樣的傷可能要休息好一陣子才會好轉，他也無從得知確切的時間需要多久。最快的辦法自然是自殺，靠著水池的力量重生，那麼新的身體自然就沒有了這些問題。不過他並不想這麼做。他對於死亡這件事有著本能的厭惡，就算以現在僅存的力量能夠殺死自己，他也不願意。

藉由死亡，雖然可以從這裡脫身，但這裡不同於上次的監牢，似乎是神王殿特屬的牢獄，裡面只關了他一個人，隨時巡邏的獄卒很快就會發現他自殺的事情，等他在水池重生後一定會有大批人馬等著抓他，加上水池又有著無法動用各種能力的限制，根本沒有逃脫的可能。

將他關入這裡應該是女王的指示，只是一天過去了，直到迎接隔日的清晨，東方城方面好像還是沒有任何的動靜，不知道將他關在這裡的意圖究竟是什麼，他實在分析不出來。

若只是單純要王血，再次執行被中斷的王血注入儀式，那還好辦，他願意配合，也不想開什麼條件，但事情只怕不會這麼簡單。

如果要談的是合作，就不會把他關在牢裡了，雖然他不會計較這些，但他也知道，當對方沒有以禮相待時，便是不給予他對等的地位，認為可以掌握、決定他的一切。

這顯然不是好事情，總是遇到這樣的狀況，也讓他心情一陣低落。

一個人坐在牢房裡，從牢欄看出去也沒什麼東西能打發時間，即使想做點修練，現在煩躁的心情也難以有多少成效。

灰暗的牢中是安靜的。獄卒很少走到距離他很近的地方來，大多是遠遠看著，覺得沒有問題便不接近查看。

把人抓來卻又不見面說明清楚，被關在這裡無人聞問的感覺，讓月退覺得很悶。

他的身體依然虛弱，這樣坐在牢中，久而久之，不由得產生一種想要昏睡的睏倦感。

只有休息並不能讓他的狀況好轉，還得吃點東西調養才行，但在這裡當然是不可能的，公家糧食讓他沒胃口，也不會有人給他送別的食物。

因為疲倦而坐著靠牆閉目的關係，當遠方有腳步聲接近時，他並沒有注意。

直到那個腳步聲在他的牢門外停下，以及手抓上冰冷牢欄的聲音響起時，他才睜開了眼睛，將視線聚焦往外。

一看清楚站在門外的人是誰，月退立即驚呼出聲。

「珞侍！」

親眼看到人沒事，好端端地出現在這裡，他一開始的確是驚喜的，只是當他瞧見珞侍臉上的神情後，那分燃起的喜悅之情也隨之疾降、冷卻了下來。

珞侍看著他的表情，沒有絲毫往常的影子。那不是看著朋友的表情，而是面對一個陌生的敵人才會有的樣子。

從他的雙眼中透出的，是一種憤恨與難以置信交雜的複雜色彩。被他這樣注視時，月退頓時不知道該說什麼，只能沉默著承受他的視線。

所以，果然是不該有期待的嗎？

「為什麼……」

除了臉色蒼白了些，珞侍整個人看起來並無大礙，但他說話的聲音卻十分虛弱，彷彿也反映了他內心的情緒。

「為什麼要欺騙我們？你是落月的少帝……那個殺了我們東方城三十萬士兵的恩格萊爾……」

珞侍主動開口了，然而，這個問題月退依然不曉得該如何回答。

若說欺騙，也許太過沉重。

他不是故意造成這樣的局面……也從來不希望哪個人因為他不願重拾過去身分這件事而受到傷害。

他只是想擺脫那個身分過活，就算這樣的生活不能長久。

他只是想在不背負那些陰影的情況下，和其他的人來往。

他只是想……

「如果你是來求證這件事情……我無法否認，我的確是你說的那個人。」

承認自己做過的事不需要勇氣。

只要在情感上切割，平述出事實就可以了。

不知是不能接受這個事實還是不能接受他的平靜，珞侍質問他的聲音也大了起來。

「那麼多的人命，你怎麼做得出來！」

東方城的每一個子民，在珞侍的心目中，想必都是很重要的。

五年前那場戰爭中喪生的人裡面，可能也有他認識的、叫得出名字，說得上話的人。

相較之下……

月退看著他，心中不知道應該要有什麼感覺。

相較之下，西方城的少帝，當然就只是個冷血無情的殺人凶手。

「我當然做得出來。」

這其中沒有任何的誤會，他想著。

只是價值觀的差異而已。

「只要這件事，需要有人來做。由什麼人來做都是一樣的，我是西方城的皇帝，我應該保護我的城民不受侵犯，以最直接的手段威嚇侵略的外來者，就只是這樣而已。」

他不知道珞侍希望他回答什麼，但是唯有這件事情，他不可能道歉。

因為這已經不是對錯的問題，而是立場的分別。

或許他總有一天要為了自己所做的事情付出代價，但他不會為了這件事說對不起。

就如同珞侍對現在揭曉了身分的他的敵視，東方城居民的性命不會是他的責任，也不會是他必須為之感到愧疚的東西。

因為他是西方城的皇帝，而發動那場戰爭進行侵略的是東方城，他們也理當自己吞下失敗的苦果。

「……」

珞侍緊咬著牙，過度握緊的手也不住顫抖，彷彿是找不到話可以回答，所以才一個字也說不出來。

投注到自己身上的仇恨，從來沒有讓他這麼疲憊過。

是不是因為，這次憎惡他的人，是他的朋友？

而珞侍盯著他盯了這麼久，終究什麼話也沒有再說，便恨恨地轉身離去。

宛如對他連一眼都不想多看。

已經連遠去的腳步聲都聽不到了。月退重新靠上了牆壁，除去了內心的隔絕後，猶如穿刺般的痛苦，隨即由內心蔓延至全身。

他抱著膝，將臉埋了下去，就像以為將臉孔藏在臂彎中，便可以不必正視這個世界。

早就知道會被厭惡。早就設想過身分揭露的那一天，他有可能失去原有的那些溫暖。

但真正遭受、體會的時候，卻是預設時難以模擬的難受。

在東方城的水池重生時，他曾經因為重新拿回的視覺而感到驚喜與新鮮。能夠再次用自己的雙眼去看每一個自己身邊的人、每一件記憶裡早已模糊的景物，對他來說，這不只是一個意外獲得的禮物，也是他很珍惜的奇蹟。

可是如今讓他覺得快樂的一切好像都變了調。

他竟然懷念起過去目不能視物的自己……儘管那時是被迫失去了視力。

如果他還是那個失明而封閉自身的少帝，今天心也許就不會痛了吧。

不必看到珞侍眼中的憎惡與不諒解。不用看見他的表情，自然也就無從比較前後的差別。

如果他還是當初那個恩格萊爾……

月退覺得自己無法再繼續想下去了。雖然他已經想了很多很多。

也許不必等到真的面對，就可以有答案。

也許他所祈求的，不是一個微小的可能性，而是一個根本不會到來的未來。

不要討厭我。

他聽見自己在心裡這麼說。低低的，輕輕的。

不要討厭我……

那個聲音沉了下去。

情感是那麼不確定又容易打破的東西。

他的記憶停留在生命停止的那一刻。

最後記憶的影像，是音侍焦急的臉孔。連聲音都遠遠的，難以在他的腦海殘留。

然後包圍他的是一片雪白的世界，理應感到寒冷，卻沒有任何知覺。

他不曉得等待著自己的是什麼。應該說，在生命結束的時候，他就已經失去了思考的能力，只能感覺自己如同浮萍般在未知的空間裡飄蕩。

有沒有遺憾或是未完的心願，他通通都不知道。

被軟禁在西方城宮殿裡的那段時間，他過著暗無天日的日子，感覺不到時間的流逝。見不到人，沒有自由的生活讓他幾乎陷入了絕望中，連做點會有人來救他的幻想都沒有辦法。

他在一片茫然中就被束縛著帶到了戰場上，久違的陽光讓他覺得刺眼，接著沒有多久，就是那陣奪去他生命的攻擊。

他虛弱得連痛都叫不出來，甚至也來不及看清楚東方城的人有什麼反應，也來不及體認到死亡的逼近。

在還沒有接觸到「死」之前，他一直都以為這件事離自己很遙遠，即便真的發生了，也沒有多少真實感。

因為他的生命如此脆弱，而過程過於快速，使他沒有足夠的時間去意識。

母親會不會救我？

他的心裡隱約浮出這個疑問，但很快就不抱希望地下了個否定的判斷。不會吧。

這彷彿是對自身定位的感覺。矽櫻不會花時間與功夫在他身上的，他了解這一點……一直都了解這一點。

他的失蹤不可能不被發現，但究竟有沒有人在意，有沒有人出來找他，他其實也無法肯定。

有誰真正在乎他嗎？

很久以前也許有一個。

即使知道暉侍是西方城派來的臥底，他還是難以將以前相處的一切盡數抹去。

就算是以欺騙為起頭，裡面還是有很多是真的吧？

暉侍來自西方城這件事或許會讓他稍感質疑與動搖，但還是改變不了他曾經的思念，也無法阻止他在聽聞他的死訊後悲傷。

然而一切卻在變質。

從他再度睜眼甦醒的那時起，原本崩垮了一塊的他的世界，連同著暉侍的部分，一起變質了。

原因是月退。

那個跟暉侍很像的人。

珞侍是在清晨的時候清醒的，當他發現五感又回到自己身上，動了動手，確認能夠掌控身體的活動後，他首先感覺到的是疑惑、不解與不可思議。

他以為自己不會得救的。

母親不會救我——他是這麼認為的，但是他卻活了，這個想法似乎是錯的。

而他醒來的地方也不是自己的房間，不用從擺設推斷，在看見抱胸坐在旁邊打瞌睡的音侍時，他就曉得這裡是音侍閣了。

想來是他將人帶回來後又不放心地在旁照看……這種被關心的感覺讓他有點不自在，但也不覺得排斥。

大概是因為起身的動靜被音侍察覺，音侍立即就從打瞌睡的狀態清醒了過來，一看到他沒事，當下便高興地湊過來抱住了他。

『小珞侍！你總算醒了！沒事吧？身體有沒有哪裡不舒服？』

音侍沒神經地在他身上拍拍捏捏的，讓珞侍一時有點無話可說。要是還有傷還沒好的話，這樣不知輕重的亂碰大概會讓傷勢更嚴重吧。

雖然音侍守在旁邊的情義讓他很感謝，但仔細想想，若真的是傷患，給他這麼沒常識的人照顧起來搞不好會出人命。

然後他這一身血衣居然也還沒有換掉，看著上面破處與乾掉的血跡，就可以想見自己當時出血有多嚴重，他這才有真的死過一回的感覺。

『啊，我們都嚇死了，你怎麼會被落月的人抓去啊？這陣子都沒有你的消息，我們還以為你因為暉侍的事情賭氣不回來了，沒想到居然發生了這種事……』

如果不阻止他的話，他搞不好會沒完沒了地一直講下去，珞侍有這樣的預感。

『我是在營地外遇到落月少帝才會被抓走的，這些已經不重要了啦，現在到底是什麼狀況，後來又……』

『落月少帝？啊，那個是假的啦，明明是個假貨還敢動你，真是太過分了！』

乍聽這句話時，珞侍還沒有反應過來。

假貨？落月少帝還有假的？

『什麼假貨，我怎麼聽不懂你在說什麼……』

『啊，就是那傢伙不是真的少帝啊，也不知道他是誰，要不是你活回來了，我真想去殺掉他替你報仇。』

音侍的話也不知道是開玩笑還是認真的，珞侍聽得滿心疑惑。

『為什麼會知道他是假的？如果他是假的，那真的又在哪？出現了嗎？』

『嗯？真的少帝，就是小月嘛。』

音侍這麼回答他的時候，他還處在「音侍又是哪根筋不對在亂說話了」的想法中。被他稱作小月的人應該是月退，可是忽然說月退是落月少帝，也太莫名其妙了吧？甫聽到的一瞬間，他的確是把這句話當成玩笑話的──但再深思一層後，他卻覺得笑不出來。

月退有一張長得很像暉侍的臉，而那個「假少帝」的臉幾乎跟暉侍一模一樣。

也就是說，月退和那個假少帝，其實是長得很像的。

沒有什麼關係的人不應該有那麼相似的長相……他也曾經這麼質疑過的，然而月退沒有對此做出任何回答，他從來沒有解釋過自己的事情，也不為自己可疑的來歷辯解。

落月少帝？

騙人的吧？

『你說月退是落月少帝？證據呢？』

沒發覺到珞侍問問題的時候臉色變得很難看，音侍自顧自地說了下去。

『啊，雖然我也搞不太懂，不過他可以使用天羅炎，而且大家都說是這樣，櫻還把人帶回來了，應該沒錯吧？還有，小柔她也……』

音侍說到這裡，好像因為心情複雜而沒再說下去，珞侍當然不明白他在想什麼，聽完這些，他便站起了身子準備離開。

如果單聽音侍的說法，他覺得自己恐怕很難了解整個狀況，感覺只會越弄越迷糊，還是去問其他人比較好，他想搞清楚這是怎麼回事。

『音侍，謝謝你照顧我，我要回去了。』

『咦？小珞侍你怎麼這麼急著走？你的身體真的沒有問題了嗎？我沒有被復活過，不曉得復活跟治療有沒有差別，你真的不需要休息一下吃東西補一補？』

對於音侍的問題，他只搖了搖頭。

『我沒事，不必擔心我。』

珞侍在站起來以後確實沒有哪裡特別不舒服，所以他決定先回珞侍閣換一下衣服、做點清洗，再去找個清楚狀況的人詢問。

與其到街上打聽消息，不如直接在神王殿裡找人問——

綾侍是最好的人選，只要他肯回答他的問題。

沒什麼事情的時候，綾侍一向都待在第五殿的綾侍閣，在要走入綾侍閣時，珞侍看了看同在第五殿的暉侍閣與通往第六殿矽櫻居處的通道，頓時心裡浮現的也不曉得是什麼樣的情緒。

但他選擇暫時忽略那些感受，前往他要去的地方。

『他是在兩軍交戰的時候出現在戰場上的，無論是他展現出來的實力，還是天羅炎與愛菲羅爾相繼出現的事實，都足以為他的身分佐證。我想，他的真實身分應該已經無庸置疑，大概只有落月的某些笨蛋才會繼續動搖吧。』

若說音侍說的話還有幾分不可信度，那麼同樣的話由綾侍說出來，幾乎就是不會有誤了。

儘管他情感上不願意相信，但理智上卻知道，說不相信，也只是逃避而已。

『人目前押在神王殿的地牢，要去看看他嗎？有什麼話，可以當面對他說，你應該知道怎麼下去。』

綾侍淡淡地對他這麼說，他是怎麼走出綾侍閣的，實在已經沒什麼印象。

月退是怎麼被抓回來的，珞侍並沒有追問，這不是他想關注的重點。

神王殿的地牢要怎麼去，他當然知道，不知是被什麼樣的動機驅使著，他便真的往地牢的方向去了。

拿出侍符玉珮在入口處進行術法核對後，解開了結界，他就進入了地牢。

他知道自己的臉色一定很難看，所以月退才會在被他驚醒、看見他之後，神情整個黯淡了下去。

可是他克制不住自己的情緒，無法讓自己維持冷靜。

長久以來，持續不斷的，對那個從沒見過的少帝的憎恨。在王血注入儀式上，似乎揉合了對暉侍的情感而產生了迷惑。

之後，他所憎惡的、假想出來的對象，就這麼出現在他面前。

以一個他所熟知的朋友的身分。

不，他真的熟知嗎？

他所認識的那個人到底是誰呢？

而他所想像的、那個極惡的敵國皇帝，又應該是什麼樣子呢？

他無法把這兩個不同的形象融合在一起，就如同他無法接受月退是恩格萊爾這件事情。

言語的碰撞是可以預見的事情。從認識到現在的一切，彷彿都成為了別有心機的騙局。

暉侍是西方城的探子，那麼暉侍的筆記是否也是個故布疑陣的道具？西方城的方針，不就是封印沉月？

只是為了動搖他對沉月的信仰，讓他做出對沉月不利的事嗎？

他該怎麼相信，又該相信些什麼？

這樣的情況下實在是無法好好地說話，不管對方再怎麼冷靜，只要他自己不能平心靜氣，就會什麼也聽不進去。

所以他離開了那裡。

離開了那裡……然後不知道自己能去哪裡。

他一直都希望自己能夠早日成熟，成熟到足以背負自己應該背負的東西。

但事實上，他卻仍是個孩子。

背負不了他希望自己能背負的事物，也無法承擔那些會壓垮他的是非黑白。

於是只能徬徨無助，釐不清自己想要的是什麼。

暉侍。暉侍。

就算他已經離開了，就算他已經死了，他還是希望這個人在他心裡留下的，是光明而美好的形象。

他不明白為什麼有這麼多的事實要來破壞這個小小的心願，卻也無法阻止心中擴大的懷疑與傷口。

所以才無法諒解。所以才無從宣洩。

回到珞侍閣後，他將自己關在房裡，儘管知道這麼做沒有任何意義，自己一個人思考只會陷入僵局，他還是不想在這個時候跟誰有接觸。

可是這個時候卻有人來拜訪，讓他不得不打起精神面對。

因為來的人是違侍，違侍總是喜歡從各種小地方挑剔他，要是他又有哪裡表現得不好，鐵定又會遭致一頓教訓。

違侍在瞧見他開門出來時，神色顯得有點古怪，不過一等他詢問來意，那張臉馬上便恢復了平常嚴肅的樣子。

『團體行動的時候不要隨便脫隊！尤其附近還有敵人的人馬，你太大意了！』

他一開口果然還是訓話，在心情不好的當下，珞侍聽了只覺得心裡又酸又澀。

『我知道了。是我的錯。』

他不該亂跑，不該被敵人抓走，不該被拿來當戰場上削東方城面子的籌碼。

他也不該對一個已經消失那麼久的人投注那麼深的情感，不該對身分不明的人敞開心胸，不該自己做了之後，再自己覺得受傷。

不該不該，全都是不該。

當他發現自己哭了的時候，要低頭掩飾已經來不及了。

『你……不過說你一句，怎麼這樣就哭了啊！』

違侍好像對狀況的發展感到驚愕，同時也手足無措了起來。

身為東方城的未來繼承人，當然不可以隨便哭泣。

從小到大他忍過很多次，但當淚水真的湧上時，是沒有辦法控制的。

有的時候不是想要堅強，就能夠辦到。

比如說現在這個時候。

違侍已經在他面前僵硬好一陣子了，他本以為他會再次板起臉孔罵他軟弱，但他卻沒有。

他也覺得這樣的情況很尷尬，但違侍又不主動說要告辭，所以他只好自己背過身去，用手擦拭自己的臉，以自尊心壓抑著，盡量不要發出聲音。

當他注意到違侍走了過來，輕輕摸了摸他的頭，什麼話也沒有說的時候，他終於不由得痛哭了出來。

讓他依靠著哭泣的臂彎雖然有點遲疑，卻有著令人心安的溫暖。

范統的事後補述

接續著昨天的怪夢，今天的夢也沒好到哪裡去。

經典的沙灘追逐沒有再出現固然是件好事，但……夢了一個焦巴不斷增值的夢，也好不到哪裡去吧？

吃白飯的鳥一隻就很夠了，夢裡面那滿坑滿谷也太驚人了啦！光是想到一餐飯要吃掉多少食物我就胃痛啊！怎麼最近作夢都是在懲罰我嗎？

夢到一堆焦巴，就等於夢了一片黑壓壓又一直動來動去的東西啊！整個就讓人很不舒服！為了這不知所謂的夢，我還硬是強迫自己半夜清醒了一次，然後再重新躺回去，看會不會夢個好一點的。

實驗的結果……我也不知道該說好還是不好。

我夢見了月退，醒來的時候其實已經不記得細節了。

夢裡面我們不知道在做什麼，好像只是很普通的日常生活，沒有哪裡特別，但是月退笑得很開心，我也跟著覺得很高興。

夢醒時覺得有幾分失落，因為現在的我不但見不到月退的笑臉，甚至連他的人都見不到。

我想再看見一次那樣無憂無慮的笑容……從他的臉上。

而我此刻也不知道這個願望有沒有可能實現。

這樣的夢給我一種小小的難過……但我也不可能跟誰說。我想硃砂那個求偶至上的傢伙不會懂這種感覺，璧柔那個忽略月退忽略了不知幾年的不負責任護甲更不是談心的好對象……

難道我只能跟一隻聽不懂人話的鳥說？

天啊，這也太殘忍了吧，久了我會得憂鬱症的，這可不是我期望的發展啊！

月退現在在神王殿裡面，不知道在做什麼呢？

我想無論如何，應該不會是開心帶著笑容的。

無法得到他的消息令我很著急，坐在床上回顧完這個夢後，我的心裡只有一個想法。

唉……珞侍，你什麼時候才要重弄一個符咒通訊器啊？

章之六 援手

『有的時候，人總是不知道自己提出的是什麼樣的要求。』——綾侍

還沒取得消息之前，一切照日常生活過——這是目前大家的共識，范統自然也只能遵守。

不過，待戰期間，學校又不開課，范統還真不知道自己的日常生活該是什麼。

如果是以前，他還可以在房間裡教月退寫字，現在的話……難道要待在房裡跟硃砂互瞪？

不，我還不如出去逛逛吧，上街散步也是我的日常生活活動之一嘛，雖然平常月退都會陪我一起去啦……

沒有人一起行動的感覺好孤單喔，嗚嗚。

擺脫了和硃砂同處一室的狀況後，范統呼出一口長氣，覺得輕鬆了許多。

跟太認真的人單獨相處，總會有種喘不過氣來的感覺，這種感覺還是讓焦巴一隻鳥去享受就好，我無福消受啊。

因為是一時興起出來的，范統並沒有什麼目的地，身上沒錢的情況下，說是逛街，還不如說是散步健身，這樣悲涼的處境他也只能認了。

街市上走動的人不算很多，畢竟有一大半的人都是前陣的士兵，正被集中訓練管理。這種

冷清蕭條的感覺，范統不太習慣，本來想用熱鬧的感覺來沖淡心裡的不安，但這個目的顯然無法達成了。

然後他也接著體認到一件事。

街上的人多不多不是重點，反正不管多還是少，都會讓他撞見遊手好閒愛八卦的米重。

「喲！這不是范統嗎！好久不見啦，我正想著要不要去拜訪你呢！」

米重看到他的時候，很快就露出了一臉很假的驚喜，然後無視他皺眉後退的態度，立即快步追了上來，親熱地跟他勾肩搭背。

把你的手拿開，我跟你沒有那麼熟啊！你想找我一定沒好事，快滾！

「聽說戰場上發生了大事呢——你有沒有什麼情報或者心情可以提供給我的？」

情報也就算了，心情？問我心情做什麼？

大概是看穿了他臉上的疑問，米重又補充了一句。

「身為落月少帝的親密好友，你不發表一點對目前事態的感想嗎？啊，你事前曉不曉得他的身分啊？還是你也一直被瞞在鼓裡？覺得錯愕、驚訝嗎？有沒有被欺騙的感覺？還是覺得意外結交到大人物很爽？」

……米重，你為什麼不去找人把你的嘴巴縫起來呢？

范統因為米重連珠砲般發問的內容而臉上微微抽搐，很想一拳把他的臉打歪，看他還能不能繼續嘻皮笑臉下去。

「你這是什麼話……」

「嗯？很實際啊！你不知道這件事是這兩天最大的新聞嗎？落月少帝居然之前一直混在我們之中，大家可能都有跟他擦身而過，甚至還說過話啊！想到我被他當街威脅過，我就覺得很爽，這等於多了一個料可以講，很珍貴的啊！你們住在一起又形影不離，感情那麼好一定有更多能說的吧？我不會虧待你的啦，爆料有錢賺喔！」

米重唯利是圖的個性，范統早就徹底了解了，所以儘管因為他的話而生氣，他還是無法真正憤怒起來。

「人家處境清楚，你們還在這裡幸災樂禍錦上添花……」

我是說處境不明，你們還幸災樂禍落井下石啦！變成這樣有夠不倫不類的。

「噢，都被咱們英明的女王陛下抓住了，自然是不會有什麼好下場的吧？恩格萊爾可是我們的敵人啊，你該不會還繼續把他當朋友吧？」

米重用一副看異類的表情看著他，好像覺得他沒有跟著一起幸災樂禍是天大的錯誤似的。

「不用你管！什麼不會有什麼好下場，不要祝福他啦！」

「說他沒好下場還叫祝福？你這是在反諷嗎？」

米重奇怪地反問，范統則苦於沒跟他說明過詛咒的事情，乾脆就悶聲不解釋了。

「光是來我們東方城學了我們的技藝這件事，就不會那麼輕易放他走的啦，術法軒的老師心裡一定很吐血，哈哈哈。」

千年難得一見的奇才居然是敵國的皇帝嗎？以東方城居民的立場來說，單這麼想的確很吐血。不過月退他總共也只學到術法方面吧？符咒不會，武術他自己就可以開班授課了，東方城其實也沒虧很大，就放過人家好不好？不然讓他教你們魔法當作回饋也可以啊？還是你們根本不屑學落月的東西？

「但是他是想阻止戰爭的吧？你們為什麼要罔顧他的好意呢？」

偶爾講話沒被顛倒這種事，已經無法讓范統單純地感到高興了，特別是在心情這麼低落的時候。

「誰知道他想做什麼呢？唉呀，人都落到我們手裡了，自然也不必戰了，沒打仗就達成了目的，大家都可以繼續活下去，這不是很好嗎？」

好你個頭！大家都很好只犧牲月退一個人是不是？況且落月那邊都還未必搞得定呢！他們都扶持了一個假皇帝裝得有模有樣不是嗎？

「以前女王陛下很寵愛暉侍大人，你說落月少帝那張臉會不會讓女王陛下有移情作用？如果有的話，那也不用當落月少帝了，直接進女王的後宮就好啦——」

你這是什麼下流話題？女王陛下寵愛暉侍大人，也不是那種寵愛法吧？不是她的義子嗎？

范統覺得再繼續跟米重聊天下去，只會汙染自己本來就不怎麼乾淨的心靈，雖然他曉得自己的心靈純潔不到哪去，但也沒有放任著讓它越來越汙穢的打算。

「我們志同道合，多跟我說一些。」

不！我是說道不同不相為謀，少跟我說話啊！

「嘖嘖，范統，看不出來原來你有興趣的是這類的話題啊？」

米重彷彿在重新審視他一樣，范統則對這樣的話題感到絕望。

我絕對沒有因為說錯話而發現一個新的自己。絕對沒有！

「不過啊，公共場所還是少談一些跟女王陛下有關的事情比較好，我可不想被處死啊，有機會我們可以慢慢聊，現在還是來談恩格萊爾的事吧，在東方城談落月少帝就不會有人管啦，你可以暢所欲言，來吧——」

要不是現在跟噗哈哈哈的關係還沒搞好，范統真想抓著噗哈哈哈然後對米重丟個馭火咒，親眼看著他變成焦炭。

「我不想說。繼續煩我吧。」

「你說話還真是前後矛盾，是要我多糾纏你，你才肯回答的意思嗎？」

誰那麼不老實不坦率啊？我又不是珞侍。

「如果有不錯的情報，我會分你情報費的，我很守信用的！」

抱歉啊，現在用東方城的錢已經無法吸引我了，我反正也不能在這裡住多久了，給我再多東方城貨幣又有什麼用？就算有一萬串錢我也只能拿去扔水溝啊。

「你要做這種調查，還不如去訪問音侍大人發現他的戀人是愛菲羅爾的時候有什麼感想咧，你不覺得這也是個很爛的話題嗎？」

好吧，嚴格來說，很好顛倒成很爛也還算有道理。打探人家的感情世界實在不太道德，我純粹只是為了把米重的注意力從月退身上引開才拖音侍大人下水的。

「噢，這個自然有專人去負責打探，那不是我的打聽範圍啊。」

米重聳聳肩，顯然對這件事興趣缺缺，這讓范統有點意外。

「為什麼？我以為你有些事情都不打聽的。」

我是說我以為你什麼事情都包打聽。沒想到你居然還會選擇性迴避某些消息？

「沒有為什麼，這哪有為什麼？所有拜倒在綾侍大人美貌之下的俘虜，通通都對音侍大人很感冒啦，音侍大人的事情怎麼樣我一點也不關心，光聽到他的名字，我耳朵都會癢。」

米重擺擺手表示這件事沒什麼好談的，范統則再度產生新的疑問。

「你態度差真小，看到音侍大人修理違侍小人的時候，你不是也推崇得很冷淡嗎？」

那是比武大會結束後有一次在街上遇到米重發生的事情，而范統這段話裡顛倒的幾個詞，則造成了微妙的誤會。

「咦？你觀察得真細微，居然能看得出我那無關痛癢的讚美底下暗藏的不以為然，是我太不注意，沒有藏好嗎？哎呀。」

……所以，你即使跟音侍大人一樣討厭違侍大人，也不會因此讓你改變看音侍大人不順眼的態度就是了？音侍大人只不過是常常跟綾侍大人走在一起而已，有必要這樣嗎？

而且，事關音侍大人的戀情破裂，那他搞不好會轉往綾侍大人那裡尋求安慰啊？你真的一點也不關心嗎？

「說了這麼多，范統，你到底要不要提供一點消息啦？」

米重不喜歡白費唇舌，但范統也不怎麼想提供他想要的東西給他。

「你如果想要無聊一點的消息，不會去落月那邊打聽啊？」

「那也太困難了吧！我們的居民八卦情報網沒有流通得那麼遠啦！到落月去打聽，可是要冒著生命危險的事情呢，如果是為了綾侍大人的話還可以，為了恩格萊爾的八卦就算了吧。」

所以你還真的可以為了綾侍大人去死啊？那如果綾侍大人要你去落月打聽情報呢？我覺得綾侍大人對落月的情報一定很感興趣……

「你花了我這麼多時間，也拿出點誠意來吧？」

「你到底不想打聽什麼？身高體重三圍我通通都知道。」

「你通通都知道？你們到底是什麼關係？普通男性友人會知道對方這些數字嗎！范統，攀上貴人也不要忘了我啊！」

誰要記得你……不，不對，我是要說我通通都不知道啦！誰會知道那種東西啊！

「如果覺得不想議論他身分的事情，那麼透露一點他的異性交友關係也可以啊，比武大會的時候那個跟他黏得很近的美女，你說是硃砂，但又沒給我下文，不如趁機揭露一下吧？如果譜出一段落月少帝來到東方城後，與東方城的美女相戀的悲劇故事，應該也會很受歡迎的！」

那是什麼亂七八糟的故事？而且還擅自決定是悲劇了？我覺得硃砂一點也不適合當悲劇女

主角喔，你如果把他塑造成那種形象，就是你太天真了，他都已經做出了無祖國的宣言了，你以為單單國家背景的問題就能阻止他跟月退在一起嗎？如果他跟月退真的是戀人的話。

「你不如去直接訪問本人算了，我相信他一定不願意說很少。」

「喔喔！可以訪問本人當然好啊！你要幫我引薦嗎？」

米重直接忽略了他後面那句奇怪的話，當即熱烈地握住他的手，彷彿迫不及待。

「手抓緊，我可還沒有答應你。」

什麼手抓緊啊啊啊啊！手放開謝謝！我沒有給一個油滑的男人握住手的興趣！

「噢，范統，你……該不會要我出賣色相換取情報吧？我不歧視同性戀啦，但發生在自己身上，又是錯誤的對象，難免令人不快……」

同性戀是你吧！成天念著綾侍大人的傢伙！我才不是！嘎啊啊啊啊！

范統臉色鐵青地甩開米重的手，便決定不要理他直接走人了。

「啊，喂！只不過沒答應你，也不必馬上掉頭就走吧？你如果想趁著恩格萊爾不在，跟別的男人發展不純的關係，我也可以介紹對象給你啊！」

米重追在後面喊的話讓范統差點吐血，不得不轉過頭來制止他。

「喊那麼小聲做什麼！不想給大家聽到嗎！」

「啥？你希望這件事廣為人知啊？早說嘛，我可以幫你宣傳啊。這也是個不錯的料呢，哈哈哈哈。」

不是！不是啊啊啊啊！該死的詛咒——！

這誤會好像大到范統難以澄清的地步了，他為此感到頭痛。雖說住在東方城的日子可能沒剩多久了，但是留下這種奇怪的傳言，還順便毀掉月退的名節清譽，怎麼看都不是一件好事情。

「剛才我講的都不是認真的，你要放在心上。」

范統隨便補了一句聲明，他也覺得這樣一句話大概不會有什麼用，這只是補來給自己一點交代的，事實上他已經自暴自棄了。

「你說了一堆勁爆的東西之後才說是開玩笑的，也要人耍得太過火了吧？」

米重表達了他的不滿，范統則為求保險，又多加了一句。

「要是之後外面有奇怪的謠言流傳，我會叫月退找你算帳，你好自為之。」

幸好放話威脅的時候總算話語沒被顛倒了，不過，米重完全不怕這個威脅。

「嘖，人都被女王陛下抓起來了，搞不好根本沒有重獲自由的一天，誰會害怕啊？」

不要詛咒他出不來啊！喂！等他出來你就會後悔了！

「噢，對了，范統。」

米重跟他糾纏了這麼久，才忽然想起有一件正事要告訴他。

「雖然是戰爭期間，但債還是要還的，我差點都忘了，明天早上準時到玄殿報到吧，例行的修繕工作，有兩串錢的酬勞。」

這個噩耗讓范統一下子作聲不得。

不是吧？這種時候還要我去當義工？也太……債還不還根本已經無所謂了啊！不管救月退的事情成功還是失敗，我都不會繼續留在東方城了耶！

「國家徵召，不能不去，別想裝傻啊，遲到會扣款，不到會被處勞役，看你這難看的臉色想必是不想去吧？這可不行喔。」

范統的心事完全寫在臉上，米重便好意叮嚀他幾句，算是盡了身為他導覽員的責任。

「好啦，你不給我情報，我要去找別人了，再見。」

只要確定對方沒有利用價值，米重就閃得很快了，范統也懶得跟他說再見，他現在正處於哀傷的情緒中。

因為要維持日常生活，所以這義工我還是得去當就是了……

戰爭期間玄殿修繕個什麼勁啊！難不成籤筒壞了噴出一堆血光之災嗎！

這麼說來，那些血光之災還真的都應驗了……那麼，給我的「笨蛋」也是認真的？太過分啦！太過分了啦！更可怕的是硃砂的「志在必得」啊！不、不過，往好處想，只要他沒有放棄月退，是不是就代表我們的救人行動會成功？如果人不救出來，他要怎麼得啊？

范統一面胡思亂想，一面繼續他無聊的逛街行程，在這樣的過程中，他也發覺他的日常生活真是無趣，沒得上學又不務正業的人生就是這樣，他的內心充滿感慨。

其實如果真的想努力自學，他現在應該再去練練符咒才對。不過沒有月退在，他當然是不可能一個人去虛空一區的，雖說練符咒也未必要去那種地方，但戰爭期間，在外面跑本來就比較危險，范統想了想，還是打消了這個念頭。

若真的想提升實力，想幫得上月退的忙，不會拖累他……還是等人救出來再說吧，短短幾天的訓練，又沒有人指導，只怕是很難有效果的。

不過符咒這種東西，他還真不知道能找誰教自己。

假如他們得以全身而退，到西方城去……他該上哪找人指導自己東方城的玩意兒？

那個時候應該就與東方城的人絕緣了，想到這點，范統也有點頭痛。

珞侍應該怎麼辦呢？

我們總不可能要求東方城的王子跟我們一起走吧？不管他願不願意，這會是國際問題啊！

難道以後就跟珞侍斷絕來往嗎？大家朋友一場，搞成這樣也太……太令人難以接受了吧？

還是我們去了落月之後依然可以跟他私底下來往？這可能嗎？但是，要是被他老媽發現，他應該會倒大楣吧？事情怎麼這麼難辦啊……

就這樣逛街逛了數小時後，覺得自己一事無成的范統，總算乖乖走回了宿舍。

雖說要去做義工這件事與硃砂無關，不過他們現在畢竟算是一個命運共同體，讓同伴知道自己的去向是應該的，所以他還是用寫的跟硃砂說了。

「這種時候，你還要去為東方城貢獻勞力？」

硃砂挑了挑眉，一副就是覺得他腦袋有洞的樣子。

范統只好在紙上寫下「我有什麼辦法，無故曠工，萬一他們查上門來或者盯上我，我們反而麻煩」，再拿給硃砂看。

「哼，也罷。負債的人就是麻煩。」

硃砂冷哼了一聲，就不再理范統，轉回去調教他桌上站得直挺挺不敢亂動的那隻鳥去了。

喂喂，你那什麼瞧不起人的語氣啊？我負債又不是我願意的！對啦，負債就是沒人權啦，沒死到負債就很了不起嗎？

范統胸中一股鬱悶無法發洩，只覺得氣都氣飽了，根本不用吃晚餐了。

而晚上他再度嘗試用符咒通訊器跟珞侍聯絡時，一樣沒有回應。

「明天早上跟下午你再各試一次，如果還是沒有消息的話我們就不等了，直接叫璧柔去問音侍大人吧。」

一直聯絡不上珞侍也不是辦法，所以硃砂做出了這樣的決定，畢竟，他們不能這樣不斷地等下去。

天知道在等待的時間裡月退會出什麼事？救援行動自然是越早越好，說不定等這幾天就已經很要命了。

「硃砂，你就一直待在房間外，都不做點什麼嗎？」

我是說，你這個第一個開口說要救月退的人，怎都一直待在房間裡什麼也不做啊？你都沒認識什麼幫得上忙的人嗎？

「我既沒人脈，又是逃兵，在劫獄計畫還沒制定完成之前，當然什麼也沒辦法做。」

硃砂的語氣總是那麼理所當然，理所當然到讓范統有種自己問他的問題根本就不該問，實在應該道個歉的感覺。

好端端的為什麼我要道歉？你的飯還要靠我出門幫你拿，你就在這裡當大爺，卻可以說得這麼正當，有沒有天理！

「養精蓄銳，你懂不懂？像你沒事沒錢還要出去逛街，浪費體力，顯然根本就沒有要做危險的事的覺悟。」

大概是注意到范統神色的不滿，硃砂又補充了一句，順便還奚落了他一番。

沒事沒錢還要出去逛街……你看得這麼透澈做什麼！讓我覺得好像在你眼前都沒有祕密！感覺很差！

「有什麼話就說啊，這樣瞪著眼看人，又不說個什麼出來，實在很不乾脆。」

硃砂甚至還挑釁起他來了，全然不明白范統的有苦難言。

我要是可以有什麼話想說就說，用得著這麼辛苦嗎？一路走來，我不曉得被我嘴巴的毛病害過幾次，我也想暢所欲言啊！偏偏現實就是不容許嘛！

想了想，范統還是決定提筆寫下「你如果想跟月退在一起，不覺得應該拉攏他的好朋友嗎」這個他長久以來長存心中的疑問。

「我以為你想說什麼，結果居然是這種無聊問題？」

硃砂看了他遞過來的紙張後，嗤笑了一聲。

「與其要依靠『月退的朋友』這層關係，你為什麼不自己改變成讓人順眼一點的樣子？」

你……算了，好男人不跟人妖斤斤計較……我都忍得了那麼多天了，再忍這次又算得了什麼？

今天的對話似乎只是再度證實他跟硃砂無法好好相處而已，對於這始終無法改善的人際關係，范統也不知道該說什麼。

玄殿修繕的集合時間是清晨，范統覺得挑這種時間上工很不人道，一天明明有那麼多的時間可以選擇，不知道為什麼他們偏偏要挑天剛亮的時候。

所謂的修繕，也不過就是清清灰塵，補補瓦片，磨亮地板跟雕像。不是什麼困難的工作，卻很消磨時間，范統做得心不甘情不願，但在有人監工的情況下，他也無法光明正大地偷懶。

他被分派的工作是擦拭沉月的塑像。光是擦不夠，還得打磨上光，那麼大一面鏡子的塑像，讓他爬上爬下的，簡直苦不堪言，雖然是誰都可以做的工作，但刁難人的程度絕對數一數二。

要做到讓監工滿意可不容易，畢竟這個塑像是玄殿裡最重要的東西之一，他連表現出一分不敬或是不耐煩，只怕都會倒大楣，等到他終於把塑像弄到光可鑑人時，都已經過去不知道幾個小時了。

真討厭，一個代表性塑像而已，沒事做這麼大做什麼？折磨勞工嗎？

不過，比起負責修整籤筒的人，范統已經算幸運了。那個籤筒不知道是用什麼原理在運作的，十分人性化，擦籤筒的人力道稍微大了一點，籤筒就會從抽籤的地方噴出一堆「去死」來攻擊他，沒有因而收斂的話，籤筒還會繼續噴一些「打光棍一輩子」、「屁股上有黑痣」、「被六個女人甩過」等兼具詛咒與當事人祕密的紙條來，就各方面來說，做這個工作的人做完之後心中可能會留下不可抹滅的傷痕，范統很慶幸自己沒被分配到這個職務，否則真不知道籤筒會噴出什麼來。

因為清晨就來上工，工作中又沒有空閒，拖到現在，范統才有空躲在沉月的塑像後面用符咒通訊器聯絡珞侍，而這一次一樣沒有回音，不曉得到底是珞侍真的還沒重弄符咒通訊器，還是有什麼原因讓他聯絡不上。

唉，天不從人願，難道我還得去神王殿拜訪，說要找珞侍？這也太高調了，只怕是做不得的，所以……我們真的得把希望寄託在音侍大人身上了嗎？

對於欺騙自己感情的女人，音侍大人真的有可能心胸寬大到那種程度，全然不計較還幫我們嗎？

喔喔喔……越想越不樂觀啊……咦？

范統收好符咒通訊器探頭出去後，忽然覺得籤筒附近站的那個人有點眼熟，將他的視線吸引了過去。

一看之下，不是珞侍又是誰？

哇！踏破鐵鞋無覓處，得來全不費工夫！珞侍怎麼會在這裡啊？想求籤嗎？真是的，人看起來好好的嘛，虧我還因為聯絡不上而有點擔心……

既然人剛好在這裡，事不宜遲，范統就決定過去找他說話了。

「珞侍——」

當他喊著對方的名字一面自然地接近時，注意到周圍異樣的眼光，他才想到附近還有很多正在打掃的新生居民，所以只好牽強地加上稱謂。

「——大人，嗯，咳，怎麼沒空來玄殿？我不想找你卻一直找到，不幸在這裡碰到你，能不能找個有人的地方說話啊？」

後面的話他是壓低聲音說的，因此比較不怕被別人聽見這麼奇怪的內容。珞侍在看見他的時候愣了一下，然後也判斷這不是個良好的說話地點，便點了點頭，示意他跟上。

即使在勞動中，但范統是跟在珞侍身後走的，監工自然也不敢有什麼意見，至於會不會找藉口扣他錢，那又是另外一回事了。

珞侍帶他走到玄殿後面的一塊空地後，便停了下來，然後平淡地發問。

「你找我有事嗎？范統。」

「當然沒有啊！我已經找你兩天了，你沒有重弄一個符咒通訊器嗎？」

聽到這個問題，珞侍搖了搖頭。

「沒什麼心情處理那些事情，過一陣子需要用再說。」

沒什麼心情……？死而復生所以厭世嗎？不會吧？

「我好擔心你，差點以為你真的就這麼死了，幸好後來沒被復活，一直得到你的消息，害我都知道你怎麼了，那個時候你從營地消失，我們也找你找了一下子……」

這一連串的反串讓珞侍聽得有點頭痛，但他勉強還是聽得懂，面上的表情也因而緩和了些。

「謝謝，我沒事了，沒跟你說一聲，讓你心神不寧，是我考慮不周。」

……怎麼這麼坦率？你是珞侍嗎？這種時候，你不是應該說話結巴然後說又沒什麼事是在瞎操心些什麼……你這麼直接的道謝，讓我有點錯愕耶？

「那個……你不知道月退的事嗎？」

范統覺得，人家被抓到西方城那邊去的事情，只怕不會有什麼愉快的回憶，問了可能是在傷口上灑鹽，想來想去也不知道還能關心什麼，乾脆就直接進入正題了。

「我知道。」

他一問這個問題，珞侍的神色就冷了下來，看珞侍這種態度，范統也大概知道情況不太妙了。

「我們很忽略他，不曉得他在神王殿裡的狀況怎麼樣，所以在想能不能跟你打聽……」

在他提出要求後，珞侍則是語氣尖銳地反問了他。

「你不知道他是落月少帝嗎？知道這件事，你難道沒有任何想法？」

范統先是眨了眨眼睛，腦袋才跟著運轉起來。

啊……真糟糕，珞侍之前只要提到落月就一臉痛恨的樣子，國家情仇還是佔上風了嗎？真的有這麼嚴重嗎？這下子怎麼辦才好？

「他是我們的敵人啊，難道因為他的身分，就什麼也不必考量直接把他當作朋友嗎？」

這樣顛倒過後變得很奇怪耶……會不會更加激怒珞侍啊？

「我怎麼可能跟落月的皇帝交朋友！」

珞侍一時情緒激動之下脫口而出的話，非常直接也非常傷人。雖然聽到這話的不是當事者，卻也夠讓范統錯愕了。

而珞侍則是在說完以後才表現出覺得自己說錯話了的模樣，但他沒有將話收回，只以恨恨的表情，維持著沉默。

脫口而出的，通常是真心話吧？

范統算是知道珞侍的想法了，說不上生氣，只是覺得有點失望。

他本來以為珞侍能夠理性一點，不要太偏激的，但是事與願違，令人無奈。

這種政治上與戰爭帶來的問題，實在不是三言兩語能夠化解的，他也不知道該怎麼勸說他，總之，請珞侍幫忙協助的事情，看來是泡湯了。

「如果你這麼認為，我也無法聽什麼，但是至少告訴我月退現在狀況怎麼樣吧？他被開在牢裡還是軟禁在宮外？連這個都不能聽嗎？」

「我不知道！我不想管這件事情！」

珞侍的反彈顯示他根本不想碰觸這個話題，范統終於忍不住說了一句。

「你……連去看看他都沒有嗎？你如果要見他，應該是見不到的吧？」

「我去看了他一次，確定這件事情。就這樣而已。」

珞侍的語氣已經很緊繃僵硬了，彷彿想早點結束談話。

「好吧，那就算了，我不該問你的。打擾你了，我不回去工作。」

范統簡單說完這幾句話，隨即轉身欲回到玄殿，直到他走離這片空地也有一段時間，但珞侍都沒有叫住他。

我都刻意放慢腳步了，你還不叫住我！怎麼這麼死要面子啊！看不出來我不高興嗎！難道你連其他朋友也不想要了？

走回玄殿後，范統還帶著半鬱悶半惱怒的心情，不曉得該如何看待這件事。

我也想說我懂這種感覺，但我偏偏就是不懂啊！沒經歷過的事情，要我懂那種感覺實在太難啦！一個地方才住不到一年，就要我滿懷愛國情操憎惡敵對國的人，也一樣太難啦！我就是無法感同身受啊！

要說能不能理解……可能也勉勉強強吧，但我比較希望珞侍是一臉為難地跟我解釋王子的立場很為難，無法幫上我們什麼，而不是這樣打從心底排斥月退啊，怎麼會這樣呢……

也因為珞侍的態度，他們密謀想劫獄的事情，范統就沒有提起了。感覺說了搞不好會多生事端，萬一到時候被珞侍出賣，那一定很不好受，還不如一開始就不要給他這個機會比較好。

玄殿的修繕工作是在中午結束的，這之後，范統自然趕緊趕回宿舍，利用筆談跟硃砂說這件事。

「這樣啊，珞侍大人這條路只怕是不通了，那麼，我們把壁柔找過來討論下一步吧。」

硃砂也沒有因而慌張，只淡淡這麼說，然後單手捏起本來躺在桌上睡得正好的焦巴。

「她上次說這個怎麼用？」

「呃……」

范統盯著那隻受到驚嚇的鳥，努力回憶著。

「好像是……把寫好的紙條塞進牠肚子裡，再把牠從窗戶丟出去就可以了。」

天啊，是嘴巴啦，怎麼會是肚子，我拿一下紙筆，你等等……

「哦？肚子嗎？」

硃砂聽了，立即就操起自己的匕首，準備朝焦巴的肚子開刀。

不！不是啊！你不要反應那麼快！這麼不合常理的事情你好歹也質疑一下吧！怎麼這麼快就相信了？其實是你潛意識裡想這麼做很久了？

「什麼啊，原來是嘴巴，真無趣。」

看清楚范統急忙遞來的紙後，硃砂嘴裡唸了一句，這才放過這隻叫得很淒厲的鳥。

讓焦巴咬住紙條後，硃砂將之從窗戶投擲出去的力道也有點暴力，不過這隻鳥畢竟是虛空一區抓來的魔獸，范統覺得牠應該還是可以安全抵達璧柔那裡的。

果然沒多久後，璧柔便又帶著焦巴來敲窗戶了，經過幾次的爬窗訓練，她這次爬窗子進來的動作俐落多了。

「怎麼樣？有什麼進一步的消息嗎？」

為了怕紙條掉落或者被攔截，他們只有在上面寫「過來一趟」，所以，璧柔一過來就先問了這個問題。

「珞侍大人不肯幫忙，所以妳聯絡音侍大人吧。」

硃砂這麼一說，璧柔頓時露出為難的神色。

「咦——真的要嗎？」

「不然呢？當初不是就這麼說好的？沒有別的辦法了，妳難道不想救月退了嗎？」

硃砂的態度還是一樣強勢，范統則是在一旁默默地覺得狀況不樂觀。

雖然音侍大人是最後的希望，但他也未必會答應啊，不要說得好像只要求了就會成功一樣……

「好吧，我問問看就是了……」

「妳應該拿出渾身解數誘使他答應，就算再騙他一次也沒有關係。」

硃砂！你好邪惡！你這樣是對的嗎！

而璧柔拿出符咒通訊器的時候，神情看來依然有點良心不安，不過她終究還是下定決心送出了通訊要求，也沒有多久就有回應了。

『小柔？妳在哪裡？我好擔心妳……』

音侍一開口就是這樣一句話，讓璧柔差點產生熱淚盈眶的衝動。明明知道她的身分了，還可以這樣對她說話，要說她心裡沒有感覺，一定是騙人的。

「我很好，沒什麼事，我……我可以跟你打聽恩格萊爾的狀況嗎？」

『啊，小月？好像關在神王殿的地牢吧，不過我也還沒實際去看過就是了。』

「那你知道女王打算怎麼對他嗎？」

『我不知道耶……這個可能要問綾侍，櫻她還沒有動靜的樣子。』

因為音侍感覺沒有什麼敵意，璧柔掙扎了一陣子之後，終於將請求說了出口。

「音侍……我很害怕女王會對他不利，我想救他出來，不要讓他繼續待在牢裡，可是人在神王殿裡，這件事情實在太難，我可以拜託你幫忙嗎？」

璧柔說出請求後，在旁邊聽的范統也嚇了一跳。

喂喂，妳就這麼直接說出來了？也不迂迴一下打探他的意思？萬一破局怎麼辦？我覺得他跟妳說很抱歉我頂多不把這事情說出去也是很有可能的啊！

『啊？可是……』

音侍似乎吃了一驚，欲言又止，璧柔則急切地說了下去。

「我不知道他會遭到什麼樣的對待，但總覺得很不樂觀，幫幫我們好嗎？他對東方城沒有敵意的，王血注入儀式他也不會反對，我們能拜託的人就只有你了……」

音侍像是不知道怎麼回答而陷入了沉默，璧柔又等了一陣子，才補了一句。

「如果真的不行的話，也請你不要說出去或是阻止我們好嗎？無論如何我都要去救他，這是我的責任。」

『啊，妳要闖入神王殿救人？可是，這是不可能成功的，地牢的結界妳進不去，強行突破櫻就會知道，對上櫻妳是不可能有勝算的——』

「但是我不能因為這樣就放棄他！我已經不在他身邊好多次了，所以，至少這一次一定要……」

璧柔說到這裡，也因為情緒的起伏而有點說不下去了。

又過了一會兒，她才再次聽到音侍的聲音。

『我能夠明白。如果只有救小月出來的話……我想想辦法吧。』

音侍沉穩的聲音，很多時候總是不可思議地能讓人心安。

『我也不想看櫻再做一些讓人難受的事情……這麼做也許是好的。啊，我想到辦法的時候會再跟妳聯絡，一樣用符咒通訊器吧。』

在承諾她會給予幫助後，音侍便結束了通訊，以至於璧柔還愣愣地看著符咒通訊器，一下子還不敢相信是真的。

「又失敗了？」

他們只聽得到璧柔說的話，所以硃砂才會這麼判定。

「不，音侍說他願意幫我們……」

大概是璧柔給的答案太讓人意外，范統跟硃砂都睜大了眼睛。

怎麼有這樣的急轉直下？我們有漏掉什麼嗎？我以為他覺得妳很煩就不理妳了，結果居然突然答應了？在我們不知道的時候發生了什麼事情啊！太詭異啦！

「沒想到音侍大人倒是比想像中好說話。那他有說要怎麼幫嗎？」

璧柔搖了搖頭，轉達了音侍剛剛說的話。

「他好像要想先想想怎麼做，他說會再用符咒通訊器聯絡我。」

呃？這會不會是緩兵之計？讓我們乖乖等，拖延我們的時間，然後到時候就什麼也來不及了？

我也知道音侍大人願意幫忙，我還這樣懷疑人家，實在很缺德啦，可是理論上我們應該是敵對立場，防人之心不可無啊——

「沒有一個期限嗎？這樣的等待實在令人很不安。」

硃砂也皺了眉，似乎覺得不太妥當。

「我們就先等個幾天看看吧？如果都沒有消息，再聯絡音侍問問看。」

璧柔還是傾向相信音侍的，而范統跟硃砂想了想，也只能同意她的建議，畢竟有音侍幫忙，能夠救出人的機率還是比他們自己亂來高得多，只要音侍真的是真心想幫他們的。

「那麼，焦巴我一樣留在這裡，有什麼事還是利用牠來聯絡我吧。」

范統覺得，璧柔做出這樣的決定時，那隻可憐的鳥小小的身軀彷彿抖了一下。

說起來，硃砂唯一沒有指使他做的工作就是照顧這隻鳥，可能是待在宿舍裡無聊，養焦巴就成了硃砂的樂趣，現在他甚至可以讓牠在三分鐘內吃完飼料，范統也不知道該不該說他很有馴獸師的天分。

而等待音侍聯絡的事情，他們這麼一等，便是三天過去了。

在地牢入口前煩惱地徘徊了三十分鐘後，音侍皺著的眉還是沒有舒緩開來。

他也不是真的很想進去，只是煩惱的事情想著想著，不知不覺就走到了這裡來，然後便開始走來走去，不知道自己應該去哪裡。

以至於綾侍到這裡來看到他時，不由得一陣疑惑。

「音，你在這裡做什麼？」

由於太專注於內心的煩惱，音侍沒有發現有人接近，所以在聽到綾侍的聲音時，他還嚇了一大跳。

「啊！綾侍，你嚇人啊！忽然冒出來做什麼？」

「什麼突然冒出來……我可是很正常地走過來的。你在這裡做什麼？你想探監嗎？」

「我——」

音侍的煩惱雖然跟關在牢裡的那個人有關，但是他現在其實沒多少探監的意願，頓時覺得承認也不是，不承認也不是。

「綾侍，櫻抓了小月到底想做什麼啊？只是關好玩的嗎？這麼多天怎麼都沒消沒息的？」

結果他決定轉移話題，綾侍倒也沒有起疑，很自然地就回了話。

「誰說的？我現在就是要帶他去見櫻，這是櫻的命令。」

語畢，他也瞧了瞧音侍，叮囑了一句。

「你也別再小月小月地喊了，那只是假名，他的名字是恩格萊爾，這個名字你早就記住了，要叫應該不成問題吧？」

聽綾侍這麼說，音侍呆滯了幾秒，然後便略顯困擾地搖搖頭。

「啊，名字只是用來稱呼的，哪有真的假的，就像小柔也還是小柔啊……」

因為音侍提到璧柔，綾侍的神情頓時不悅了起來。

「騙局已經揭破的現在，你還沒清醒嗎？小柔？從頭到尾，她到底把你當什麼？」

「唔？什麼當什麼？你說話可不可以簡單一點啊？」

「你難道沒有絲毫受騙的感覺？在知道她是愛菲羅爾以後，你仍然覺得她對你隱瞞身分這件事沒有任何問題？」

綾侍似乎動了怒，音侍則依舊不明白他為什麼而生氣。

「雖然有點驚訝，也有種心情複雜的感覺，但是……大家在一起的時候很開心，她也不是為了刺探什麼情報而來的，你為什麼要不高興？」

「我為什麼要不高興？」

綾侍冷笑了一聲，彷彿覺得這個問題問得很諷刺。

「我們不需要討論這個問題。沒有要探監的話就讓開，我要進去帶人了。」

「啊，為什麼不需要討論？如果不討論就不會明白，那你不就會一直不高興下去……」

音侍還是一臉困惑，而綾侍已經失去解釋的耐心。

「我想這也不重要吧，既然璧柔是愛菲羅爾都沒關係了。」

他單純的腦袋顯然難以將這兩個話題連結在一起，而綾侍沒等他說下去，就直接拿出侍符玉珮通過結界，進地牢去了。

莫名其妙地跟好兄弟吵了一架，音侍覺得心情有點鬱悶，但也不能怎麼樣。

想起璧柔的請求與自己的承諾，他覺得事情做好之前還是不要跟綾侍有太多接觸比較好，以免他敏感地看出什麼。

「櫻到底想對小月怎麼樣呢？」

想到矽櫻連要見月退的事情都沒告訴他，整個將他排除在政務之外，他心裡有點難過。

彷彿可以信任的只有綾侍跟違侍一樣。是因為他不可靠嗎？

音侍在地牢入口又駐足了一陣子，沒多久，綾侍就帶著月退出來了，幾名獄卒跟隨一旁，押著人走在綾侍後面，在以結界封印月退的力量，又用了鎖鍊限制他行動的情況下，有綾侍的照看，應該是很安全的。

雖然看見音侍仍待在原地，但綾侍這次就沒理他了，這讓音侍有種被刻意忽視的感覺。壓下那股不舒服後，他也看了月退一眼。

靜靜配合他們前行的月退，眼神看來十分空洞，整個人看起來一點精神也沒有，雖然樣子稱不上狼狽，卻也讓人一眼就能看出他出了些問題。

音侍想著矽櫻隨著時間漸增的冷酷，想著月退毫不猶豫地救了珞侍，同時也想著很多很多，很久以前的事情。

也許是因為無奈，他不由得嘆了口氣。

「音侍大人終於聯絡了嗎？」

今天璧柔一來，就告知了他們這個消息，也讓他們精神一振，連忙詢問詳情。

「恩格萊爾好像被女王叫去見了一次，但是又被押回牢中了，見面的時候音侍不在場，所以不清楚詳情……聽說問話都沒什麼反應，不知道怎麼了……」

璧柔轉述的時候，一副憂心忡忡的樣子，聽到月退的狀況不好，范統跟硃砂也都擔心了起來。

「他有說怎麼幫忙了嗎？我們什麼時候可以行動？」

儘管沒有幾天，對他們來說卻是度日如年，所以他們很關注行動的時間。

「音侍他還沒有說耶，好像還在考慮什麼……啊。」

璧柔說到一半，便拿起了忽然出現通訊要求的符咒通訊器，正好是音侍。

「音侍，怎麼樣，有決定了嗎？」

他們講話的期間，范統跟硃砂自然便安靜地在旁等候。

『啊，我想，就明天吧。明天傍晚的時候，你們到神王殿的側門等我，我帶你們進去。』

因為這個時間有點出乎璧柔的意料，所以她愣了一下。

「這麼快？」

『嗯，還是不要再拖了吧，我想應該沒問題的，不過，我只能帶你們進去，幫你們把人弄出來，離開神王殿後，你們就要自己想辦法了。』

「我們……不必做什麼準備嗎？只要人過去就可以了？」

『啊，我也不知道，要做什麼準備你們可能得自己想想吧，不過，人帶出去以後，可能很快就會被發現了，最好盡快離開。』

音侍對於劫獄要做什麼準備也沒什麼概念，不過既然有音侍的陪同，他們應該是去把人偷出來而已，過程大概會比較和平。

「好，那就拜託你了……」

接著璧柔又跟音侍約了詳細的時間，一切確定後，便結束了通訊。

「音侍叫我們明天傍晚去神王殿側門，他帶我們進去救人。」

「咦？這麼慢！」

范統的反應跟璧柔一樣，可是又講了反話，所以遭到兩名同伴白眼。

「你想要多快？現在立刻？」

硃砂諷刺了他一句，還順便又補充了一下。

「月退要是知道你如此迫不及待想見他，一定很高興。」

對於他唇邊那抹冷笑，范統一陣惡寒。

我怎麼覺得這話充滿了酸意？我只不過是又說了反話，有必要這樣嗎？

「我們明天跟音侍進去救人，出來大概就得離開東方城了，最好在他們還沒有發現之前離開，這樣比較安全。」

「那麼我們就先收拾好要帶的東西吧。」

硃砂聽了璧柔的意見後點點頭，接著這麼說。

「身上帶著行李進去很奇怪，也有點引人注目，收好的東西就放在宿舍裡，要走的時候趕緊回來一趟拿吧。」

喔──明天就是快樂的遠足日──不是這樣吧？那個，我有個問題，先不說一夥人提著大包小包進神王殿很奇怪，我覺得光是一群人被音侍大人領著進神王殿，就很奇怪了啊？

音侍大人您為什麼不乾脆自己去把月退帶出來，我們在門口等著接就好？您只是單純沒想到嗎？該不會是要騙我們進去做什麼吧？

「我這邊是沒有什麼要帶的啦，帶著焦巴就好了，你們要收什麼就自己看看吧。」

璧柔這麼說的時候，范統看向她的眼神充滿懷疑。

妳……在東方城住的這段日子，明明上街購物了很多次，搬了一堆東西回宿舍不是嗎？我本來就很懷疑那些東西妳都放哪裡，現在妳這種一樣也不需要帶走的態度，又更加讓我不明白妳買來做什麼啊！

連音侍大人送妳的紀念品也沒有嗎？還是他都送些爛東西啊？妳就只中意這隻焦巴？

「音侍大人還有交代什麼要注意的事情嗎？」

硃砂問出這個問題後，璧柔隨即搖頭。

「沒有，只說讓我們這個時間過去就是了。」

如此單純的條件，讓范統不由得又想胡思亂想。

妳確定音侍大人真的想幫我們？妳真的確定這不是一個陷阱嗎？搞不好他設下了圈套準備將我們一網打盡？

他有沒有跟妳說「無論發生什麼事還是要相信我喜歡妳」這種話啊？如果有的話我們就別

去了吧！是陷阱的機率高達百分之八十啊！

而范統想歸想，卻終究沒有將這些話說出來。

就算疑神疑鬼地害怕中計，他還是找不到任何藉口，阻止自己不賭賭看能救到月退的機會。

「希望明天一切都能順利。」

璧柔輕聲祈禱了這麼一句，然後便看向范統跟硃砂，堅定地說。

「我們一定要成功！」

「一定要成功。」

硃砂點了點頭，跟著說了一次。

「一定要失敗！」

范統再度說出反話後，立即被硃砂擲出的茶杯命中額頭。

「范統，這種時候你就不要說話了好不好！」

雖然被硃砂施暴，但講出這種不吉話語的范統也只能默默認了。

我還是覺得很不安啊——在戰爭期間放走敵方君主，音侍大人是這麼沒神經的人嗎？

無論如何，還是暫且相信吧，唉。

「我們去落月的路線要怎麼規劃？我們要怎麼過去？」

這個問題問的當然是璧柔，只有她比較清楚西方城的事情，逃亡路線也是要規劃的。

「我想，明天要赴約之前，先到城外去做一個傳送魔法陣，到時候帶人過去就可以直接啟動，不過為了避免可疑，我們會先移動到西方城附近，觀察一下狀況再進城。」

璧柔提的方法他們都不反對，傳送魔法陣聽起來挺安全的，以她金線二紋的實力，要將四人一鳥傳送過去，大概也不是難事。

「唉，離開東方城後，搞不好就很難再看到音侍了，真捨不得。」

璧柔哀嘆了一聲，這聲感嘆自然是無法在兩名同伴心中引起共鳴的。

如果可以不要再看到音侍大人，就代表遠離了災難，我覺得也挺不錯的啊。而且，妳根本只是捨不得他那張臉吧？要是這個世界有照相機的話，拍一張照留念就好啦，還可以貼身收藏多好。

「落月難道都沒有什麼好男人嗎？音侍大人這樣就值得妳如此記掛心中？」

對啦對啦，硃砂你喜歡的那個男人是落月的男人，所以你為落月的男人抱不平了是吧？

「沒有一個比音侍帥啊！他們通通都沒有音侍好看！」

看來男人好不好的標準，對璧柔來說是長相。

「月退呢？」

硃砂冷冷地問。

問來問去你分明就是在計較月退的事情，一開始直接講不就好了……

「恩、恩格萊爾他……他還沒長大啦！」

被問到月退怎麼樣，璧柔還是有點尷尬，停頓了半天才爆出這樣一個答案。

也就是說音侍大人是個男人，月退還只是個男孩就是了？話說回來妳是愛菲羅爾……您今年貴庚啊？妳根本對音侍大人也是老牛吃嫩草吧？

「沒眼光。」

硃砂也不跟她多說，直接丟下這三個字就別過頭不理她了。

雖然我也覺得月退比音侍大人有前途多了，但是人各有志，硃砂同學你也不必全面否定別人的審美觀嘛……

在通知了璧柔前來救人的時間後，音侍坐在自己房裡已經發呆了很久。

明天是將月退偷出來的好時機，因為綾侍要出去辦事，不會在神王殿內，違侍多半也是關在違侍閣內處理延遲了一陣子的政務，如此，被撞破又無法第一時間制住對方的危險就會少一些，真要說起來，他也不希望對任何人動手。

但是矽櫻在宮內，最好的辦法是讓她因為使用王血而虛弱、留在居室內休息，這樣就避免了正面衝突的機會，同時也會讓救人的失敗機率降低。

可是，要怎麼讓她使用王血呢？

音侍的心裡真的認真想過「啊，要不要趁這個機會把違侍殺掉算了」，然而他實在沒有把握矽櫻會不會用王血救違侍。

畢竟珞侍她都沒有救了，違侍的重要性足不足以讓她使用王血，音侍不敢肯定。

萬一沒有救，違侍就真的死了，那可不是道歉可以了事的，而且，他也一點都不想虧欠違侍。

若是綾侍受傷，矽櫻就不可能無動於衷了，不過這個選項也不在音侍的考慮範圍內。要控制在輕傷範圍太難，真的重創綾侍的話，這種事情他根本做不出來，連想像都沒有辦法。

他是答應幫忙了沒錯，但再怎麼樣，這也不構成他對自己的好兄弟動手的動機，無論如何他不想傷害綾侍，所以……

剩下的選擇就只有——

音侍抽出了自己的斷劍，對準了自己的左手。

他知道，只要自己受傷，矽櫻一向都會第一時間為他治療。

他一直都知道，所以也猶豫了這麼久，只因為良心的刺痛。

這是在利用矽櫻對他的關心。

利用她的關心，然後做出形同背叛她的行為。

他知道這麼做不應該，可是他同樣覺得月退不應該繼續留在這裡。

因為他不知道被過去的仇恨幻影束縛住的矽櫻會做出什麼。無論是什麼，都不會是好事。

下定決心後，他終於讓斷劍發出了金色光輝。
然後果決地，朝自己的左手削下去。

范統的事後補述

就是明天！明天就可以見到月退了！
同時明天也要告別東方城，正式成為落月的非法移民！稱呼也得改過來才行，以後都得用夜止、西方城，不然被人家發現我們是東方城的居民，就大事不妙了。
當然這一切的前提是我們能夠平安離開東方城。將人救出來真的有這麼簡單嗎？這樣子我們好像什麼也不用做，都是音侍大人在做，是不是有點輕鬆過了頭啊？
所以……我們到底進去做什麼的？月退也沒重到需要好幾個人一起扛吧？我們一起進神王殿的目的是參與感嗎？
算了，我不能要求音侍大人那顆腦袋能考慮這麼多，就不要再追究合理性的問題了。
只是想不到月退入獄兩次，上次還可以尋求正當手法無罪開釋，這次就得真的劫獄了……而且兩次都是音侍大人幫得忙，珞侍，你這個朋友當得情何以堪？
說到珞侍……我們明天就要走了，是不是該跟他道別一下呢？

可是我們又不能讓他知道我們要做的事情……就這麼不告而別？就這樣嗎？

立場問題實在讓人無所適從，讓我卜卦吧！神啊，求求你！把我的鐵口直斷能力先暫時還我一下啊！經過連日來這麼多的刺激，我差點都要忘記我的本業是什麼了，再不回顧就來不及啦，時間是最可怕的殺手啊！

明天去神王殿……要是碰到綾侍大人怎麼辦？碰到違侍大人，音侍大人還可以把他做掉，碰到綾侍大人應該就不行了吧？

還有，萬一真的不幸撞見女王陛下呢？

音侍大人有可能為了我們，對女王刀劍相向嗎？我不相信璧柔有那麼大的魅力可以讓他做到那種地步，我不相信！

唉……不曉得到了西方城後，符咒通訊器還能不能用？

雖然多半是不能用的，但我還是心存僥倖地覺得，這東西跟手機原理不同，不需要基地台，搞不好還是有正常運作的可能，這樣我們到了西方城後，就可以跟珞侍說一聲抱歉，順便也報個平安吧？

他會有什麼樣的反應呢？搞不好會以為我在開玩笑？況且，話由我來說的話，恐怕也會變成「我們已經離開西方城了，現在在東方城」這樣的東西，用想的就有點無力。

啊，還有一點。從今以後就不必看到米重啦！太好啦！唷呼！

只要離開東方城，我的人生就可以脫離黑白變成彩色的——什麼時候變成這樣的啊？產生這種想法的我真是糟糕，我們不是迫不得已才必須離開的嗎？

人生啊，總是充滿意外，而且意外之災遠多於意外之喜。吶喊著想改運也沒有用的，所以我還是愉悅一點接受自己將被東方城通緝的事實吧，這麼刺激的人生，哪個平凡老百姓能夠擁有呢！

……雖然如果可以的話，我也不想有啦。

✣章之七　夢劍輝

『從來沒有人，教會我堅強。』——月退

「怎麼會劃傷自己呢？」

看著音侍左手的傷口在王血的治癒光芒中漸漸收斂痊癒，矽櫻也不由得唸了他一句。

「啊……不小心嘛。」

音侍用沒受傷的右手抓了抓自己的頭，因為不擅長說謊，他只能盡量避免說太多話。

「這種時候你怎麼可以受傷？自己多留意，我們跟落月可還是戰爭狀態。」

矽櫻一向都把他看得很重要，不管是什麼時候。

對於這樣的話語，他也只能點點頭，抽回已經痊癒的左手，然後安靜地出了她的居室。

✿

在今天赴約之前，范統、硃砂和璧柔還為了提早到、準時到跟晚一點到這種無聊的問題煩惱了一陣子，照理說應該只有提早到跟準時到這兩個選擇，但話題不知道為什麼就往晚一點到跑過去了。

「我們要是去了，音侍大人還沒來，那可能會有麻煩吧？」

硃砂覺得如果碰巧音侍還沒出現，他們又在神王殿側門碰到了巡邏士兵，也許會被質問，不過璧柔覺得這不是晚一點到的理由。

「既然拜託人家幫忙，遲到很沒有禮貌吧？這樣對音侍很不好意思耶。」

范統也是傾向璧柔這樣的看法，這確實是基本的禮貌。

「音侍大人以前跟妳約會，都準時還是遲到？」

硃砂突然切入了這樣一個問題，話題就是從這裡開始歪掉的。

「他當然沒有準時啊！常常遲到！有的時候還根本忘記有約會這回事！」

一提起約會的事情，璧柔就咬牙切齒，大概是被勾起了痛處，整個人都生氣了起來。

「嘖，他根本沒把妳放在心上吧？」

硃砂毫不留情地做出了評論。

「我也不知道……而且他一點浪漫細胞都沒有，每次約會都說要去抓魔獸！偶爾說兜風什麼的，居然也是騎魔獸！在那種活蹦亂跳的坐騎身上，我連想保持頭髮不要亂掉都沒有辦法啊！為什麼就不能做點更有氣氛的事呢？」

璧柔對於過去約會的積怨在這個時候通通爆發了出來，硃砂則繼續說著風涼話。

「噢，這種男人還是早點甩了吧。」

這個話題顯然沒有范統插嘴的餘地，但他覺得眼前的畫面實在有點奇妙。

硃砂啊……你可以不要用男性體的姿態跟人家談論她男朋友的事情嗎？我覺得就算不是閨中密友，這也應該是兩個女孩子來聊比較適合吧？

「妳長久以來就為了那張臉忍受那麼多？」

「我就是喜歡他的臉嘛！沒有辦法啊！」

妳可以再更膚淺一點啊——不要這樣都只看人臉孔啦！男人講究的是內涵！內涵！也就是音侍大人沒有的東西，謝謝！

「只要臉對了，其他都無所謂？」

面對硃砂的問題，璧柔也沒有第一時間就點頭稱是。

「音侍他也不是只有臉啦！他還有實力啊！」

畢竟是自己的心上人，抱怨歸抱怨，璧柔還是努力想找出他的優點來幫他說話。

「一樣是男人，妳選綾侍大人，整體上分數絕對優秀得多。」

話題進行到這裡，范統已經從原本的無奈轉變為納悶了。

現在是怎麼樣？變成好男人品評大會了？我們不是要去辦正事的嗎？你們還記不記得月退啊？

「綾侍大哥？他、他應該不是真的喜歡我，只是逗著我玩的啦，你們誤會了。」

聽了璧柔的澄清，范統都一頭霧水了。

啊？我看他很有跟朋友搶女人的意思不是嗎？不是認真的嗎？……不過說起來也沒錯，如果音侍大人跟妳沒關係，綾侍大人就根本不會注意妳了，這真是複雜的心理啊。

「是嗎？但我覺得綾侍大人因為普遍都是受男人歡迎，心裡一定很悶，要是有個『真正的』女孩子對他表達欣賞愛慕之意，他應該會很開心而且慎重考慮啊？」

硃砂的說法也許有其道理，但他在某三個字上的特別強調，讓范統覺得他又是在暗諷璧柔了。

好啦好啦，我們都知道璧柔不是人了，你事到如今還說這種話，實在很不厚道耶，再說，你也沒什麼立場諷刺人家不是真正的女孩子啊，你自己難道就是嗎？

「唔……要是綾侍大哥有音侍的臉，就完美無缺了，真可惜……」

璧柔居然還認真考慮起一些脫離常軌的事情了，范統快對她無話可說了。

「綾侍大人的內在配上音侍大人的外表？聽起來的確是不錯。」

硃砂居然也跟著點頭了，范統頓時傻眼。

喂、喂！月退呢！你喜歡的不是月退嗎！為什麼開始覺得別的男人也不錯了？那你還要不要去救月退啊？你們不要這樣子好不好！

「咳、咳！」

范統用力咳了幾聲，試圖讓這一個半女人清醒一下。

「我們要不要出發了？再不出發就真的要早到了。」

我是說你們進行無謂的聊天已經聊到快要遲到啦。月退還在等我們耶，你們到底有沒有一點緊張感啊？

「啊！也是，我們快走吧！」

璧柔總算還有點護主之心，發現時間已經不知不覺溜走了一些後，便決定立即出發了。

「結果要不要晚一點到還是沒有決定啊。」

硃砂嘴裡抱怨，但還是跟著璧柔從窗子跳出去了。

還不是你們自己愛離題……呃，那個，原來我們是要走窗子下去嗎？你們身分敏感，不走正門我可以理解，但我這個普通人走正門應該沒關係吧？可不可以等我一下，我從樓梯下樓再去跟你們會合？這裡是四樓耶！還是我跳下去以後誰可以大發慈悲接住我……？如果事情還沒辦我就摔斷了腿，應該也不太好吧？

「范統！還不快下來！」

你們從窗子走就是要掩人耳目的吧？現在這樣大聲喊叫不就前功盡棄了？我實在無法理解你們在想什麼，我果然只是個平凡人嗎？

為了生命安全著想，范統還是放棄跳窗而選擇樓梯了，當然，下了樓會合之後，免不了又得遭受硃砂一頓狠刮。

『范統，你們還真的要去救人？』

噗哈哈這個時候又突然醒了一下，冒出這麼一句話來，差點沒讓緊張中的范統嚇死。

什麼時候不好醒，這種時候醒來是要嚇誰？

『不是早就說過了嗎？反正現在要過去了。』

『你們要去救人，怎麼看起來跟要去街上逛街的準備差不多？』

被噗哈哈這麼一問，范統還真不知道該怎麼回答。

『你是想說有什麼家當跟壓箱底法寶都該拿出來嗎？偏偏我們就是沒有那種東西，能怎麼樣？』

『咦，連個護甲也沒有？』

有啊，那裡不就跟著一個護甲。老子沒錢買護甲，硃砂我就不清楚了，至於璧柔……我還真沒聽說過護甲穿護甲的。

『我又沒有錢，還是你認識什麼自由之身的護甲朋友願意免費提供服務的，就算它是粉紅色我也穿的。』

范統是半認真半開玩笑的，要是有免費的護甲能提高他的生存機率，那倒也不錯，但他覺得獲得的機率不太高。

『本拂塵才不認識什麼護甲朋友呢，本拂塵這麼高貴，那些傢伙沒幾個能跟我匹配。』

噗哈哈一直都很驕傲，范統曉得。如果排除外型，它確實頗有驕傲的本錢，不過它這番話還是讓范統臉上抽了一下。

交朋友考慮匹配的問題也太嚴肅了吧？又不是要結婚，還要求門當戶對的話，你怎麼嫁得出去？話說回來，你也是選了個不匹配的主人，之後又後悔了嘛，真是的……

拜託不要增加我內心的負擔了啦！月退那種身分，我該怎麼跟他匹配啊！我還想繼續跟他交朋友啊，別這樣——

『那你覺得那邊那個護甲匹配嗎？金髮的那個。她好像是法袍喔。』

范統無意給噗哈哈哈跟璧柔牽線或者作媒，他只是想知道噗哈哈哈對璧柔會有什麼評論。

『嗯……還可以啦，算是合格，但還不夠好就是了。』

哇喔！連愛菲羅爾都看不上眼！你眼睛長在頭頂上嗎？

『你這麼挑剔的話，是交不到朋友的，老了就只能自己躲在角落生灰塵喔。』

『哼，我已經在角落生灰塵生了很多年了，你才嚇不倒我。』

噢，你是說在遇到我之前……難道你喜歡那種生活嗎？真是奇怪了。

因為現在對話的氣氛還不錯，范統不由得又動起了請噗哈哈哈協助幫忙的念頭，但想一想還是作罷了。

如果又被它懷疑是若有所圖才跟它搭話，那反而會造成反效果。

『要跟武器交朋友，至少也得接得下武器的攻擊啊，不然一下子不小心就壞掉了怎麼辦。』

噗哈哈哈還停留在跟護甲交朋友的話題上頭，范統對這個話題雖然已經不感興趣了，但還是因為它說的話而疑惑了一下。

你攻擊你朋友做什麼？沒事把你朋友弄壞的意義何在？難道武器跟護甲的友情必須建立於打鬥？你們就不能和平地泡個茶、聊聊天，分享一些身價問題跟主人趣事就好嗎？

『好吧，朋友問題等我們安全了再討論，快要到了，不聊天了。』

『你沒有想過或許會死嗎？為什麼看起來這麼不在乎？』

他不知道噗哈哈哈是單純好奇還是在關心他，所以他也難以決定如何回答這個問題。

『都說不聊天啦，如果順利活下來我再告訴你吧。』

在范統敷衍過去後，噗哈哈哈也就沒再應聲了。

音侍約他們在神王殿側門見面，至於要怎麼抵達神王殿的側門，就是他們得自己想辦法的事情了。

神王殿附近通常不會有什麼人走動，一旦靠近，自然十分明顯，要是引起了衛兵的注意，只怕最後還是得拜託音侍解決，這可能會增加一些變數，也是他們不樂見的情況。

要隱匿行跡，璧柔跟硃砂都能做得不錯，只有笨手笨腳的范統難以配合，這除了讓他更覺得自己累贅以外，也使他更加疑惑他們為什麼肯找他一起劫獄。

被他問了這個問題的硃砂一臉難看，好像他問了什麼不該問的問題一樣。

「還不是因為月退一定最想看到你？你一定要讓我說出這麼令人不爽的話嗎？」

耶？

令人不爽……噢，你是說要承認這件事情你很不爽吧？何必呢，而且我自己都不敢肯定了，搞不好他更想看到璧柔啊，反正再怎麼樣最想看到的一定不是你，你才會這麼不高興吧？

「穿越這條大道就可以到側門了，附近好像沒什麼人，我們快點過去吧。」

正事當前，實在不該再聊天或者胡思亂想，見璧柔行動，范統跟硃砂也趕緊跟上。

總算在沒驚動到什麼人的情況下抵達了側門，算是踏出了成功的第一步，他們都因而鬆了一口氣。

雖然比約定的時間遲了一點，但他們還是比音侍早到。看來音侍沒有時間觀念果然不是空穴來風，幸好過沒多久音侍也出現了，不然他們可能得一面心驚膽顫地觀察周圍有沒有衛兵經過，一面被動地等待。

「啊，抱歉，一些事情耽擱了一下，我們走吧。」

音侍一出現便這麼說，要他們跟他進去，硃砂忍不住問了一句。

「音侍大人，如果前往地牢之前遇到別人，我們應該怎麼做呢？」

「這個嘛……要是遇到一般衛兵什麼的，不要理他們就好了，如果遇到小珞侍之類的……嗯，反正還是交給我處理，所以還是不要理會。」

反正不管遇到誰都是不要理他，難怪您一句話也不說明啊。

「音、音侍。」

因為終於見到了本人，璧柔總算鼓起勇氣上前跟他說話了。

「對不起……我一直隱瞞我的身分，隱瞞我是愛菲羅爾的事情……」

今天過後也許就見不到面了，所以，要道歉也只有現在了。

「啊，這個沒關係啦，因為我……」

音侍看向了璧柔，卻沒有說完這句話，經過一段停頓後，他轉換了話題。

「我們還是早點過去那邊吧，天黑之前把人弄出來。」

喔喔喔！璧柔，我實在一點也看不出來他有沒有原諒妳啊！妳看他幾乎完全不想碰這個話題！我們此去到底會不會其實凶險無比有去無回啊！

儘管范統的內心充滿不安，他還是乖乖跟著走了進去，畢竟仔細想想，如果真的要抓他們，只要一照面制住璧柔，他跟硃砂大概也無從抵抗了，沒有必要特地拐進去再賣了他們。

在行走的期間，音侍一句話都沒有說，他們只能聽著自己的腳步聲迴盪在安靜的神王殿走廊上，感覺氣氛無比地沉悶。

平時聽到音侍說的那些白痴話，范統都會不由得想在心裡嘲笑他，但比起現在這樣都不講話的模式，他倒是希望音侍能開開口，緩和一下這種沉重的感覺，只可惜他的願望一向不太會實現。

走到地牢之前，他們遇上一些零星的僕人，不過那些人在看見音侍後就沒有過來詢問任何問題了。

直到來到牢門外，一切都還算順利。

音侍停在偵測結界之前，一面拿出自己的侍符玉珮，一面跟他們稍作解釋。

「啊，牢門必須用侍符玉珮才能開啟，你們自己來就會觸動結界，那很危險。」

原來如此，所以您才要陪我們來啊。

可是……侍符玉珮借一下不就好了？應該沒有本人才能使用的限制吧？好吧，我知道，您總是不會想那麼多的。

他們看著音侍將侍符玉珮放在浮動的結界圖騰之前，上面閃過一瞬的紅光，然後牢門便開啟了。

「在這裡等我一下。」

音侍輕聲交代了一句，然後他便自己先行進入。

他進去再出來沒花多少時間，待在外面的他們也沒聽到什麼聲響，不太清楚裡面發生了什麼事。

「你們進去帶他出來吧，我在外面等你們。」

音侍將鑰匙遞向璧柔，璧柔則在接過之後又轉交給硃砂。

「我也在外面守著好了，硃砂、范統，你們進去吧。」

硃砂對此沒什麼異議，范統則繼續在心裡碎碎唸。

妳是沒臉見月退，覺得尷尬，還是想把握住最後的機會跟音侍大人相處啊？

現在畢竟是救月退要緊，不過，范統進入地牢後，還是因為倒了一地的獄卒而愣了一下。

這些人應該是剛才音侍進來那段時間打暈的，了解這一點後，他忽然為音侍擔心了起來。

音侍大人，您不考慮殺人滅口，用噬魂之力把這些人都宰掉嗎？俗話說死無對證……不過這樣又有點殘忍……但是，被女王抓到您私放重犯的話，您會怎麼樣啊？搞不好連違侍大人都有藉口可以判您死刑了？

不對，在門口用侍符玉珮開門後就會留下證據了吧？也就是說，其實無論如何事後都會被發現？難道您真的篤定自己可以沒事？

在腦袋亂糟糟一片的情況下，他已經不知不覺跟著硃砂走到了月退的牢門前，聽著硃砂喊了一聲月退的名字，范統才回過神來。

月退靠牆坐著，整個人很沒精神地低頭抱著右膝，在聽見硃砂的聲音後，才茫然地抬起臉來，看向他們。

硃砂用鑰匙打開了牢門，而月退無神的眼睛則是到他們進了牢裡才聚焦到他們身上，看起來精神狀況似乎不太妙。

「月退，你還好嗎？有沒有受傷？能不能自己走？」

因為他對外界的反應彷彿遲鈍了很多，硃砂連忙湊到他身前詢問，范統也靠了過去。

「跟我們進去吧，留在這裡，璧柔說要帶我們去東方城。」

范統的反話依舊顛倒得登峰造極，硃砂瞪了他一眼，但是沒有多說什麼。

「……你們不是知道我的身分了嗎？」

月退看著他們，忽然間靜靜地流下了淚水。

「我是西方城的皇帝。我殺過很多很多人。即使這樣……你們還是願意做我的朋友？」

他這樣問著的時候，彷彿也不知道自己正在流淚。他的精神狀態看似已經到了極限，宛如再遭到一點打擊就會崩潰。

聽到他的問題後，硃砂當即上前雙手握住他的右手，回答得毫不猶豫。

「你以前是什麼樣的人，做過什麼樣的事，對我來說都沒有關係。」

范統呆呆地看著硃砂，這個時候心中只有一個不合時宜的念頭。

你手腳也太快啦！一下子就把最好的位置佔走啦！不要這麼急於表現拉近距離好嗎？

這個時候如果去握月退的左手好像會變成有點滑稽的畫面──范統還在猶豫的時候，就發現月退看向了自己，所以他迎向了他的視線。

「就算你是那個人，我們也一樣是朋友啊。我才不知道該怎麼跟你做朋友呢，怕你追不上我的腳步。」

最後一句話微妙的顛倒，不構成解讀的障礙，月退看了看他們兩個人，又略帶遲疑與茫然地說了下去。

「但是我一直是這樣子。從前的我沒有消失也沒有改變，一直存在我身上……你們不會厭惡，也不會害怕嗎？」

因為月退的視線現在定在范統的身上，硃砂雖然不太滿意，也只好等范統先表態。

「怎麼說呢……你是我的最後一個朋友，不管是從前的你、現在的你還是未來的你，我都會接受的，就算有的時候有點恐怖，但我們是朋友啊。」

我是說第一個！第一個！什麼最後一個，搞得好像我以後都不要再交朋友了一樣！

不過我覺得我已經說得很誠心誠意了，哈哈哈，硃砂你輸了吧，輸了吧，哇哈哈哈——

「在我原本的世界，殺個三、四十萬人也算不了什麼，很多強者都這麼做過，你不必那麼在意。」

既然范統說完了，硃砂便表達了自己的意見，只是這個意見好像另類了點。

喂！你那到底是什麼樣的世界啊！不只人人都是人妖，還隨時發生大屠殺？

礙於在精神狀況不穩的月退面前，范統跟硃砂儘管對彼此都有點意見，還是沒有直接就吵起來。

聽完他們的話，月退似乎放鬆了下來，清藍的眼裡總算有了一絲光彩，不過也許是因為連日的緊繃與壓力，他在擠出一抹微笑後，就昏了過去。

「月、月退！」

「他應該只是太累了，我們帶他出去吧。」

硃砂這麼判斷，范統也還算認同，不過在兩個人同時伸手去拉月退時，他們又互瞪了一眼。

「你這個弱者閃邊，我來抱就好。」

「你這麼矮不方便吧？小妹妹不必這麼努力，我可以帶他出去。」

讓硃砂這個別有居心的傢伙負責帶月退離開，范統怎麼想都覺得不太好，有種羊入虎口的感覺，身為月退的朋友，還是應該保護他一下。

「我也是可以把你打量在這裡，等月退醒來再跟他說你臨陣脫逃的喔……」

硃砂冷冷的話語已經暗藏威脅的意味，范統因為這樣而冒了點冷汗。

「好吧，我們不理性一點來分析這件事，被人抱這種事情應該給最有用的人做吧，你讓我空著兩隻手做什麼，我也不會成為戰力啊，真的需要戰鬥的時候你比較沒用吧，所以月退應該讓我來揹——」

「居然說自己是最有用的人，真是厚臉皮。難得有這麼好的機會，誰管什麼分析？」

硃砂這麼說完，就推開范統把月退搶了過去，抱了起來。范統覺得，在月退醒來之前，他恐怕都不會放手了。

走出地牢時，璧柔看到他們，也關心了幾句。

「怎麼這麼慢？恩格萊爾還好嗎？」

「昏過去了，人應該沒什麼問題，可以走了。」

硃砂簡單交代過後，音侍也點點頭，接著，便是帶他們離開神王殿。

要離開神王殿，還得再穿過幾個大殿，從正門出去太招搖，他們依然打算走側門，並祈禱著能夠安全離開。

「你們出去之後，就盡快離開吧，不要再逗留了。」

像是怕他們功虧一簣一樣，前往側門的途中，音侍又重複叮嚀了一次。

「音侍，你要不要跟我們走？」

這個時候，璧柔突然問了這樣的問題。

「留在這裡，事跡敗露的話，你也不太安全不是嗎？要不要乾脆就……」

儘管璧柔的提議很認真，但音侍沒有等她說完就打斷了她的話。

「不行，我不會離開的。櫻會生氣，綾侍也會想殺了我。」

……您確定你留下來他們就不會生氣跟想殺了你？

在一起逃亡的邀請被拒絕後，他們便繼續前進了。

然而，即使再怎麼希望能夠順利，事情還是出現了意外的變故。

「音侍！」

劃破殿內凝結空氣的女聲，在這個當下，格外清晰。

這是他們在此時此刻最不希望看到的人——也是他們所處的神王殿的主人．矽櫻女王。

從她蒼白的臉孔和穿在身上的素白長袍，可以判斷出本該在靜養的她，在發現不對勁後便直接從第六殿追了出來，趕上了他們離開的腳步。

看見他們這群人，看見在硃砂懷裡昏迷中的月退，以及和他們在一起的音侍，矽櫻不必多想，就可以明白發生了什麼事。

「這就是你的意思？你的所作所為，對得起我？」

在矽櫻出現後，范統、硃砂和璧柔都僵住了。照理說矽櫻剛施過以王血為媒介的治療法術，現在應該是虛弱狀態，可是在純黑色流蘇與她東方城統治者的身分威嚇著的情況下，他們依然不敢輕舉妄動。

況且，他們也不曉得她為了音侍才剛動用過王血的事情。

怎麼辦？現在是逼音侍大人公開選邊站了嗎？選我們這邊的機率很低吧？這事情到底要怎麼解決？這下子我們還走得了嗎？

眼見事情往糟糕的方向發展，范統一下子心中慌亂了起來。

「對不起……」

面對矽櫻的責難，音侍臉色難看地道了歉，但這並不能泯息矽櫻的怒火。

「拿下他們！」

她顯然不想聽任何解釋，只以不容反駁的強烈語氣下達了命令。

「櫻，不要這樣，讓他們走吧……」

音侍艱難地說出了這句話，沒有聽從命令進行動作。

「我說拿下他們！你聽不懂我的話嗎！你是在為誰求情？為了那個跟你早就沒有關係的落月血脈？還是為了那個女人？」

然而，不管姿態再低，音侍做出的要求，矽櫻根本是不可能同意的，隨著情緒的激化，她的聲音已經變得尖銳凌厲。

「快走。」

眼見溝通是不可能了，音侍低低地向他們說了這兩個字。

「音侍，但是你怎麼辦？」

璧柔抓著音侍的袖子，顯然無法放心的就這樣逃走，而時機就在這點猶豫之下，稍縱即逝。

「音侍！」

他說的話做的事，矽櫻都看在眼裡，而她也已經到了忍受的極限。

「櫻，不要……」

從矽櫻的眼中，音侍彷彿讀懂了什麼，他的語氣也因而出現了幾分懇求，甚至是悲傷的意味。

「希克艾斯！」

當這個名字被矽櫻以變質的聲音喊出來時，一切在此終結。

音侍再也無法說出任何一個字，只因為他在那個名字被矽櫻喊出口的瞬間，整個人的形體僵直一頓之後，立即幻化光點，在猶如幻術的轉變中，化為一把瑩亮著光輝，通體雪白的美麗劍刃，應了他主人的呼喚，回到了矽櫻的手中。

希克艾斯？

月牙刃希克艾斯……？

猝然驚見的事實讓他們根本反應不過來，而矽櫻持著劍的手也高舉了起來，面對著他們的面孔上，交雜著濃烈的殺氣與深深的憎恨。

那如同月亮碎片的神劍，在她毫不留情地劈下時，爆發出了奪目的燦亮銀芒。

當那足以毀滅他們的攻擊撲面而至，身為月袍愛菲羅爾的璧柔終於回過神來，張開雙臂護住他們，接下了這形同致命的一劍。

「璧柔！」

冰冷的銀光在她纖細的身軀上殘酷地劃過，讓她籠罩在一片可怕的銀色當中，就在范統驚呼之後，硃砂終於使用了他的能力，帶他們挪移離開了這裡。

以虛弱狀態的身體揮出那一劍，確實已經耗掉了矽櫻僅存的力量，而她即使呼吸急促，仍堅持站著，不願意就此倒下。

握在她手中的希克艾斯仍發著光，那不染血的劍刃，也依然光潔得幾近透明。

「你不能……背叛我……」

剛才的憎恨，在這裡剩下她一個人之後，變成了帶著茫然的執著。

「你應該要……永遠留在我身邊……」

她沒有看向她手中的劍，沒有向她的武器提出心靈聯繫的溝通要求，就只是對著空蕩的大殿，這樣喃喃低語著。

因為很久以前，她的劍，就已經將心背離了她。

因為她就只剩下這一條束縛著他的主從契約……

緊急之下使用的瞬間挪移，加上又帶了很多人，硃砂難以選定定點，所以，在景物定型後，他們隨即發現，自己依然身在神王殿中。

「糟糕……」

「這裡是第二殿！距離正門比較遠，我們走正門吧！」

雖然反話又發揮作用，但這次硃砂就沒跟范統計較了，他們一人抱著月退，一人扶著璧柔，便趕往正門的方向。

「璧柔，妳的傷勢怎麼樣？」

由於斬在她身上的那一劍太過駭人，他們都很擔心她會不會當場死亡，但是她的真實身分畢竟是護甲，所以還是撐了下來。

傷口沒有滲血，但這不代表不嚴重。

她整個人看起來就像要氣化蒸散一樣，那致命的銀芒仍在她身上破壞著，沒有散去。

再這樣下去，璧柔究竟能不能活下來，他們也沒有把握了。

「不要緊……」

璧柔的臉色蒼白，看得出她正努力跟入體的噬魂之力對抗，不過以她現在走路都腳步虛浮的狀態，恐怕不太樂觀。

她需要找個地方專心治療傷勢，但他們現在得逃離東方城。

依照現在缺乏戰力的狀態，城外的那個傳送陣，彷彿離他們十分遙遠。

「沒想到音侍大人居然也不是人。」

硃砂！這種時候還能把這種話說得這麼冷靜的也只有你了啦！

「……」

璧柔咬緊了失去血色的唇，像是不知道該接什麼話。

呃，如果不考慮敵對立場，你們兩個都不是人，其實還是有希望啊？還是武器跟護甲不能在一起？噗哈哈哈說護甲要撐得住武器的攻擊才能交往，妳好歹也算撐下來了，應該算合格了吧？

「我們必須快一點，已經驚動女王了，接下來東方城只怕很快就會出動人手追捕我們，現在……」

璧柔急促的話語說到一半突然停了下來，只因為前方朝他們走來的那個人。

飄動的白色髮絲因為他停下腳步而柔順地披在他的肩上，秀麗的容顏上看不出情緒，但他們仍然提高了警戒。

「綾侍大哥……」

璧柔還是將這聲稱呼喊了出口，帶著一種近乎絕望的心情。

綾侍冷淡地看了她一眼，然後輕輕開口了。

「你們應該看到了音侍的真身，那麼自然也該知道我是『什麼』了？」

他們三人都沉默了下來，但是心中都有了個共通的答案。

陪伴在女王身邊的左右手，就是東方城擁有的那對神器。

音侍是月牙刃希克艾斯，綾侍的身分當然也就昭然若揭。

玄胄千幻華。

想起他不合常理的防禦能力，這已經是唯一的答案。

「所以，你們也該知道，我只會是你們的敵人。」

他平靜陳述著的事實，讓他們都緊張了起來。

綾侍沒有拿出武器，但那是因為他不需要。

在如此淒慘的情況下迎戰一個灰黑色流蘇的高手，不管他是人還是護甲，都只會有慘痛的結果。

范統無比地希望月退能夠醒過來，不過，月退即使甦醒，在能力被封印的狀態下，他也是幫不上忙的。

「妳知道妳做了什麼嗎？愛菲羅爾。」

綾侍漂亮的臉上浮現了一絲冷笑，那樣的笑容，讓人感覺不到溫度。

「唆使武器背叛他宣誓效忠的主人，讓他成全妳護主的心願……真是自私呢，即使妳事前不知道他的身分。」

聽見這番話，璧柔臉上又是一震，顯然也找不出話可以回答。

他們必須逃出這裡，必須逃離東方城。

可是面前的綾侍可以讓他們前功盡棄。

他們不知道應該怎麼做，這樣的局勢，似乎已經是個死局。

然而，在這個時候，綾侍再度開口了。

「看在過去的緣分上，我可以讓你們離開這裡。再說，不管能不能被原諒，這畢竟是他的希望。」

在綾侍說出這樣的話時，他們還沒有多少的真實感，過了幾秒，才意識他要放過他們。

「不過，走出神王殿後，你們還能走多遠呢？接到櫻的命令後我就不會再手下留情了，好自為之吧。」

他們爭取到的時間並不多，既然綾侍說不攔他們，那麼現在就該走了——但這個時候，綾侍又走到了范統面前。

「為了公平，你所喪失的東西，我現在還給你。」

「咦？」

范統還沒意會過來這是什麼意思，綾侍白皙的手指，就點上了他的額頭。

當解封之術的紋陣從他的手擴散開來，將封印新生居民記憶的術法解開時……

龐大而紛亂的記憶，瞬間從范統的腦中爆了開來。

范統的事後補述

我們只是要去救月退……但怎麼會發生這麼多令人震驚的事情呢？

我本來以為最正常的糟糕情況是事情被發現，我們被逮捕或者在衛兵的追殺下逃離神王殿，最惡劣的糟糕情況則是我們被音侍大人出賣，一到神王殿就被包圍捕獲……但這些事情都沒有發生，發生的是更為令人驚奇的事。

如果在今天之前，有人告訴我音侍大人不是人，我可能只會以為對方在說音侍大人太智障，腦殘得不像個人而已。

如果在今天之前，有人跟我說音侍大人是希克艾斯，在不知道璧柔是愛菲羅爾之前，我也只會以為是對方的妄想症發作，畢竟，好好一個人，怎麼會是一把劍呢？

可是璧柔都可以是愛菲羅爾了。

璧柔還沒有在我們面前現出原形過，音侍卻真的化為一把劍了。

事到如今我也不去吐槽他身上的護甲怎麼沒有掉下來了啦——平常活動跑跳都那麼輕鬆，

那身護甲搞不好也只是裝飾的幻術吧？難怪綾侍大人會罵他白痴，哪有武器穿護甲的？要是我，看到這種劍我一定不會買！

然後啊，綾侍大人也不是人！怎麼大家都不是人！月退！在這個世界我們好孤單！大家都不是人！就算是硃砂，他也不是正常人啊！我們只能相依為命了嗎！

今天大概是我第一次這麼近地看到女王陛下，不過女王她眼中根本只有音侍大人而已啊。可能還多個礙眼的璧柔？

我深深覺得女王陛下對音侍大人講話的語氣，是把他當成男人而不是自己的武器。怎麼人長得帥就是有這麼多麻煩嗎？我們要是真的被逮到，璧柔絕對會被碎屍萬段吧？

我們都還不知道月退發生過什麼事情，就忽然一大堆突發狀況跑出來模糊焦點……你們這樣是對的嗎！

而且，正當綾侍大人說要放過我們時，我才覺得可以重新把注意力放回月退身上了，沒想到綾侍大人突然又來爆我的腦袋！

忽然解封記憶是哪一招啊！

我的腦袋快要爆炸啦！這些到底是什麼鬼東西！哪個好心人快來跟我說明一下啊！這、這……這不是我的記憶啊！

章之八

破夜之空

『范統，你不是答應我要幫我完成遺願……』——暉侍

『誰會知道那種事情啊！不要為難一個失憶患者好不好！』——范統

『結果沉月還沒封印，珞侍也過得不好……』——暉侍

『我就說我失憶了，不然你要怎樣啦！找我索命嗎！有本事就活回來自己處理啊！我已經焦頭爛額了啦！混蛋！』——范統

在原先封印起來的記憶一下子全數解封時，過多的資訊一下子攪亂了范統整個腦袋，讓他整個人彷彿暫時從現實中抽離，回到了那些記憶所在的時間點。

兒時的、生前的記憶，幾乎都因為比較平淡或者印象不深而閃逝，父親教他卜卦的事情，算命改運的方法跟學習中的磨練，也在看過一次後便都想了起來——畢竟那是他原本就有的能力，只是被封印記憶而遺忘，在記憶解封後，便很自然地回歸到他身上了。

在一個斷層後，他看見的是當初來到這個世界時的沉月通道。

那個時候他還不知道自己來到了什麼地方，也不知道那是什麼樣的狀況，甚至還以為自己在作夢。

然後他在那條白色的通道中，遇見了那名青年。

以現在的認知來看過去的記憶，范統自然認得出那是東方城的服飾。經過東方城長期以來的知識洗禮，他曉得沉月通道是迎接新生居民通往幻世的地方，這裡會倒著一個東方城的原生居民，實在是一件很奇怪的事情。

『喂……你不太好嗎？』

那個時候的范統當然是不會曉得這些的，他純粹只當作夢裡遇到了一個陌生人，然後前去關心他的情況。

那名青年受了很重的傷，即使沒學過醫，范統也知道他大概快要死了，而當對方抬起頭來，撥開覆面的黑髮露出臉孔時，回想起這段記憶的范統，心裡確實震驚了一下。

青年的臉孔與月退有七分相似，不過年紀比月退還要大幾歲，單憑這些線索，他其實就可以猜出這個人是誰了。

當然，是現在的他猜得出來，不是當時的他。

『新生……居民？』

在發現面前有一個人後，青年就像是找到了什麼珍貴的東西一樣，一下子忽然緊抓住他的手腕，讓他嚇了一大跳。

『哇！你做什麼啊！』

忽然被人這樣緊抓住，會驚恐也是當然的，加上范統又甩不開他，當下自然臉色有點難看。

『拜託你……我只能拜託你了，幫我……』

『什麼西西啊！我為什麼會作這種奇怪的夢，這到底是什麼狀況！』

那名青年在聽他說了這句話後，苦笑了一下。

『這不是夢。這裡是幻世，你來到這個世界，會成為這個世界的居民……儘管不知道你會被哪一邊帶走，但我恐怕也撐不了多久了，請你答應我幾個請求好嗎？』

『你在說什麼我都聽得懂。』

『嗯？是嗎？理解能力真好，那麼，你願意聽我說嗎？』

『不要。』

『拜託你……』

『我是說不要啦。』

范統就這樣看著回憶裡的自己因為詛咒的關係，不停玩弄一個快要死掉的人，而且這個人還很有可能是某個消失了兩年的傢伙，這樣的記憶讓他哭笑不得。

珞侍要是知道了，搞不好會很想殺了我？

『我不會平白要求你幫我……如果你答應我，我會將我的記憶與能力轉印給你……未來在這個世界生活，這些都可以成為你保命的力量，這已經是我所能給予的最大回報了，可以答應我嗎？』

對於連接說出反話造成誤會的情形，范統其實很無奈。他沒有排斥聽聽對方的要求，也不是想刻意壓榨一個將死之人的剩餘價值，事情發展成這樣，全都是反話惹的禍。

為了不要讓對方死不瞑目，雖然不太了解他在說什麼，范統還是點了點頭。

而看著這段記憶的范統則默默想著，報應總是來得很快，根據後來的事情證明，他才走出這個通道，珞侍就宰了他，為他玩弄這個人的事情報仇了。

『太好了……』

見他答應，青年露出了如釋重負的表情，握著他手腕的手又緊了一些。

緊接著從他的手中傳輸過來的能量與記憶，是以較為溫和的方式送到他身上的，在沒有強制開啟的情況下，他不必一瞬間消化那麼多東西，有時間再慢慢來就可以了。

不過突然就進展到這一步，也讓范統有點錯愕。

不是應該先講完遺願，等我答應了再給我你承諾的東西嗎？先給再說，我又無法還你，這豈不是強迫推銷？

儘管內心有這樣的質疑，但那個時候的范統畢竟以為這只是個夢，就沒有太介意這些了。

『我的名字叫做暉侍。』

『答應我……封印沉月，照顧珞侍……』

『還有，跟那爾西說，對不起……』

這是那名青年最後留下的話語。

因為他在說完這些話之後，人就猶如幻影般消失了，范統才會更加覺得這是夢境，他所身處的那個世界，從來不會有這樣的事情。

然而暉侍給他的記憶，在走出沉月通道後，就被綾侍封印了，他根本還來不及探究，就遺失了這段記憶與使用那些能力的方法。

由於綾侍破除了封印之術，連帶暉侍施的安全封印也被解除，那些屬於暉侍的記憶一股腦地湧上來，在資訊量幾乎爆滿的情況下，范統的頭部也劇痛了起來。

「啊──！」

在范統按著頭痛苦地彎下腰時，綾侍已經退開了一段距離，同時也不再理會他們，直接便朝神王殿內部走去。

「范統？」

看他的狀況不對勁，硃砂空出一隻手來扶了他一把。

「范統，你還好嗎？我們必須把握時間，綾侍大哥一定是去見女王了，在那之前我們得逃離這裡……逃離東方城！」

雖然身負重傷，璧柔也沒有停下的打算，他們全都賭上了自己的一切，不管逃離的希望有多渺茫，還是得嘗試。

儘管頭痛得像是要爆開來一樣，范統還是點了點頭，抹掉額上的冷汗後，跟他們一起快步奔往神王殿的正門。

他的視覺接收到的景物，一片凌亂。

因為暉侍的記憶，在他的眼前，展了開來。

『我們的父親不是皇帝嗎？』

『皇帝不是西方城最有權力、最了不起的人嗎？為什麼我們要遭到這樣的對待？』

暉侍的記憶中有個幼小模糊的身影，總是以清脆幼嫩的聲音問著他這樣的問題。

這不該是這種年紀的孩子的煩惱，但是環境使得他與無憂無慮的玩樂絕緣，應該時常出現在臉上的笑容，也由憎恨的神情所取代。

『我們的人生只能受他們擺布？』

『沒有任何辦法了嗎……真的沒有任何辦法了嗎？』

那名男孩留在暉侍記憶裡的最後神態，是一種對現實無能為力的悲傷。

而暉侍也只能摸摸男孩那頭漂亮的金髮，試圖撫慰他的情緒。

『我們只能忍耐。』

『我會回來的，總有一天一定會回來……好嗎？』

儘管暉侍自己的聲音聽起來也是個小孩，但他還是努力安慰著他。

那幼小的孩子點了點頭，咬緊了唇沒有哭泣。

然後暉侍便離開了。在踏著沉緩的步伐走遠時，暉侍還是不捨地回了幾次頭，但也僅止於此。

範統不太明白他們是什麼樣的關係，畢竟暉侍的記憶只有他看到的東西，不會有任何解釋。

逃亡的奔跑中眼前一直出現幻象，無論如何不會是一件好事，但是這不是此刻的範統可以控制的事情。

人要是看不清楚路，瞧不見眼前的東西，無疑是很危險的狀況，範統扶著自己的頭，很想壓下暉侍的記憶，至少不要在這個時候一直跑出來，不過結果不甚理想，在走個路也跌跌撞撞的情況下，幾乎是璧柔拉著他的手拖著他跑的。

「走這邊！」

一片混亂中他聽見硃砂的聲音，隨後，便又給記憶的影像埋沒。

來到東方城後，偽裝成原生居民的無依無靠生活，是和還在西方城時的生活完全不同的。雖然原生居民比起新生居民總是有多一點的優待，但也沒到養尊處優、錦衣玉食的地步。他身在西方城時雖然不自由，過的日子還是好的，在東方城的日子令他不習慣，他卻也都忍了下來，定期回報自己的狀況。

這些困苦的日子在暉侍的記憶裡也很平淡，幾乎轉瞬即逝。

記憶的顏色是在他受到封賞，被女王收為義子後開始鮮明的。

范統無法想像面臨這天降的幸運時，暉侍有什麼樣的心情。藉由暉侍的眼，他看見了矽櫻。

矽櫻注視著暉侍的眼神，包含著一種懷念般的複雜情感。如果不是親眼看到，范統很難想像女王也有對人如此溫柔的時候。

而暉侍第一次和珞侍見面時，范統實在忍不住想評論幾句。

珞侍……你小時候也太可愛了吧！太可愛了吧——！雖然現在也還是很可愛啦，但畢竟長高了也長大了，跟小時候還是不能比，怎麼會有這麼可愛的小孩子！雖然看起來有點敵意，可是那副瞪著眼睛的模樣簡直像是警戒中的小動物啊！我根本分不出你是妹妹還是弟弟！

又逞強又愛面子，然後還用這麼可愛的臉來做這些表情，女王陛下到底有沒有眼光啊？怎麼只關心暉侍不關心你？

雖然范統自認沒有什麼變態細胞，但暉侍記憶中的「小」珞侍還是讓他有種很想過去捏他的臉欺負他或者逗他的感覺，小孩子要長那麼可愛真是不簡單。

這期間，暉侍依然繼續定期寫信回西方城。照理說，范統應該看不懂西方城的字，不過，因為暉侍將自己的「能力」都給他了，所以那些理當看不懂的字，也都變得清晰可辨。

從那些反覆往返的信件中，范統大概可以得知西方城要暉侍做的事情是什麼。

從一開始取得東方城的情報，到後來要求他盜取由東方城收藏的沉月法陣。

法陣似乎是兩邊各自保存一半的東西，而西方城希望取得另一半法陣的原因，似乎是想對沉月進行什麼事情。

因為記憶不是每個部分都那麼清晰，有的又跳得很快，范統也難以通通看過，所以只是知道個大概，細節可能還得有空翻翻記憶再說。

而信件也總是分為兩封，一封是向西方城的長老匯報，一封則是寫給「那爾西」。

這是暉侍在遺願中提到的名字，依照信件的語氣來看，這個人應該是他遠在故鄉的弟弟，也就是最初出現的那個金髮男孩。

他日復一日地以祕密管道寄信，只是，幾乎不會有那爾西的回信。

似乎是因為西方城那邊不允許。

雖然回信只有那麼死板的幾次，暉侍還是沒有停止寫信。在長期與弟弟分離的情況下，只能憑著小時候的印象疏離且陌生地用字，在范統看來，實在是很難受的事。

他一面和善地面對所有的人，一面暗地裡收集沉月的情報，為了祖國交代的任務。

在看著暉侍的行為與話語時，雖然無法得知他的心情，范統卻覺得彷彿可以感知他的內心。

他很喜歡東方城。

其實很喜歡、很喜歡這個地方。

間諜的身分讓他有所猶豫掙扎，他會不由自主地規避一些得到的資訊，只將其中的一部分傳回西方城，那是因為他必須對長老們有所交代，以保住他唯一的弟弟。

他在東方城也有了一個疼愛的弟弟，珞侍那樣全然信任與依賴的眼神，只怕也讓他背負了很大的壓力。

戰爭的時候，他人也在東方城。在東方城度過的時間已經比他在西方城待過的歲月還長了。

他到底應該是個東方城的侍，還是西方城不具地位的皇子，這個問題的答案，似乎越來越難以肯定。

「什麼人？站住！」

想要從正門逃離神王殿，是不可能不遇到衛兵的，他們現在當然不可能配合著停下來接受盤查，況且，他們是真的有問題，不會問一問話就被放走的。

碰到這種情況，自然也只能動手了，璧柔雖然受傷，用點魔法還是不成問題的，最前面的兩名衛兵被她揚手放出的攻擊魔法放倒，硃砂也先將月退交給了范統，自己拔出匕首應戰。

早就跟你說過人我來抱，遇到事情你才有空戰鬥，你偏偏就不聽……

就算現在頭痛欲裂，范統還是忍不住想在心裡唸一下。

璧柔似乎由於傷勢過重，使用了一開始的魔法後，便臉色慘白地坐倒在地，變成得單靠硃砂應付敵人的情況。

衛兵當然不會放過看起來狀況明顯不好的人不打，而硃砂在迎戰前方的衛兵後就沒注意璧柔的情形了，自然也沒有回頭援護。

在現實與回憶的影像交錯間，看見那朝著自己砍來的劍，范統下意識地伸出手扭過對方的手腕，用右手奪劍後，隨即以流利的動作反殺了敵人。

那是屬於暉侍的劍術。

是已經死去的暉侍，遺留下來的東西。

『別動！交出你們的武器，不然我就殺了他！』

記憶一下子又跳動，出現的是一名挾持著人質的西方城刺客。暉侍趕到的時候，看到的是刺客與音侍對峙的狀況，

音侍身上掛的應該也是一把壞掉的劍，范統實在不太明白為什麼他自己明明是眾武器傾慕稱羨的名劍，還要帶把劍不知道是耍帥還是耍白痴，而且既然暉侍的記憶裡就有配劍了，看來以前到現在，也不曉得折損過幾把了。

暉侍記憶裡的音侍，看起來就跟現在一模一樣。不像珞侍是個小孩子，違侍還比現在年輕些，音侍跟綾侍的外表根本沒有改變過，此外矽櫻也是。

女王也是……唔？音侍大人跟綾侍大人不是人也就算了，女王……總該是人了吧？還是，女人化完妝根本看不出幾歲這件事是真的嗎？或者東方城有什麼保養祕方，可以讓女王青春永

駐？

范統不自覺地懷疑起一些奇怪的事情，一直質疑這種地方，也讓他難以融入嚴肅的情境。

『啊，你反正是跑不掉的，為什麼不乾脆一點投降呢？』

音侍以手指支著下巴，滿臉不解地問，這麼從容的態度也激怒了對方的情緒。

『把武器丟到地上！不想要人質的命了嗎？』

眼見刺客的武器朝人質的脖子壓了過去，暉侍只能解下自己的劍丟到地上，音侍也跟著做了同樣的動作。

雖說卸除了武裝，還有術法跟符咒可以用，但兩者都需要一點準備時間，足以讓他拿人質要脅他們停止——可能是看這樣下去不是辦法，暉侍開口了。

『放開人質，我們保證你的人身安全……』

而暉侍說都還沒說完，音侍就打斷了他的話。

『啊，不行啊，應該要說，乖乖投降，我們可以讓他一刀斃命，傷了人質，就讓他死無全屍才對，我最討厭造成麻煩又危及無辜弱者的人了啦，給他死。』

范統不曉得暉侍有什麼想法，但他自己覺得無言到了極點。

您這樣誰會乖乖投降？用騙的也應該先騙他放過人質啊？您已經打算把人質犧牲掉了嗎？

而還沒等犯人做出什麼，音侍就先行動了。

只見他的掌心爆出一段光輝炫亮的劍刃，在他流暢的掌握下，瞬間就削斷了刺客用來挾持人質的劍，然後在下一刻刺穿了他的胸膛。

整個過程不到兩秒的時間，敵人就被這猝不及防的攻勢給解決了。

『音侍，那是……』

音侍一面撿起地上的劍，一面朝他比了一個「噓」的手勢。

『啊，是祕密喔，不能告訴你，不然我會被綾侍打死。』

『呃……』

『咦！啊！糟糕了！』

音侍好像忽然想到什麼，整個人慌張了起來。

『啊啊啊！我剛剛開的是金光不是銀光！沒把他的靈魂滅掉啊！這樣豈不是送他回落月的水池重生而已！失敗！』

即使是在暉侍的回憶中，范統也無可避免地看見音侍的蠢。

音侍大人，您到底白痴幾年了啊？您這樣白痴下去是可以的嗎？我不應該說您腦袋壞了，您的真正身分是希克艾斯，所以根本就沒長腦袋吧！是吧是吧！

『這件事……我不會告訴綾侍的。』

『啊！對喔！不要告訴綾侍就好了嘛！哈哈哈哈，得救了，暉侍你真聰明！』

是您太蠢了吧——！還有，暉侍大人，您特別記這段是什麼意思啊？您是因為那奇怪的能力而印象深刻、因為音侍大人耍帥所以記憶猶新，還是因為他實在蠢過了頭您半夜想到就發笑才特別亮這一段給我看？說清楚啊！

記憶跳得很快，快到范統有的時候會反應不過來。似乎是因為懷疑起暉侍對西方城的忠心，一次他離城辦事的時候，被西方城的人強迫帶了回去，范統猜想，這大概就是他失蹤的原因。

雖然回到了祖國，但他仍然沒有見到那爾西。也許他被帶回來的事情根本沒有讓他的家人知道，又或者是長老不允許他們見面，總而言之，他就這樣被軟禁著。

不知道多少次交涉過後，為了換取自由，暉侍聲稱他其實看過法陣，而從被帶回來到那個時候，也不知道已經過多久了。

他們在接連的逼問中要求他畫出法陣，每一次一點一點地進行，然後又在暉侍表示記憶有誤下進行修改，這樣來來回回就過了兩年，直到法陣完成，他們便要他陪同一起去沉月祭壇測試。

在臨行之前，他換上了被帶回來那天，身上穿的東方城服飾。

然而此去卻是一趟不歸路。

解決完門口的衛兵後，他們總算迎接了外面的夕陽餘暉。硃砂和璧柔都沒有閒暇時間詢問范統忽然出現的實力是怎麼回事，因為現在最要緊的不是這個。

奔下神王殿高高的階梯後，他們理當往最近的城門衝去，不過現在還維持著良好的狀況、足以冷靜思考的人，恐怕也只剩下硃砂一個，剛衝出來都有點搞不清楚天南地北了，要一下子決定往哪個方向跑，還真是困難的一件事。

「現在怎麼辦？法陣設在東門外，現在距離這裡最近的門應該是……」

硃砂問著同伴們的意見，璧柔則搖了搖頭。

「他們不會給我們那種機會的……在我們抵達城牆之前，城門就會關閉了，也許先找個地方躲起來……」

璧柔虛弱地說著，這個意見則被硃砂否決。

「躲起來他們也會搜遍整個東方城吧？現在不逃走就太遲了，你們還是往城門走看看，也許有希望。」

「我們？那你呢？」

「回去拿行李跟那隻鳥。我很快就會去找你們。」

硃砂只丟下這句話，就飛快地跑走了，范統在頭痛中仍聽見了這句話，讓他錯愕不已。

都什麼時候了你還要去拿行李？還有，你什麼時候那麼關心那隻鳥了？

人都跑了，來不及叫住他，他們自然也沒有辦法，最後他們只好決定帶著月退先穿越神王殿前的廣場，再朝東門前進。

只是這個過程中，他們又與一個不想在此刻碰到的人相遇了。

銀白的劍光從視線中一閃而逝時，那刺眼的光芒，幾乎讓他以為自己的視網膜被劃破。

押著暉侍前往沉月祭壇的隊伍，在踏入祭壇結界沒有多久後，就遭遇了後來者的攻擊。

突襲他們的只有一個人，卻足以在一個照面間將他們的隊伍幾乎全滅，那精確一擊斃命的殺人手法，是實力高出對方許多才辦得到的，而暉侍之所以得以成為現場唯二站著的人，只是因為出手的襲擊者還沒有對他動手而已。

『音侍……』

這個時候，暉侍想必是清楚知道，音侍不是為了救他而來的。

因為凝結空氣的壓迫感，在他身邊那些人通通死絕後依然沒有消失，而是轉到了他身上來。

『暉侍，櫻要我來殺你。』

音侍沒有做多餘的解釋，只以平淡的神情交代了矽櫻所下達的命令。

『……揭穿了嗎？』

暉侍回答的聲音異常地平靜，似乎也沒有太過意外。

他在被西方城的人帶走時，根本沒有時間跟機會收拾自己的居處，留下破綻是自然的，東方城不可能不調查，那麼他臥底的身分當然也就藏不住了。

『為什麼？櫻對你這麼好，你為什麼要背叛她？她好不容易才漸漸有了笑容，好不容易才……你就這麼幫著落月進行封印沉月的計畫？你根本不知道這對櫻會有什麼樣的影響！』

音侍的情感總是很純粹，不管是開心還是憤怒，都沒有一絲雜質。

『很多事情……我沒有選擇。如果可以，我也希望我就只是東方城的一個原生居民，沒有其他背景，也沒有陰謀欺騙地跟你們在一起……』

暉侍說出來的內心話，帶著的是音侍無法體會的情緒。

『音侍，也許有一天你也會懂，明明不想傷害任何人，卻還是得做出選擇……』

聽了他的話之後，音侍的神情也出現了幾分痛苦。

『我討厭做這種事情……我很討厭做這種事情，為什麼一定要我來做，為什麼你非得是必須剷除的敵人，而我得被下達命令殺你？』

儘管音侍這麼說，他還是舉起了劍。

『你還是要殺我嗎？』

『這是櫻的命令！我不可能違抗，不管我是不是討厭這種事情！』

他深紅的眼睛，終於排除了所有的猶豫。

『所以是……「沒有選擇」嗎？』

暉侍退後了幾步，靠向了祭壇旁的白色漩渦。

依照暉侍的記憶，這是從沉月祭壇能夠連接往沉月通道的地方。

『也許得知你的死訊以後，櫻又會後悔，但是她所給予的指令沒有給我任何退路……』

音侍說著，劍一揚，銀色的噬魂之光，再度亮起。

『若是我能夠自己選擇，也許我會放你走。只可惜那個「可能」並不存在。』

在他動手之前，暉侍快速地移動腳步，朝著那連接沉月通道的傳送點衝過去，然而在他碰觸到那層白膜之前，銀芒乍現。

撕裂了身體的劇痛來自音侍的攻擊，他的玉珮在那毀滅性的強光中掉落，他則是摔進了傳送點，逃到了那個白茫茫一片的沉月通道。

音侍沒有追擊。被噬魂之光正面擊中的他，不可能逃得過死亡。

他會連靈魂也徹底毀滅。這就是東方城的女王給予背叛者的報復。

沒有寬恕、沒有原諒，不需要解釋或是藉口，也不讓其有任何贖罪的機會。

他在白色的隧道中感覺著生命的流逝，即使這個環境有讓新生居民的肉體重生的功效，對被噬魂之光重傷、又是原生居民的他來說，仍是沒有用的。

范統看著他垂死生命的最終，品嚐著那種無能為力的感覺。

直到透過他的眼睛，看見了出現在沉月通道中的自己。

『答應我……封印沉月，照顧珞侍……』

『還有，跟那爾西說，對不起……』

暉侍的遺願，又在他的腦中響起了一次。

他究竟知不知道這是多難辦到的事？范統想著。
兼顧著東方城與西方城，連暉侍自己都辦不到了。
但他卻也只能將最後的心願，寄託在一個完全陌生的靈魂身上。
不管這個人是否有能力繼承他的意志，完成他的遺願。因為這個人已經是他唯一的希望。
這種事情……

「這種事情……根本就……」
記憶應該已經結束了，但范統仍覺得自己的頭疼痛不已。
這是他背負不起的沉重。
他不知道自己究竟該怎麼去完成另一個人生命最後的祈願，而他也無法再找到那個人，告訴他自己沒有辦法做到了。
殘餘的頭痛也許只是一股錯覺，或者是幻覺。
雖然辦不到，但他已經答應了。
他已經答應了啊。
隨著東方城的警鐘響起，他們知道再不逃就來不及了，即使這個時候城門可能已經收到命令而關閉，他們還是得朝東門過去，看看能不能硬闖。
這個時候，范統又突然被人叫住。

「范統！」

眼前的景像總算穩定了下來，而朝著他們走過來的人，是珞侍。

「你們在這裡做什麼……你們劫獄？」

珞侍就算不了解情況，在看到范統抱著的月退時，也能明白個大概。

因為發現了他們所做的事情，他的臉色頓時變得很難看。

「你們怎麼能做這種事情！居然想從東方城帶走落月的皇帝？這太過分了！」

「既然你也知道他是夜止的皇帝，那就不是屬於西方城的，有什麼理由把他留下來？哪裡有什麼過不過分的？」

在剛經歷了那麼多事情的情況下，范統只覺得一陣煩躁，連話說顛倒都不想管了，而且，現在他們根本沒有時間在這裡跟珞侍糾纏。

「我們必須走了！如果沒機會再跟你解釋，現在不是說話的時候。」

范統抱著持續昏迷著的月退，跟璧柔想盡快離開現場，然而，珞侍卻攔在他們面前。

「你們不能走！把人留下，我怎麼可能就這樣讓你們離開！」

看他一副真的要動手的樣子，想起過去大家都還是單純的朋友關係時，每個人都還能面帶笑容地輕鬆相處，想起月退在為珞侍擔心時，不管是從水池重生後虛弱而勉強的微笑，還是璧柔所轉述，他在聽聞珞侍的死訊後第一時間趕去救人的事情……

儘管暉侍臨終時拜託他照顧珞侍，范統還是忍不住在這個時候，衝上前給了他一巴掌。

「我們不這麼做要怎麼辦！難道眼睜睜看著他去死嗎！如果女王要殺他，你會救他嗎？你根本什麼都不管！他到底對不起你什麼？你的命是他救的，女王不肯為你動用王血，你卻還在這裡維護東方城的紀律，他們就真的這麼值得？」

珞侍被他這一巴掌打得愣了，而聽完他怒吼的那些話後，他睜大了眼睛。

「王血……不是母親……？」

他再度看向昏迷中的月退時，突然間，似乎不知道該說什麼了。

「暉侍死前還在擔心你，你真的需要他擔心嗎？心中只有東方城的話，不管怎樣都能自己好好活下去吧？」

雖然只不過說了幾句話，但其實也拖了不少時間了，不等珞侍反應過來，范統隨即和璧柔帶著人快速離開，至於珞侍會怎麼想，他現在根本沒有心情顧及。

穿過神王殿前的廣場後，距離東門仍十分遙遠，帶著一個昏迷不醒的人跟一個傷患的情況下，他們這個隊伍想快速前進實在很難，路上當然也引起一些居民側目和議論，但因為搞不清楚狀況，倒是沒有人阻礙他們。

半路上硃砂就回來找到他們了，他也帶來了不好的消息。

「城門封了，全城封鎖，我們只怕得想辦法硬闖出去。」

硃砂只有一個人行動，自然很快，行李也拿了，寵物也帶了，甚至還跑去看過城門狀況了，而聽到這種不樂觀的情況，他們的心當然又往下沉了沉。

「現在怎麼辦？」

之前東方城就已經開啟結界，全城限制使用傳送術，要去打破城門什麼的，似乎也太誇張了點，而這個時候，這條街的前後忽然被快速出現的衛兵包抄，使得他們不得不在吃驚中停下腳步。

「發現目標了嗎？」

藉由符咒通訊器中傳來的情報，帶領著術法部隊的綾侍在神王殿前的廣場下達指令。

「除了恩格萊爾，活捉不成便就地處分。」

他在說完命令後，也注意到了神情恍惚呆站在附近的珞侍。這麼多人出現在這裡，珞侍自然不會沒有知覺，當他轉過來瞧見綾侍時，臉上頓時又更慘白了幾分。

「綾侍，現在是……」

「陛下讓我追擊劫獄的犯人。」

綾侍簡單跟他說明幾句。

「程序你應該都明白。」

珞侍沒有回答他什麼，不過這個時候，綾侍的符咒通訊器裡又傳出了有些驚慌的回報，看來是包圍的現場出了意外狀況。

「原來這隻鳥原形這麼大，之前只看過一次，都快忘了。」

在沒有退路的情況下，硃砂不知哪根筋想到，猛地掐著焦巴的脖子逼牠變大，恢復了原形的魔獸當場讓眾人嚇得閃避，拍拍翅膀還毀了幾間旁邊的房屋。

雖然爬到鳥背上給牠載著逃跑，好像有那麼一點建設性，不過真的爬上去之後還真不知道要抓哪裡，扯牠黑色的羽毛又怕太用力扯掉，人就摔下去，況且羽毛被抓也是會痛的，幾個人粗手粗腳爬上去後，焦巴就怪叫了好多聲，看起來很想甩掉他們自己逃命。

「羽毛要是不給抓，就把手插進你背裡。」

即使小鳥已經變回魔獸的型態，硃砂還是毫無滯礙地進行威脅，於是焦巴便縮縮脖子乖巧了，原本嚴肅慘烈的逃亡，不知為何好像又可笑了起來。

只是，就算他們有了飛行的工具，也不是那麼輕鬆容易就可以成功離開的。

「是嗎？」

聽取完現場的報告，綾侍隨即指揮身邊的部隊，做出應對。

「升空。將他們打下來。」

交代完這句話，他便揚手畫了一道符咒。由光之線條所構成的咒文線體，快速地外擴幻化為金色的光線符鳥，金燦的光輝映照著他美麗的臉孔，讓他冷淡的神情彷彿也添了一分嚴肅。

乘上了符咒幻化出來的光線符鳥，他直接向上飛去。

看著不遠處起飛，速度不算快的黑色魔獸，綾侍首先進行的舉動，就是將藍黑色的侍符玉珮往上一擲。

『綾侍符禁令，範圍東方城，禁空！』

隨著他喊出來的話語，侍符玉珮上的符印也浮現放大、投射到天空中，夕陽的餘暉一瞬變色。因咒術效果而產生的雲層與雷聲，完全集中籠罩在東方城的上空，彷彿可以隨時將觸犯禁令的人斃於轟擊之下。

綾侍本人是排除在禁令之外的，術法部隊經過特殊的處理，也不在侍符玉珮的限制對象內，所以，在這道禁令完成後，瞬間黑沉下來的天空與交錯閃起的雷電，對準的全都是那個唯一的目標。

「綾侍符禁令？」

天空詭譎的異變，在鳥背上的范統等人不可能不注意到，那個放大懸浮在天頂聚攏雲氣、掀起狂風的咒印，是屬於綾侍的標記，宛如在混濁的墨空上烙下了紅紫色的刻印，旋繞著咒印的光芒則在準則判定後，釋放出凝聚的力量。

緊接著，第一道燦亮的雷電直接朝他們劈下。

空中遇襲，避無可避，除了在驚叫中慌張地防禦保命，他們根本無法做任何其他事情。

「叫這隻鳥冷靜一點！不要亂拍翅膀！」

硃砂這話也不知道是對誰說的，雖然焦巴的背很寬，但這樣在受驚下慌亂搖晃，依然讓他們難以穩住身子。

「這個不是你的弱項嗎？快拿糖果哄牠啊！」

范統一面說著反話，一面努力想翻暉侍的記憶找出應對之法，剛才那道雷電是焦巴嚇到失去平衡才閃掉的，接下來可就沒有那麼容易了。

飛在空中被雷劈，要動物冷靜下來快點飛離這裡實在很難，而都飛到這種高度了，現在想下鳥也太遲了，更何況下去也是死路一條，除了繼續在上面硬撐著，根本沒有別的辦法。

綾侍在乘著符鳥升空後，確定了禁令能夠牽制住他們，隨即便開始編織符咒結陣，在他靈巧的手指間一個一個串起的咒文，累積疊加之後，呈現出來的會是倍數成長的力量。

他的符咒一向是以手指畫過空氣流下的光紋構成的，他快速動作下拉出的咒鏈，每一個凌厲的線條都散發著能量的輝芒，每一句搖曳飄忽的咒文都因他注入連結的符力而堅實。從那由於靈力飽滿而浮動的周圍氣流，就能看得出這個結陣的收納的能量有多麼強大。

這將是一記完全不留手的攻擊。儘管剛才下達的指令是要保住月退，但在此刻，他已經將方針改為全力阻止他們逃走，至於這串符咒結陣打出去後，上面的人活下來的機率能有多少，他並不在乎。

月退畢竟也是新生居民，真的死了，一樣會從水池重生。

所以將他們全數毀滅，對綾侍來說也是無所謂的。

禁令製造出來的雷電，屬於術法和符咒的範疇，愛菲羅爾的強項就是這方面的防禦，所以在最初的混亂過去，璧柔展開猶如輕紗般的護罩後，那些張牙舞爪的雷電便都在那層薄膜上抵銷，暫時無法逼近他們。

但在重傷的情況下做出這層護罩保護他們，已經是璧柔的極限。綾侍看得出這一點，當他手中的咒文徹底結合出複雜的陣型，他立即將這個懸在面前的攻擊法陣，朝眼前的目標打出。

結陣旋轉著飛衝而去時，他的髮絲因瞬間產生的陣風而飛揚，即使是這樣巨大複雜、由許許多多符咒組合成的陣網，在他的操控掌握之下，仍分毫不偏地挾著洶湧的氣勢瞄準了鳥背上的眾人。

從綾侍站上符鳥開始，珞侍就一直失神地盯著空中，他顫抖著看著陰暗的天空與即將發生的事情——那是什麼樣的符咒，他心知肚明，被那個符咒結陣擊中，上面的人根本不可能活下來——

他們全都會死。

全都會死。

「不要！」

當看見綾侍完成了那個攻擊法陣，使之襲往空中的魔獸時，珞侍下意識地動了。

破除封印、解放多年沒有使用的法力，這個動作在此時此刻做起來是如此順暢而毫無障礙，流出的法力有著久違的熟悉感，憑藉著魔法的念動，咒文在他擲出符紙時瞬間成型。

揉合了符力與法力的符咒以疾迅的速度撕裂空氣，筆直擊中了那個尚未攻擊到目標的結陣中心，綾侍結出的咒陣竟然因為這張符紙而幾乎崩解潰散，相撞時產生的爆響彷彿能震動整個東方城。

然而，畢竟只是幾乎崩解，而非真正崩散。

符咒結陣的殘體，依舊以不變的速度往范統他們網罩而去，搭配著術法部隊集體施展的攻擊之術，僅存的咒文迸射出刺目的金光，宛如就要在衝撞他們時焚毀爆裂——就在圍觀的所有人都以為他們會被這波集中的攻勢重創時，狀況忽然又產生了讓人意料之外的變化。

黑色魔獸的背上，從范統的身側，突地憑空幻化出了一名白髮的青年，在發生衝撞的前一刻，他輕輕伸出了手。

在他手指輕輕一點之下，所有理應與他們直接撞擊的術法與符咒，通通都消失得沒了痕跡。

猶如被還原分解了一樣，那些絢麗的光芒實體、撲面熱浪，全數如同幻影般消逝，什麼也沒有殘留。

緊接著，青年面無表情地張掌，施放出讓整個空間為之震盪的力量，就在眾人的面前，強行突破東方城限制傳送的結界，讓他們全體從這片空域中消失脫離。

不該落空的攻擊，卻完全沒發揮效用；封鎖全城的結界，竟被輕易打破；理應要逮到的人，居然被他們跑了──綾侍皺了皺眉，平靜地接受自己的失敗後，也回頭看了地面上的珞侍一眼。

珞侍盯著自己的手，像是全然無法為了朋友的脫困而感到喜悅。

矽櫻在他身上設下封印時，給了他自己選擇時機破除的自由。

那明明是對他品行與毅力的考驗，明明是要他杜絕掉屬於西方城那邊的血統……

可是……

「母親……」

我該怎麼做？

珞侍的眼神黯淡了下去，只能徬徨而無助地，不斷問著自己同樣的一個問題。

我該怎麼做……

（待續）

自述——那爾西

於是我穿上了他的衣服，纏繞了我的雙眼。

就這麼當作自己是他，從遺失了他的這個房間，閉鎖住我的一切，試圖去體會他的過去十一年。

哪怕我所能感受到的，也許還遠不及千分之一。

從一開始……

我就是想殺他的。

這個世界上，有許許多多的人，作著出身高貴、不必付出努力就自然在人之上的夢。那些人總是陷於這樣的妄想之中，看到的永遠只有好處，事實上不親身體會，他們又哪裡知道其中滋味？

我與我的哥哥，是這個國家的皇帝，唯二的兒子。如果照那些人的想法，我們應該是身分崇高，從小就讓人伺候得好好的，錦衣玉食，就等著接掌這個國家的幸運兒吧？

然而所謂平靜無憂的生活，其實根本沒有存在過。我們從出生就不被承認，不只因為我們身上屬於母親的那一半夜止血統，也因為我們的父親——那個理當被我們喚為父皇的人，完全沒有讓我們繼承王位的意思。

我們在很小的時候見過他一面，那時他已經是個身體虛弱的病人。他對年紀幼小的我們說，不讓我們碰觸皇權是為了我們好，皇宮只是個華美的牢籠，成為新的皇帝，便是新的囚鳥，遭受長老們的擺布，不得自由。

只是，我從來也不覺得這是為了我們好。

伴隨他的死亡，新的皇帝被送進宮中，而身為先皇遺子的我們，一樣擺脫不了這個漩渦。長老們選中了哥哥，讓他到遙遠的夜止去為他們做事……而我就是留下來要脅他聽話的人質。

在那之後，我再也沒有見過他。

如果父皇選了我們其中一個當皇帝，是不是就不會有這樣的事情發生？

皇帝是他們重要的「資產」，他們不可能讓他涉險，而皇帝的兄弟……應該也可以留下來陪伴他，待在他身邊吧？

因為父皇沒有選我們，我們就成了無用又身分敏感的孩子。

沒有辦法證明自己有用的話，便會被除去。我的哥哥也是為了我們，才答應接下了那樣的任務。

我總是一直不斷地想，被父皇選上的那個孩子，是什麼樣的人？他有多出色？他有多少能耐？他能做到什麼？能把長老們拉下現在的位子，自己掌權嗎？如果他不能，為什麼選他呢？為什麼不能選我或是哥哥呢？為什麼？沒有人能回答我，而我也不能去問任何人。

成為他的侍讀，算是個因緣巧合。

大概是認為應該為留在皇宮內的我找到一點用處，長老們要我去當他的侍讀，順便就近監視他，有任何異狀，就向他們回報。

回不回報其實無所謂。對我來說，我接受這個工作的原因，只是為了接觸他，接觸這個我想過千百次，希望他不曾存在的人。

恩格萊爾。

在我踏入那間帶著死沉氣息的房間時，我第一眼就看到了端坐在桌子前的那個孩子。

他的年紀比我還小，坐在那裡的樣子就像是個人偶娃娃，他知道我來了，卻也不出聲，由於布條纏著他的雙眼，我無法看見他完整的容貌，但他露出來的半張臉，看起來倒是跟我有幾分相似。

後來我才知道，他的眼睛看不見。

我問他需要我給他唸什麼書，他用細細的聲音輕聲回答了我，然後我便將書讀給他聽，他不說話也不點頭，沒有表示任何意見，只有在我唸完之後詢問他時，他才會再挑一本書讓我唸。

他十分安靜。靜得有點過分，但卻不會讓人感覺不到他的存在。

那個時候我想，如果他知道我在為他讀字的時候，心裡想的都是在這裡殺死他會不會成功的念頭，他會不會多注意我一點？

那個時候的我，也還不知道，去深入了解一個自己想殺的人，到後來會成為一件那麼可怕的事。

在他從一個人的生活到習慣有我的存在後，我們的交談接觸就變多了。

儘管他不說，我還是看得出來他很渴望知道這個世界的一切。我讓他教我劍術，他便毫無心機地教了，他彷彿樂於給予，宛如這是他活下去的意義，而他幾乎沒有任何要求，但即使這樣，仍然會有一些事情不合長老們的意思，便拿各種刑罰來折磨他。

我看過好幾次他受刑後的慘狀。也許他不是不想抵抗，只是無論他有多強大的實力，也受困於長老們施加在他身上，用以限制他力量的邪咒，而他契約的武器，也不在他的身邊。

在我為他擦拭傷口，偶爾解下他纏眼的繃帶時，他有時也會張開眼睛，即使我知道那雙眼睛無法看見任何事物，還是會因那樣黯淡而無神采的模樣而心頭一緊。

我看到的他時常是這樣，蒼白而脆弱，傷痕累累。

不是什麼高高在上的皇帝，也不是什麼年紀仍幼便已達到金線三紋實力的天才，就只是個失去了自己生命意義的孩子而已。

就只是個笑起來很靦腆，即使只有自己一個人，也可以在唯一照得到光的那扇窗前坐上一整天的孩子……

『你一直面向外面做什麼？又看不見。』

『那爾西，我只是……忽然有點想念，西方城的天空。』

『……是嗎？』

『我已經忘記天空是什麼顏色了。只是還有一點點隱約的印象，以前我好像很喜歡看著天空，那也是很久以前的事情了。』

『天空就像是你眼睛的顏色。』

『真的嗎？』

『但是，我不喜歡。』

『……你不喜歡啊……』

『相較之下，我比較喜歡夜晚的星空。跟你說這個做什麼呢，反正你也看不到。』

『是啊……』

他唯一一次和長老們爭執，是夜止的士兵軍臨城下，眼見守軍就要支持不住的時候。
『解開我的限制，讓我去！』
即使他才只有十歲，那時候言談間散發的氣勢，依然有著讓人無法反駁的感覺。
『你們還有什麼更好的選擇嗎？將我的劍給我，抑或是去驅動你們管不住的劍衛，然後看著西方城亡國？』
長老們最終還是妥協了，即便他們畏懼他的力量，但若國家沒了，那也什麼都不用談了。只是他們並非解除他身上的邪咒，而是讓邪咒暫時停止運作，三個小時的時間一到，他如果沒有回來，邪咒便會反噬，而他的力量也同時會重新被禁錮。
那時是我送他到城牆上的。我將包在布中的天羅炎交給他後，他愛惜地撫過了劍身，秀美的臉孔上也難得地出現了一絲表情。
『天羅炎，讓我們一起戰鬥，好嗎？把妳的力量借給我，我需要妳，而且……我也很想念妳……』
他手中的神劍宛如在回應他的呼喚，散發出了灼灼的氣息，正如她選擇了他作為自己的主人，她對於他的請求，似乎完全沒有拒絕的意思。
『恩格萊爾，你要怎麼做？』
從城牆看下去，可以看到一段距離外的戰場。那其實已經距離城門很近了，再逼近，直接遭受衝擊的，就會是護城的結界。

『葬送他們。』
他簡短回答我的這句話裡，有著少見的冰冷。
『我沒有時間。』
只有三個小時。一分一秒，都很寶貴。
說完這句話，他便從城牆上飛身而下，我看見天羅炎的劍柄延伸出了猶如生命體般的構造，攀附上他的右手，那一瞬間我確實驚愣住了，藤蔓般的花紋是屬於天羅炎的，只是在他身上重現，這是器化，即便拿著低階武器，也少有人能做到的器化。
以極端靈敏的感知判斷出夜止士兵的方位後，他一揮劍祭出的喪樂，一次就是一片的哀鴻。
三個小時內，他屠盡夜止三十萬大軍，強撐著回到王宮後，吐血倒地。
那之後他在床上躺了足足一個月，而我也確切體認到一個事實。
我不如他。
我比不上這個人。
即使給我再多的時間，我也無法與他並駕齊驅。
所以，他便應該是皇帝了嗎？
他便應該是皇帝了嗎？

在我下手殺他的時候，我始終不明白自己對他懷抱的是什麼樣的心情。

我在心裡重複回憶著我一直想除去他的決心，我在心裡反覆唸著我死去的哥哥的名字……我告訴自己，我渴望他的生命，我希望他就此死去，因為他一直是我的壓力，一直是我的夢魘，一直是阻礙我與哥哥得到幸福的心魔……

而另一方面，我也覺得，他還是死去比較好的。

如果死去，就能卸下他獨自背負的，根本無人能承擔的枷鎖了吧？

如果他就這麼死了，是不是也形同得到了自由？

儘管這都是我擅自認定的，儘管這都是我自己找的藉口。

而他不存在了，我就能得到幸福了嗎？

答案是不可能的。

『哈哈哈哈……沒有恩格萊爾的血，從頭到尾都沒有過那種東西，你們還真以為會有？死心去等夜止宣戰吧！這一次還有誰會救你們？我倒要看看，這一次西方城是不是真的會滅國呢？』

當我面對長老們瘋狂地笑出來時，那種破滅的快感讓我幾乎失去控制。

為誰而守呢？這個國家。

那麼，是否就乾脆為誰陪葬呢？這個可笑的西方城。

他們受制於我，拿我沒有辦法，這樣的現況真是個有趣的狀況，有趣到讓我笑得好開心。

但在我回到他的房間後，所有的情緒，便又沉寂了下來。

我撫過他用過的桌子，拿起他曾放在手中摸了好久，確認形狀的印章，然後又默默用布條纏起自己的眼，讓我的世界重回一片漆黑。

從最早以前，我就不該去揣摩。

如果真的有什麼是不該的，也許最不該的就是我嘗試踏入他的世界，而後又在抹殺掉他的存在後……

變得一無所有。

『月退？現在是叫做月退嗎？』

看見他再一次出現在我面前，其實我遠沒有想像中恐懼。

他對我的憎恨，即使隔著那樣一段距離，我也能清楚感受到。我知道他會來找我的，也許下一次，他就會取走我的性命吧？

但我依然靜靜地待在這裡，不覺得害怕。

如果我死在他手上，他是不是也會像我一樣，只要閉目就會想起我呢？

是不是也會像我一樣，在這屬於他的幽閉空間內，看見什麼，就勾起什麼樣的回憶？

也許是不會的吧。

他殺過的人有那麼多，再多我一個，多半也是一道血跡、一個冷笑的事情。

其實有些話，當初我並不想那麼說的。

我不是不喜歡天空的顏色，只是不喜歡他的眼中總有那樣的陰鬱空洞。

我不是不喜歡……

『我不明白，為什麼我總是表達不出來，最終只有製造傷害。』

『你終於用你的雙眼正視我了，裡頭曾經有的寂寞，是誰洗去的呢？』

如今的我，唯有等待。

在你的宣判之前，唯有等待。

The End

✣人物介紹（暉侍版）

范統：

我死前遇到的最後一個人，他是新生居民。嗯，現在的我大概只是空氣裡的塵埃了，我也想在天上默默守護珞侍，但是這個願望難度高了點。要是我當時曉得他的名字叫做飯桶，我搞不好真的得認真思索一下要不要拜託他這麼重要的事情，不過反正一切也太遲了，好像沒有補救的機會了？我請他說的「對不起」，他會不會說成「不客氣」？

珞侍：

東方城女王之子，東方城五侍之一，我名義上的弟弟。他從小就是個愛逞強的孩子，這樣的個性一直讓我很擔心。如果他可以放下那些負擔，多多露出一些可愛的笑容，該有多好呢？而且我不在以後，不知道還會不會有人叮嚀他放鬆一點……也許是因為我沒機會愛護我的親弟弟，我才會把這份關懷投注到他身上？但他們兩人終究是不一樣的，卻都是我在這個世界上的牽掛。

月退：

嗯？不好意思，我不認識他。

硃砂：

我只能介紹我生前認識的人啦，不要再為難我了。

璧柔：

如果是「月璧柔」的話我倒是知道的。在西方城，這個名字是個很有名的蒙面美女，至於為什麼蒙面還可以被定義為美女，我也不是很清楚，可能是神祕感的關係，加上體態優美，人們就會自己想像吧？我想再怎麼美也不會比綾侍美就是了。

米重：

東方城長居的新生居民。我個人不太擅長給別人負面形容詞，但是就我所知，被他的花言巧語所騙的新生居民還挺多的，他跟一些新生居民似乎還組成了一個奇怪的地下八卦團，很熱衷於打聽東方城高層的事情……有一次為了想換珞侍的八卦，我就拿音侍的八卦跟他換了，希望音侍不要介意我說出他上次亂花到綾侍的錢被綾侍罰跪算盤的事情。嗯！畢竟我人都死了嘛！

綾侍：

東方城五侍之一。在被選為侍之前，我就已經知道他了，因為那傾國傾城的美貌在東方城實在太有名。而在成為同事之後，我發現他是個很冷淡的人，行為舉止一點也沒有女氣，除了什麼都會很賢慧這點以外，基本上真的是個陽剛的男人，他的手切完菜都還是一樣光滑美麗，但是又有人說這是因為他即使被菜刀切到手指也不會留下痕跡……因為我死了，這個八卦也就沒機會證實了。

音侍：

東方城五侍之一。基本上，大家都覺得他是個摸不透的人，人家說大智若愚，所以在認識他以前，我一直以為他是故意裝瘋賣傻，但其實城府很深人很聰明……結果事實證明我大錯特錯。如果在認識音侍三天後，還覺得他大智若愚，那還情有可原，畢竟他可能三天中一天在神王殿搞笑，另外兩天都在外面耍蠢或是拉著綾侍去抓魔獸，我們看不到，不過認識音侍一個月後，要是還沒認清他真的就是這麼單純的話，可能就會被安上識人不清的標籤了。平心而論，我挺喜歡他這個人，只是有的時候他的行為舉止會讓我從頭痛到胃痛而已……

違侍：

東方城五侍之一。我一直覺得他工作很認真，只是對待新生居民的態度有點偏激。他好像也不怎麼喜歡我，特別是在我接手珞侍生病時的照顧工作後……我以為他對照顧小孩子很不耐煩的，但看起來好像不是這樣？

暉侍：

嗯，我也是東方城五侍之一。我的人生乏善可陳，沒什麼好介紹的，而且我也已經很習慣這個名字了，幾乎快要以為自己是東方城的人……可惜，間諜終究還是間諜，唉。

矽櫻：

東方城女王。也是我的義母。我覺得她看著我的時候，好像都是透過我在懷念誰或者想著什麼事情……不知道為什麼她對珞侍那麼冷淡，雖然我感念她對我的好，但是每當這種差別待遇出現的時候，我總是不知道該怎麼面對珞侍悵然若失的臉孔。

恩格萊爾：

西方城的皇帝。我想我對這個人的心情是有點複雜的。我的父皇沒有將皇位傳給我們，而是選擇了一個族系中最有天分的孩子給予王血，這也導致我們兄弟的處境變得很艱難……我知道這不能怪他，所有的命令也是長老們決定的，與他無關，其實他跟我們一樣，都只是被利用的棋子吧？

那爾西：

我的親弟弟。為了控制我，長老們把他留在聖西羅宮當作牽制我的人質。從我八歲被送去東方城後，我就再也沒見過他了，他究竟是死是活，我其實也不敢肯定。雖然說好了要回到他身邊，我卻失約了……

伊耶：

西方城的鬼牌劍衛。聽說個性嚴厲，脾氣很火爆，最討厭別人拿他的身高跟娃娃臉來談論。但是人好像都有種挑戰危險的冒險心，所以才會連身在東方城的我都可以風聞他長得很矮又有娃娃臉……雖然如此，他的實力仍是不可小覷的。要是早一點選他出來，五年前的戰爭，東方城也打不到西方城的門口了吧？

雅梅碟：

西方城的紅心劍衛。我聽說他是個十分忠君的男人，除此之外就沒有別的了。大概是在忠君這個特色以外，都沒有什麼讓人覺得特別需要提的地方的樣子。

奧吉薩：

西方城的黑桃劍衛。他是我父親選出來的魔法劍衛，小時候也見過一兩次面，但是沒留下什麼印象。後來會聽說他的消息，是因為他好像一直找不到對象沒有結婚，年紀越來越大了，西方城裡的婆婆媽媽很關心的樣子，真讓人不知道該說什麼。

天羅炎：

嗯？這不就是西方城歷代傳下來的皇帝配劍嗎？有什麼好問的？只是這把劍已經好幾代都不肯認主了，我的父皇也得不到它的承認，直到恩格萊爾才又讓它馴服，大概就是這個樣子。

焦巴：

這好像也是我不認識的名詞……到底是什麼呢？根據這個名字，我猜這是一條狗？其實我猜錯，大家也不能拿我怎麼樣，到底應該高興還是難過呢，真是心情複雜。

西城

范統的事前記述

逃亡是一件很累人的事，不管是一個人逃亡還是一夥人一起逃亡。

想當初我剛踏入東方城，成為東方城的新生居民時，根本沒有想到會有逃離東方城的一天啊——

人交什麼樣的朋友，就會有什麼樣的命運，但我也不是在抱怨現在的處境，只是覺得我的人生充滿驚奇，然後我正處於緊繃後的脫力，全身上下滿是疲憊感就是了。

差點就被綾侍大人殺掉了啊——

說不會手下留情，果然就真的不手下留情嗎？我到底應該敬佩還是哀嚎？話說回來，最後那幾秒實在發生了太多事情，我好像也沒有完全捕捉清楚整個過程，只知道白光乍現，然後我眼前一黑就昏了過去……這真的不能怪我！我已經因為暉侍的記憶頭痛很久，撐了好一陣子了，那個時候暈過去只是剛好而已！才不是我太沒用呢！

昏迷中其實我也不是全無意識，隱隱約約聽見的對話中，我大概知道，我們已經平安離開東方城，然後在前往落月的路上。

啊啊，總之……應該可以安心了吧？應該……可以順利在落月——也就是西方城，開始過新的——沒有負債的人生？

也可以到一個沒有人認識我的地方重新開始，試試看能不能徵求到女友？西方城的話，可能有很多美艷的金髮女人？不知道她們會不會比較不在意男朋友的嘴巴總是說出反話的問題……我看月退都不太在意了，說不定西方城的女人就像他一樣，對這種問題不會斤斤計較？

讓我結束單身的生涯吧！拜託！我誠徵女友到現在都沒半點下文啊！換個環境換份心情，我想討老婆啊！

但是……我們去西方城，只怕暫時也還無法成為合法居民？

那個假少帝還穩穩當當地坐在皇帝的位子上，月退這正牌少帝的立場尷尬，我們……應該不能只當普通居民，平穩度日吧？

難不成去到西方城，只是我們苦難的開始？

啊哈、啊哈哈哈……那麼，我看還是在面對現實之前，好好睡一覺，昏個不省人事好了……

✤ 章之一

長夜過後，仍將迎接黎明

『雖然我們離開了東方城，但總有一天還是會回去的！』——璧柔

『妳把東方城這個名詞替換成音侍大人比較貼切。』——硃砂

『被櫻砍了一劍還不怕，女人真是無法理解的生物……』——綾侍

『其實我覺得綾侍大人也很好理解，所以還是有性別為女的可能嗎……對對對！我什麼都有說！』——范統

一夜的混亂，到了現在，已經接近尾聲。

為了追擊而下達的命令，經過命令的傳達後，已經取消，東方城也解除了封鎖的狀態——畢竟女王下令要追捕的目標已從東方城消失，攔截行動已經失敗了，接下來應該做的，便是安定人心，將安寧還給城內的人們。

當然，今晚發生的事情，在矽櫻沒有交代之前，也都不能傳出去。

綾侍在從半空中降下來，收回符鳥落地後，走過面無血色的珞侍身邊時，他一句話也沒有對他說。

珞侍做出的自然不是能被誇獎的行為，只是，不管是他阻止攻擊，還是為了這麼做而破除

身上封印的事，綾侍都不覺得自己有特別停下責備他的必要。

不管是事後的解釋還是懺悔，那都該等到珞侍面對矽櫻時再說，而是否責備或懲罰，也全看矽櫻的意思，他無從干涉，自然也不需要在這種時候先出言怪他。

即使珞侍沒有出手，他的那一手複合符咒得以完整地擊向黑鳥上的目標，恐怕也難以達到預期中的效果。

最後突然出現的那名白髮青年，讓他十分在意。無聲無息消解整個符陣，與強行突破東方城限制結界、傳送出去的能力，都可說是駭人聽聞，而且根據過往的一些蛛絲馬跡，那名青年的身分，他也大概推斷得出來。

做完現場的基本處理後，他接著要做的，便是回神王殿向矽櫻報告結果。

神王殿的廊殿都維持著慣有的安靜，直到他踏入矽櫻居室時，才聽見裡面矽櫻近乎情緒失控的說話聲音。

「你說話啊！你覺得你沒有任何話需要對我說嗎？」

矽櫻的臉色十分蒼白，在剛動用王血的情況下出手，本來就會對身體造成不小的負擔，不過應當去休息的她現在仍沒有靜養歇下的打算，音侍則站在她前面有一段距離的地方，緊抿著唇，一語不發。

當綾侍掀開紗帳，進到室內時，看到的就是這樣的景象。

「對於你的行為，你就沒有一句話可說嗎！」

矽櫻尖銳的聲音顯示著她的精神狀態，音侍則不知是失神還是難以面對她，始終沒有將視線移動到她身上，也沒有出半點聲音。

「你……！」

在憤怒與難受雙重影響的情況下，面對音侍這種沒有反應的態度，矽櫻終於忍不住一揚手，一道冰藍色的銳風就朝他掃了過去。

音侍沒有閃避的意思，矽櫻的憤怒絕大部分都是他引起的，不管解不解釋，他都沒有立場閃過，只能硬生生承受，然而他受了攻擊也不吭聲的態度，並不能使矽櫻的怒火消退，她手腕一動，又是一道勁風朝他削去，彷彿想就這麼攻擊到他出聲為止。

然而這一次的攻擊卻被介入中間的綾侍擋下了，矽櫻未出全力的氣勁，在身為千幻華的他的身上自然無法造成任何傷害，只是衣服開了道口子。

「綾侍！連你也要背叛我嗎！」

盛怒之下，矽櫻的神情幾乎為之扭曲，綾侍則搖了搖頭，右腳屈膝下跪，平靜地開口。

「櫻，他只是武器，不是護甲，禁不起多少攻擊，我們與落月處於交戰狀態，傷了他對妳沒有好處，希望妳能暫緩責任的追究，先以自己的身體為重，稍後再與他溝通這些問題。」

儘管抬出了一些正當理由，求情的意味還是不言而喻，站在他身後的音侍愣了一下，卻仍沒有開口，矽櫻則盯著綾侍沉默了好一會兒，才壓下情緒冷冷地發問。

「追擊結果呢？」

「失敗了。」

得到這樣的回答，矽櫻明顯地不滿意，然而，儘管她想再問下去，動手的後遺症給身體帶來的陣陣不適感，還是讓她考慮過後，做出了先去休息的決定。

「之後再向我報告詳細的情況。這段期間沒有我的允許，音侍不得離開神王殿！」

禁足是她暫時給予的處分，剛才盛怒中沒有考量，但綾侍說的話，她是有聽進去的，確實即使音侍幫助了敵人，即使她對此完全不能諒解，她仍不怎麼希望音侍受傷。

審問告一段落，音侍至少可以先回音侍閣了，綾侍在送矽櫻進內室，替她打點完一些瑣事後，出來便已沒看見音侍的人影。

於是離開矽櫻的居處後，綾侍就往音侍閣去了。他沒有話要對珞侍說，不代表他沒有話跟音侍說。

音侍閣的各個出入口，一向設有禁止通行的結界，但在規則更改後，只要摸索出音侍是走哪道門進去的，要通行倒也不難。

在他推開門看到音侍的時候，音侍還是那副失神的狀態，聽見他的腳步聲也沒有喊他，就像是遭到了很大的打擊一般。

他甚至沒變化出那身他覺得搭配起來有趣的鎧甲幻象，就只穿著單薄的衣服，坐在房間裡面。

「他們已經走了，你還心神不寧些什麼？莫非你還會為了背叛櫻的事情感到愧疚？」

綾侍一開口，語氣便帶著濃濃的諷刺，音侍聞言微顫了一下，反射性地答了話。

「我只是……」

開了這個頭後，他頓時又說不下去了。

他只是不希望，像是暉侍那樣的事情再次發生。

他沒辦法違背矽櫻已經下達的命令，沒辦法讓暉侍活下去。

這些話他都沒辦法說出口。

沒辦法說出他只是不希望再看到認識的人發生意外，沒辦法說出他只是不希望繼續看見矽櫻越來越冷酷，隨著一次又一次的事件，失去自己原有的性情。

想要守護她的心情一直都沒有改變。所以璧柔想救出月退，他也能夠體會那樣的心情。

想要守護自己主人的心情……

「只是什麼？」

綾侍在等他說下去，可是他卻置若罔聞，眼神又黯淡了下來。

「不管你跟他們的來往是兒戲還是認真，弄到背叛主人，你真的都不覺得需要道歉？」

看他沒說話，綾侍便繼續以帶刺的語調問了問題，音侍則像是不知道該怎麼回答，神情逐漸顯露出無助。

「小柔……」

這種情況下還聽見敵國皇帝護甲的名字，綾侍當然立即不悅了起來，不過還沒等他發作，音侍就繼續說了。

「櫻用我砍了小柔一劍……櫻用的是銀光，我……」

希克艾斯的劍刃，銀光即是噬魂之光，金芒才是平常散發的光芒。

乍聞這個消息，綾侍也怔住了。

他不知道對音侍來說，璧柔——也就是愛菲羅爾，應該算是什麼。

東方城與西方城交換過武器，那已經是很久很久以前的事情了，在那之前，他們屬於同一個國家，也是一對的武器與護甲，儘管在東方城相遇後沒認出彼此，大概代表他們過去不怎麼熟識，但以前的關係或許依舊存在。

當他感受到自己的劍刃撕裂愛菲羅爾的身軀時……那會是什麼樣的心情呢？

來到這裡的目的，明明是斥責音侍幫外人的行為，但看著這樣的音侍，揣摩著他的感覺，綾侍不由得又心軟了。

「她不會有事的。再怎麼說，她也是以治癒力聞名的愛菲羅爾，不是嗎？」

走到他身邊，輕輕拍上他的肩，綾侍這麼安慰著他。他想，也許這些話是他現在需要的。

「她不會有事的嗎……」

音侍抬起頭看向他，彷彿希望他再給一次肯定的答案。

比起璧柔的安危，綾侍其實覺得，音侍更應該放在心上的，是矽櫻或者東方城。

然而，他還是順著他的意思，對他重複了一次這句話。

「她不會有事的，音。」

這明明是個毫無根據的保證，但音侍還是因此而稍微鎮定了下來。

或許是因為，他只是想要有人跟他說這句話……也或許是因為，跟他說這句話的人，是他一向信賴的綾侍。

❀

范統逐漸找回知覺時，人還沒有完全清醒。暉侍的記憶帶來的混亂與頭痛，似乎平復了些，雖然昏迷作夢的時間還不足以整個吸收消化那些屬於別人的記憶，但至少現在勉強處於和平共處的狀態，悶哼一聲後，他慢慢找回了手腳的感覺，然後睜開了眼睛。

最初焦距還沒對好時，眼前的景物還有點模糊，讓范統差點要懷疑自己是不是在鳥背上被雷劈中而瞎了——幸好他的眼睛很快就恢復了正常，他這才坐了起來。

喔喔喔，好像重生了一次一樣……咦？

月退呢？璧柔跟硃砂呢？還有焦巴呢？這、這是哪裡？這是怎麼回事？我一個人被丟在荒郊野外了嗎？

范統發現自己孤單地躺在野外的地上時，整個人是很慌亂的，不過在他視線環繞身周一圈後，他才發現這裡不是只有自己一個人。

在他身邊不遠處，坐著一個正在打瞌睡的白髮青年。青年有張端正清秀的臉孔，看起來有種出塵的氣質，感覺很像各種神話故事中會出現的仙人，而在范統看向他，疑惑著對方身分時，白髮青年也醒過來了。

「啊……這個，請問我是誰啊？」

第一句話一問出口，范統就想賞自己巴掌了。

我只是要問「你是誰」這麼單純的問題，為什麼也可以被詛咒顛倒得好像我失憶一樣啊！

聽見他的問題後，白髮青年也呆了一下，范統只好再問一次。

「我是想問你是誰啦，我一定不認識你……」

我是說我好像不認識你。雖然這個人我確實沒看過，但也沒必要用「一定」這麼肯定的詞吧？

如果剛才是錯愕，現在他面前的青年就是確切表現出不悅了。不過，沒等臉色難看的他說出什麼，范統就因為又發現另一個重要東西不見而大呼小叫了起來。

「啊！噗哈哈哈呢！那個……你有看見我的護甲嗎？是一根拖把！」

誰會拿拖把當護甲啊！我是說我的武器拂塵啦！詛咒亂什麼亂，混蛋！

「……」

白髮青年看向他的眼神先是複雜，接著變得有點冷淡，最後渙散了起來，似乎又想睡了。

「早知道就不管你了，連本拂塵都認不出來，死沒良心，還是睡覺實在。」

他說著，沒等范統消化完他話語裡的訊息，人就先垂下頭閉目入睡了。

啊？啊啊啊啊？

「你、你聽什麼！我到底是誰啊！不要這麼慢就睡覺，先把事情交代模糊再睡啦！」

范統激動地爬了起來，衝過去抓著白髮青年的肩膀搖了幾下，於是對方又不耐地張開睏倦的眼，不怎麼高興地瞪向他。

「實力不好就算了，還沒有口德，沒有口德也算了，腦袋還不好，本拂塵就在這裡，死范統你是聽不懂嗎？」

罵人的語氣跟說話的聲音的確跟噗哈哈哈很像，但范統還是很難接受這件事情。

「可是，噗哈哈哈是一根拖把啊！怎麼會變成鬼！」

「本拂塵不是拖把！要變成鬼你自己去變！」

「對喔，音侍大人原本也是一把劍，他也是變成鬼的，所以……噗哈哈哈會變成人也是沒可能的？原來噗哈哈哈是跟希克艾斯等級差很多的爛東西嗎？」

這次的反話一講完，范統便頭皮發麻，知道事情不妙，果然，白髮青年的眼睛裡立即燃燒出怒火，臉上也露出一種被羞辱的表情，但即使現在是人形，有手有腳，他還是沒有直接出手打范統，而是繼續用言語抗議。

「誰是爛東西！你再繼續惦記別的武器試試看！我以後再也不幫你了！」

冤枉！誤會啊！我哪有惦記音侍大人！那麼白痴又吵的武器我才一點也不想要！你也稍微

想起來一下我的詛咒問題好不好？虧我一醒來沒多久就想到你，你怎麼忘了我會說反話！

范統在臉色難看地想過這些話後，噗哈哈沉默了下來，半晌才再次看向他。

「你也忘了我們心靈相通可以直接內心交談。好吧，既然你沒有妄想別的武器的話，勉強原諒你。」

咦？心靈相通？對喔！我怎麼都忘了？所以這傢伙真的是噗哈哈？這次怎麼這麼好說話，馬上就相信我啦？該不會是剛才誤會我又臉皮薄不想道歉，才給自己找台階下吧……啊啊啊！慢著！

范統想到一半，猛然想到剛才的話明明沒使用心靈溝通，噗哈哈卻聽到了的事情，然後意識到自己正抓著他，所以心裡想什麼，他都能聽見——只是現在縮手，也有點太遲了。

「范．統……」

噗哈哈那咬牙切齒的聲音，彷彿說明了他的忍無可忍。

「對不起嘛！你可不可以先跟我講兩下之前發生了什麼事？大家都跑到哪裡去了？我現在條理分明，完全搞得清楚，別和好了好不好？」

我是說我一頭霧水搞不清楚，我們可不可以先別吵架……噢，不對，講話做什麼啊，還是直接心靈溝通吧！

想通了這一點後，范統隨即用了心靈溝通來和噗哈哈交談。

『我們是怎麼脫離東方城的啊？最後我實在沒什麼印象……』

「還不是因為你不自量力，明明沒有多少能耐，還硬要闖進去救人，情況不妙也跑不掉，本拂塵又不能沒了主人，只好幫你們離開啊。」

噗哈哈不像范統有語言障礙，可能人形狀態下，用嘴巴回答比較方便，所以聽了范統用心靈溝通問的問題後，他就直接開口回應了。

『你、你還真了不起啊，那種狀況下，大家都束手無策，你居然還有辦法讓我們安然逃脫……』

范統除了吃驚，也確實有點敬佩，聽出他語氣中的佩服，噗哈哈的心情也好了不少。

「本拂塵厲害也不是一天兩天的事了，你到現在才知道嗎？哼。」

這些日子相處下來，范統多少也曉得噗哈哈很喜歡被捧了，但在噗哈哈對他的成見還沒解除之前，捧得太過火可能會被他當成刻意諂媚，還是見好就收比較好。

『那還真是謝謝你，我還以為你真的不想管我了呢。』

范統這句話也是真心話，噗哈哈則在聽完後，神情顯得有點不自然。

「本拂塵只是沒看過像你這麼笨的人，居然為了朋友就不考慮自己的安危，才有點……覺得你或許沒那麼該死而已啦！就算我出手幫了你，跟我要不要原諒你還是兩回事！」

噗哈哈除了喜歡被人稱讚，臉皮薄這一點，范統也是知道的，這個時候最好不要再講出可能刺激他自尊心的話，所以他轉移了話題。

『我知道了啦……不過，原來你可以變成人，那怎麼到現在才變啊？』

「哼，變成人很累的，我才不喜歡變成人呢，只不過變成人才能自己施展術法符咒，要出手就必須變成人，然後他們又拜託我在這裡保護著你，我才維持人形的，等他們回來我就要變回去了。」

沒聽過有人比起當人還比較喜歡當拂塵的，范統傻了一下，同時也從他話語中捕捉到了自己想要的訊息。

『你是說跟我一起逃跑的人嗎？他們去哪了啊？』

他只問了這個問題，要是追加「說要保護我怎麼在打瞌睡」這句，噗哈哈哈搞不好就會惱羞成怒，那他就什麼也不必問了。

「騎著那隻鳥一起去找食物了。」

噗哈哈哈交代得十分簡單，然後他想了想，又補充了一句。

「你那個金色頭髮的朋友還沒醒，但也被載走了。」

范統頓時遭到了一點打擊。

把我一個人留在這裡是什麼意思嘛！要是月退也留下來就算了，是嫌我礙事還是鳥背上沒位子了？簡直像被惡意拋棄一樣啊！

被丟在這裡感覺就好像我發生了什麼事情都沒關係啊——你們覺得噗哈哈哈這副散漫的樣子很可靠嗎？

『月退既然沒醒，他們帶走他做什麼？』

「我說我只有幫忙守著自己主人的義務。」
搞半天原來是你不配合啊——范統鬆了口氣，勉強拿這個當藉口安慰自己沒被拋棄。
『說起來，原來你頭髮是白色啊？』
「你有看過哪把拂塵的毛不是白色的嗎？」
噗哈哈哈好像有點不悅，彷彿覺得這是常識一樣。
……噢，原來毛是頭髮的部分？的確沒看過黑毛拂塵、綠毛拂塵，要是真的有那種顏色，應該是弄髒了沒洗乾淨吧？……這麼說來柄又是哪個部分？身體嗎？有、有前後的差別嗎？例如握中間是腰？那我以後是不是盡量握中間比較好啊！嗚喔！
『那個……這樣說的話，我拿著你的時候是不是該小心注意哪些地方？會不會摸到哪裡覺得不太舒服……』
范統小心翼翼地發問，但噗哈哈哈的反應還是很大。
「范統！你怎麼總是愛講這些不知羞恥的話！」
『沒有啊！我哪有——』
「我果然、果然不該讓你知道的！就算我可以變成人，我也不會考慮什麼什麼相通的！你滾遠一點！」
『早跟你說過肉體相通是精神相通的反話了！我才不會對你怎麼樣，你又不是身材火辣的美女！』

話說到這裡，噗哈哈似乎就已經不想跟他交談下去了。

「反正你已經醒了，應該可以自己保護自己吧！我要休息了！」

說著，他的身體忽然幻化為光點，只不過一秒的時間，就還原成拂塵的模樣落到了地上。

從人變成拂塵的鐵證就在眼前，這下子范統當然也無法再懷疑他的身分了，但叫他自己保護自己，他還真有點頭大。

喂——雖然暉侍的記憶已經解封了，但我又沒有劍！沒有劍啊！你教我怎麼把拂塵當劍使啊！暉侍他不會符咒不會術法，就只有劍術好，你要我怎麼辦啊！

能不能流暢地用出劍術都還是個問題呢！我這沒用的手臂連劍都抓得不是很好呀——

不管他再怎麼吶喊，甚至拿起噗哈哈直接跟他抱怨，也都沒得到回應，噗哈哈像是鐵了心要睡覺一樣，回給他的只有打呼聲，讓他相當無奈。

所以啊，我得在這荒郊野外等他們回來？他們真的不會迷路找不到我嗎？

而且肚子的確也餓了……喔喔喔喔，快點回來吧，一個人亂沒有安全感的啊——

范統坐在原地等了兩個小時後，地面上終於出現了焦巴龐大的黑影。

因為注意到黑影的關係，他才抬頭看向天空，本來想稍微揮手打個招呼致意，但看見焦巴直接把獵物叼在嘴上，新鮮的動物屍體還不斷滴血的畫面後，范統頓時臉上一抽，默默地想裝作沒看見。

我——我們在成功入侵西方城之前，都要過這種原始野蠻的生活嗎——不要讓我看見食物的原形屍體好嗎？這樣我會吃不下去啊！

焦巴平安降落後，在讓背上的人下來的同時，也將口中的收穫放到了地面，但是，在牠想直接咬走一塊當作自己的份時，硃砂敲了一下牠的頭。

「你給我變小了再吃。」

他冷冷的語調如同在指責牠以原本的體積進食很浪費食物一樣，於是，迫於他的眼神威脅，焦巴只好乖乖變成小鳥，再可憐兮兮地啄走一小塊肉，到旁邊進食去了。

硃砂，我覺得我們幾個人也吃不了那一整隻……況且，璧柔是不吃的對吧？噗哈哈哈也不必吃啊，你就給牠多吃一點會怎麼樣？

范統有點同情這隻得到不良待遇的鳥，不過，他也沒勇氣把話說出來就是了。

「范統，你總算醒了，又沒受傷到底怎麼昏過去的？」

硃砂先讓還在沉睡的月退躺好，才接著看向范統，似乎對他在逃亡中昏倒的事情頗不滿意。

「咦？你的拂塵又變回去了？本來還想多問他一點事情的……」

璧柔看來看去沒看見噗哈哈的人影，然後才發現范統手上拿著的拂塵。籠罩在她傷處的淡淡銀光，現在看起來已經消失大半，她雖然臉色還是有點蒼白，但精神顯然已經好了不少。

在范統來看，當時那一擊明明就足以造成致死傷害，璧柔卻還能慢慢恢復，他只能說這個世界無奇不有。

「我頭痛啊，忽然被記憶封印，跑進去好多很好消化的東西，壓力太小，後來我也不知道怎麼樣就暈倒啦。」

范統也只能這麼交代，不過，對於他這種說話方式，硃砂和璧柔都聽得有點疲憊。

「你的武器跟你精神相通，可不可以請他再化為人形，幫你翻譯你的話啊？」

啊？那怎麼可能？噗哈哈哈他很懶的，要請他傳話還不如我自己拿筆寫……

對於璧柔的要求，范統搖了搖頭，硃砂則在勉強理解他剛剛說的話後，露出了不高興的神情。

「肯幫你解封記憶已經不錯了，還嫌啊？綾侍大人可就沒順便幫我解封。」

嘖嘖，別這麼斤斤計較好不好？沒幫你解封，搞不好是因為你的記憶其實也沒什麼重要的東西啊，要是解封之後得到一堆你在原本的世界把一個又一個的雙性同族吃抹乾淨的記憶，你會覺得很有幫助很開心嗎？

「好了，既然你醒了，那就去處理一下食物。」

硃砂緊接著便指向那個新鮮的動物屍體，支使他開始做事。只是，忽然被分配了這個工作，范統一時還有點反應不過來。

「我？做什麼啊？」

我從來沒有哪裡顯示出我擅長廚藝吧？我連碗粥都煮不好，你要我處理生肉？你是真的想吃嗎？

「丟個什麼火咒的把肉烤熟啊，不然這裡也沒有火源，怎麼吃啊？」

硃砂不耐煩地解釋。他自己沒學術法跟符咒，自然無法憑空生火，月退昏睡著，這事情也不好叫還是個傷患的璧柔做，所以就找范統了。

「萬一烤不焦怎麼辦？」

范統身上確實帶著不少符紙，要成功弄出個馭火咒不是難事，但要控制在什麼威力，烤出來的肉才能吃，這個他可就不曉得了。

「烤焦了你就負責再去捕一頭來重弄。」

硃砂對吃的十分堅持，雖說難吃的東西他也能入口，但不能吃的東西跟難吃的東西是不一樣的，吃焦炭簡直比沒吃還糟糕。

「你這樣逼迫一個料理高手會不會太過分啊！」

「材料是我們辛苦獵捕回來的，你負責料理，這很公平。」

「團體活動中應該讓各人做自己不擅長的事才對啊！」

「我大概知道你本來想說的是什麼。所以你對狩獵比較擅長嗎？有嗎？」

呃……本人到現在連隻雞都沒殺過……雖然殺過人，但那些都是不受控制的意外……

「不管用什麼方法，你負責把肉弄成熟食就對了。」

硃砂以一種不容反駁的語氣做出了結論，由於吃的東西跟璧柔沒什麼關係，基本上她也就置身事外，不加入這個討論了。

范統頓時面臨了難題。

這下子怎麼辦……不然還是問噗哈哈哈好了，感覺他神通廣大，烤個肉大概也不成問題吧？

抱著這一線希望吵醒他睡覺中的拂塵後，他得到的當然是不太友善的回應。

『本拂塵不是說過我是武器不是廚具，不會煮菜了嗎？』

噗哈哈哈覺得同樣的話說兩次有點煩，尤其還是被叫醒的情況下。

『你那麼厲害，這種小事怎麼可能不會做，就別再謙虛了啦！幫忙烤個肉吧，我們都很想吃啊！』

事到如今，范統也只能試試看拍馬屁管不管用了。

『……既然只是這種小事，我也不至於小氣到幫個忙都不願意，好吧。』

沒想到真的見效了。看來噗哈哈哈的單純指數可能比原先預估的還要再更高一點。

於是，噗哈哈哈又從拂塵變成了人形，硃砂跟璧柔搞不清楚他們的協議，都有點不太明白這是怎麼回事，不過這個時候，月退忽然發出了一點聲音，貌似要醒了，大家的注意力就都被吸引了過去。

「我慢慢烤肉，不用管我。」

噗哈哈哈這時候倒是很善解人意，曉得他們關心月退的狀況，說完這句話他就自己默默走去生肉那邊研究了。

月退在睜開眼睛時，視線還有點迷茫，等到看清楚圍在自己身邊的三個人後，他才受到驚嚇般地猛然坐起。

「哇！」

下場就是……跟范統的額頭撞個正著。

「嗚……」

月退揉著自己的額頭，才剛醒來就狠狠撞了這麼一下，他覺得根本還沒清醒就暈了起來。

「痛活我了，月退，你突然起身做什麼啊！」

范統算是這起事件中的受害者，疼得眼淚都快飆出來了，但這也是他選的位置不好的緣故。

「對、對不起，我太緊張……」

聽到范統說痛，月退頓時有點慌，連忙轉向他想看看有沒有怎麼樣，確認沒什麼大礙後才鬆了口氣。

「看起來跟之前一樣嘛，好像不太需要擔心的樣子。」

硃砂評論的口吻顯得有點冷淡，大概是針對他過度關心范統這一點。

「恩格萊爾，你……我……」

好不容易終於能跟清醒的月退說上話，璧柔的神色也有些尷尬——對於之前她自身種種糟糕的行為。

這個屬於過去的名字，總算喚回了月退的記憶，想起突入戰場後發生的種種事情，他的表情也因而開始僵硬，瞧瞧范統，瞧瞧硃砂，再看看璧柔，一時之間不曉得該先說什麼。

在他僵住的期間，璧柔快速跟他說了一下先前離開時發生的事情，過程中月退的神色變了又變，顯得越來越不知所措。

「對不起，我一直沒告訴你們我原本的身分，而且因為我的關係，害你們不得不離開東方城……」

最後，月退低下頭先道了歉，他對自己的身分打亂了朋友們安寧的生活這件事，似乎十分愧疚，也很在意。

「這有什麼好道歉的？去哪裡生活不是都差不多嗎？我們都達成共識了，你還良心不安些什麼？」

「是啊是啊，離開東方城就等於不必支付債款了，這樣多痛苦啊！」

硃砂跟范統一人一句安慰著他，璧柔則先湊過來關心他的身體狀況。

「恩格萊爾，你現在還好嗎？使用王血後又動武，有沒有什麼後遺症，或者哪裡不舒服？」

被問到這個問題，月退想了想，便老實地回答。

「右手暫時不能用了，可能得經過調養或者治療，在不妨礙恢復的情況下，只能做一些簡單的動作，此外，魔法跟術法都被封住了，得找個高手幫忙解除封印限制……」

說到這裡，他忽然意識到什麼，突地又充滿了緊張。

「雖、雖然如此，我的左手還是可以拿劍打鬥的！如果需要的話，也還是可以勉強使用右手，遇到敵人或者野獸，我還是幫得上忙的！」

他那副極力想保證自己不會成為累贅的樣子，讓他們三個都微微一愣，范統抓了抓頭，大概可以了解他的心思。

月退，你這麼緊張做什麼啊？好像很想證明自己還有利用價值，以免被拋棄的模樣，大家都是朋友，我們是為了救你才逃出來的，怎麼可能因為你現在缺乏戰力就把你丟掉？你也未免想太多了吧？

「恩格萊爾，你不要擔心戰鬥的事情，我們會保護你，你只要好好休養就好了，不管你殘廢還是變成廢人，我都會帶你回西方城的！」

璧柔彷彿在聽他說了這樣的話之後感到心痛，當即激昂地說出了這些話語。

呃，璧柔小姐，月退他現在手腳也還好好的，至少能動能說話，妳用不著說得好像會變得那麼嚴重吧？這感覺不太吉利耶。

「以前你還是少帝的時候，他們都是怎麼對待你的啊？跟我們家族的感覺還真像。」

硃砂感慨了一句，似乎對原本的世界有點懷念。

你們家族其實沒有半點溫情吧！小孩子是工具嗎！你居然還看似很肯定這種價值觀！

而關於這一連串的事情，月退覺得自己好像還是該更加慎重地再確認一次，所以又開了口。

「我……真的不是，真的沒有刻意欺騙、隱瞞你們的意思，我只是說不出口，而且對於過去的身分，我也一直不想承認面對，我很想擺脫生前的陰影重新開始新的人生，可是……好像還是沒辦法的樣子，如果可以，我也希望永遠不要讓你們知道的……」

月退說著說著，頭也越來越低。

咳，嗯，我覺得你現在還很混亂，有種搞不清楚自己在說什麼的感覺，邏輯也不是很通順……不過，這些其實都不是重點啦，你為什麼會這麼在意？不必這麼努力想說明自己的心理轉折啊，啊，難道……

「是不是因為珞侍不能諒解，所以你很怕又被我們接納？」

儘管范統的嘴又自動把排拒說成接納了，但月退的眼睛裡還是出現幾分驚慌，算是承認他說中了自己的心事。

喔喔，搞半天是因為身分曝光後被珞侍討厭，心裡受到傷害，我們去找你的時候你才一副半死不活的樣子啊？你也堅強一點好不好？朋友沒了可以再交啊，世界上那麼多人……好吧，我也不是這個意思的啦，我知道這會讓你受到傷害，只是沒必要因為這點打擊就沒自信到那種程度吧？

「珞侍大人？我們要逃走的時候，他有出手幫忙。」

硃砂在他們剛出神王殿的時候離開回宿舍去拿行李，所以沒有目睹范統跟珞侍起爭執的那一幕，他只知道上了鳥背後的事情，因而不解地提出這件事。

「什麼？」

月退那時昏迷中，自然不會知道，范統那時頭痛欲裂，根本沒有辦法關注周圍發生的事情，此時聽到硃砂這麼說，他們兩人都吃了一驚。

「我確實看見珞侍大人丟了一道符打散了綾侍大人朝我們轟過來的攻擊，那之後我們就脫離東方城了。」

璧柔當時也盡了全力在維持防護，沒有注意，不過硃砂沒有說謊的必要，他們都曉得。

「說不定……他只是不希望范統死掉而已。」

月退看了看范統，又低下頭這麼說，顯然一點自信也沒有。

或者該說是，不敢再隨便抱持期待。

「這世界上除了你，還有人不希望范統死掉的嗎？」

這直接到絲毫不理當事者就在旁邊的發言，出自硃砂的嘴裡。

喂！死人妖你不要太過分喔！你這樣明目張膽地暗示你希望我去死是可以的嗎！不要說得好像只有月退瞎了眼才會在乎我一樣，你是不是忘記我們現在同在一條船上啦！

范統固然很想開罵，但考慮到詛咒的影響下，搞不好說出來的都是讚美，他只好打消這個念頭。

「范統雖然沒有很受歡迎，但人緣也沒這麼差吧……？」

璧柔這句話到底是不是在幫范統平反，還有待評估。

「錯了，月退，那個……你們以後到底該怎麼稱呼我啊？到底要叫恩格萊爾還是月退？既然知道了我後來的名字，放著不管好像也怪怪的？」

范統覺得繼續談珞侍的話題，可能會造成月退的困擾，他本來就已經有點混亂了，還是拉開話題比較好。

不過他說出來的反話也讓大家無話可說了。

為什麼會變成我啊！我是要說我們以後怎麼稱呼你……講得好像我奪了西方城少帝的身分一樣！

「這兩個名字你才不配用呢。」

硃砂持續毫不留情地諷刺他，月退則因為稱呼的問題陷入了短暫的煩惱，不過，很快的，他還是做出了決定。

「你們……還是繼續叫我月退好了，雖然是亂取的，可是再重新取一個也來不及了……」

也就是說你兩個名字都不太喜歡，但是比較討厭你的本名就是了？因為那個名字所背負的東西嗎？璧柔！還不快改口！別再叫他恩格萊爾啦！

「恩格萊爾，你不喜歡你原本的名字嗎？以前、以前的生活，也都沒有值得你留戀的東西嗎？」

聽了他的決定，璧柔好像有點難過，在她這種軟軟的態度下，月退很難直視她的眼睛。

「妳要怎麼叫都沒關係，我也不會介意。」

接著打破這種奇異氣氛的，是硃砂的聲音。

「我從以前就一直很想知道你們到底有什麼關係，現在我知道你們是主人與護甲的關係了，所以，你們到底有什麼情感糾葛？」

月退看璧柔的眼神，明眼人都看得出來很有問題，硃砂當然感覺得出來，而這個問題也是范統很好奇的。

嗯，我也很想知道答案。八卦人人愛聽，我自然是不例外的，來吧，月退！事到如今，應該也沒什麼需要瞞著我們的事情了吧？

「我們……」

月退遲疑了幾秒，開口之後又持續停頓。

「我……」

他停頓了半天也說不出個所以然來，苦惱地垂下頭後，他先問了別的問題。

「你們……對於我曾經是西方城皇帝這件事，真的都沒有任何排斥的感覺嗎？」

既然他想再確認一下才能安心，他們也不介意再跟他說清楚一次。

「沒有。我喜歡的對象身世顯赫，我覺得這樣很好。」

硃砂一點也不害羞地在話語中告白了。

「我們都是舊有的原生居民，跟你有國仇家恨，不必擔心這麼多，別再想珞侍的事情了啦，他都不肯出手幫你了，不就代表他還是念著舊情？」

范統仍舊狗嘴裡吐不出象牙。

「可是，他是那麼討厭『落月少帝』，他已經憎恨我憎恨那麼久了——」

「那是因為他不認識你，不了解你，也不懂背後的原因，憎恨陌生人是很容易的一件事，也不必考慮這樣的情感會不會讓對方受傷，但是現在不一樣了……反正，目前這還是無解的事，你就別想了，至少我們還陪在你身邊啊。」

范統說完這段話後，月退看向他的眼神帶著困惑。

「范統，你的詛咒治好了嗎？」

「我也不希望啊，事實上只是我偶爾中了十分之一的機率講錯話而已。」

看來詛咒的確還沒好的樣子。

「總之，我們也不想了解你，想誤會你，關於你的未來，說給我們聽聽吧。」

連番的反話讓范統有點絕望，但他相信月退聽得懂。

「嗯，告訴我們你的過去吧。」

硃砂點了點頭，他倒是也聽懂了范統的話。

月退本來還有點退縮，但這時璧柔握住了他的手，就像是默默地鼓勵他說出口一樣。

看著這三個願意冒險將他救出來的人，他吸了口氣，終於開始回憶過去。

范統的事後補述

大家都平安無事真是太好了，我們整團連鳥都沒事，可能是我平時燒香拜佛起了作用，同時也多虧了我有一把好拂塵。

啊，我現在其實還看不出我們未來會如何，不過大家臉上都沒有死相，至少可以確認沒有生命危險，這讓我安心了許多。

沒錯！因為綾侍大人把記憶都還我了，所以我現在除了擁有暉侍給我的記憶，我也拿回了自己的那部分，是完整的范統啦！

要不是嘴巴講不出想講的話，說不定我又可以開鐵口直斷的店鋪賺錢了呢！現在占卜看相我都沒問題，心裡真是踏實了不少啊！

呃，我所說的這些都不包含那隻鳥。我沒學怎麼看鳥的命，本來就是不同種的生物，這也太為難我了，焦巴的命運可能得自己自求多福。

我相信，不管是我原本的世界還是這個世界，都不會有人去學如何看鳥相的，學得這個技能根本賺不了錢嘛！先別說講出來的話鳥聽不聽得懂，你說鳥會自己飛來要我幫牠看相嗎？不會嘛！看完了相有錢付嗎？沒有嘛！叼幾顆石頭幾根草來就想打發我嗎？天底下哪有這麼好的事！

說起來，我也想找個時機告訴他們暉侍記憶的事情……不過，現在應該先讓月退講他的事，我這邊就暫時再說好了。

噗哈哈哈肉到底烤好了沒啊？怎麼都沒有香味？

咦！不見了？哪裡去了！烤個肉也可以烤到失蹤！而且我們還沒有人發現！

可是他剛剛說不要管他，所以……他等一下應該會自己回來吧？啊哈哈哈？

不、不管了，現在打斷月退的話，搞不好他就不講了，等月退講完如果還沒出現再說……

真是的，搞得我心神不寧，要去哪怎麼也不說一聲嘛！

章之二　交朋友只了解一半沒關係，要結婚請了解八成

『啊，那當好兄弟呢？十成？』——音侍

『跨越了兩個等級，比結婚還高是怎麼回事……？』——月退

『這就是我目前為止看過很多人會對相知甚深的兩個人說「你們乾脆去結婚算啦」的來由嗎？』——噗哈哈哈

「我是在四歲的時候被送進聖西羅宮的，那個時候，西方城在皇帝的示意下，對王族直系與旁系的孩子都進行了資質評選，皇帝想選出一個有能力讓天羅炎認主的孩子，培養出一個真正擁有強橫實力的繼承人。」

月退整理了一下頭緒後，便從事情的最初開始說起。

「皇帝得了絕症，所以才會急著想找繼承人，西方城的皇帝被長老們控制好幾代了，他渴望下一代能擺脫這樣的處境，只可惜……我也跟他們一樣。」

他說到這裡，自嘲般地一笑，硃砂則不解地發問。

「絕症？不能用王血治療自己嗎？皇帝最初為什麼會被長老們控制？」

「可以用王血治療，只是他對被控制的人生已經感到厭倦。」

月退在解釋這一點的時候，神情也顯得黯然。

「幾代之前的皇帝出了意外，臨死之前將王血傳給幼子，託付給當時的長老，沒想到長老起了異心，意圖掌控年幼的新帝，將王血與王權握在手中，而他們也做到了。」

這種權力鬥爭之類的黑暗事情，范統聽了就頭痛，對他這種自認是普通平民的人來說，這些事聽起來實在很難有切身體會的真實感，可是偏偏這是發生在他朋友身上的事。

既然不想死，又為什麼不用王血救自己啊？啊，對了，是不是剛好一個月內救過人？這樣真虧耶，救了別人，結果救不了自己……不對啊？一個月的限制不是復活嗎？治療應該不限次數才對——其實那個皇帝是被謀殺的吧！他根本是被迫交出王血的力量，傳給一個幼小的笨兒子——喔喔喔西方城好黑暗啊！我忽然發現我很有這方面的剖析天分，是這樣嗎？

「畢竟是很小的時候的事情，很多事情我都記不太清楚了。包含我原本的家人、前任皇帝的長相、西方城街道建築的模樣……」

說到這裡，月退露出了略顯悲傷的微笑，然後他又想起自己漏掉了一件事，連忙補充說明。

「啊，我忘了說，在被送入聖西羅宮做為王位繼承人後，他們便剝奪了我的視覺，讓我失明，後來我之所以會以布條蒙眼，是因為臉遮了大半，他們讓替身出現時比較能矇混過去。而且，讓雙眼完好的替身裝成瞎子畢竟不太容易，他們也不想讓人知道西方城的皇帝是看不見的，遮起來可以當作只是蓋住容貌，就沒這些問題了，而我反正也看不到東西，蒙著布條對我來說不會造成困擾。」

他做完這番解釋後，范統頓時有點說不出話來。

眼睛好好的居然搞成瞎的？殘害幼童也不是這樣的吧！你們到底有多心狠手辣啊！你們有問過他的意願嗎？

「讓我失去視覺，是為了培養我『純粹想像』的資質能力，因為天羅炎是東方的劍，驅動時需要用到術法，皇帝選了我就是為了要一個能讓天羅炎認可的人，自然一切以這點為考量，我都能明白。」

知道他們會問原因，月退便自己先說清楚了，同時還想到了什麼而笑了出來。

「所以，術法其實我本來就會，但都只會一些高階術法，剛好死到東方城去，碰巧有機會接觸基礎的術法，這種機緣還真是有趣呢。」

……你為什麼還笑得出來啊？

范統又一次覺得自己不了解月退了。

「總之，在前任皇帝死後，我便成為了西方城的新任皇帝。長老們想控制我，卻也畏懼我越來越強的力量，平日我身上總是背負著上了層層邪咒、魔法束縛的鎖鍊，聽從他們的話，讓我救他們想救的人，治療他們想治療的人……」

說到這裡，月退忽然看向了范統，表情也柔和了許多。

「范統，你是我第一個出自自己的意願用血治療的人呢，之前不管我想削減誰的痛苦，只要長老們不同意，我都只能壓抑下想幫忙的心情……能夠為自己喜歡的朋友做點什麼，實在是很開心的事情，彷彿也可以摸索到一點自我與存在價值，對我來說，那其實是很值得紀念的一件事情。」

你是說我被雷劈那一次對吧？所以那個果然是王血嗎！我覺得心情有點複雜！殺雞焉用牛刀！而且我有幸被王血治療，居然根本不太記得過程跟詳細情況，這樣我以後怎麼跟後代子孫炫耀啊！

唉，女友都交不到了，想那些根本就不存在的後代子孫做什麼……

總之幸好你剛救完珞侍就衝戰場去了，要是再耽擱一些時間，像那次一樣等到後遺症的後勁全都出來，不就變成可以被幾個普通的新生居民擒住，虛弱得只能躺床的狀態了嗎……

「器化能發揮出武器最大的威力，越高階的武器越難修成，反噬也越嚴重，而我因為跟天羅炎修成器化的關係，身體連帶受到傷害，命本來就不長，只是還沒等到撐不住的那一天，我就在身體虛弱的時候被人殺害了。」

喔喔！終於！你要說到那個殺人凶手了吧？就是那個假少帝對吧？

「那爾西他……我……」

好不容易說到這裡，月退卻好像提到這個名字，就說不下去了一般，一反剛才的平淡，整個陷入了遲疑停頓。

在他停止下來的時候，他們都沒有開口催促。如果他就這麼不說了，他們也能體諒的，強迫他去回想殺了自己的人的事情，確實很殘忍。

「對不起。長久以來的習慣，遇到痛苦的事情，我總是會隔開自己的心與知覺，想保護自己不受到傷害，習慣了放空逃避後，真正要面對就變得有點困難……」

他面上帶著歉意，這麼說著，好像對自己無法平靜看待那個人而感到慚愧一樣。

這種事……也不是你的錯吧？應該是害你變成這樣的人的錯吧？

聽月退說出這種話，范統不由得感到難過。

「沒有人責怪你，你不需要道歉。」

硃砂對他這麼說，月退則沉默了一陣子後，接著說了下去。

「那爾西……是暉侍的弟弟。他們是前任皇帝的親生兒子，因為我的關係，他們失去了王子的地位，長老將他們視為可利用的棋子，讓暉侍去東方城臥底，那爾西則留在西方城當牽制他的人質，暉侍會把他在東方城的生活詳細報備，機關的開法位置也包含在信中，所以之前去打掃的時候，我才想找找看有沒有什麼東西，不過果然還是太大膽了，被發現是正常的。」

噢，原來是這樣啊？你想太多了，我是因為得到了暉侍的記憶，才會在那時候下意識看向那裡的，要不然根本沒有人注意到你的行動啦。

「消失的暉侍大人居然是西方城的探子？那他現在人呢？」

硃砂對暉侍的情況一無所知，所以便問了這個問題。

「他……已經死了。」

雖然跟暉侍連見都沒見過，但提及暉侍的死訊，月退的語氣中還是透露出了些許感傷。

噢，這個我知道，他就是死在我面前的。

范統在心裡補充了這一句。

「我也是被殺之前才聽說這個消息，但既然是那爾西說的，應該不會錯……」

他言語之間流露出來的態度，隱約仍存在著對那爾西的信任，也許他本人並沒有發覺，但聽的人都看得出來。

原本他想接著解釋，因為暉侍死了，那爾西才決定動手殺了他，但想了想又覺得說不出口。

那可能只是個觸發點。難道暉侍一直活著，他就不會殺他了嗎？

月退將手貼上了自己的胸口，緩緩地撫向自己的頸間。

那個時候，那爾西就是用他冰涼顫抖的手，掐住他的脖子。

『只要你不存在就好了……』

恍惚間，他彷彿又置身於目不能視物的黑暗當中，於窒息與疼痛的痛苦中，又一次聽見這句話。

儘管他已經重生，但這個傷口一直都沒有消失。

而他也一直……還無法問他「為什麼」。

「我其實並不了解他在想什麼……」

承認這一點並不困難，只是承認之後，他多少還是會覺得有點難過。為什麼跟一個人相處了那麼多年，卻仍覺得他如此陌生呢？

「你們還有什麼想知道的嗎？」

像是不知道還該說哪些，月退索性這麼問，讓他們自己提問題。

「到底要怎麼樣才能這麼強啊？」

范統心直口快地發問了，這句話難得沒被顛倒，卻是個有點沒意義的問題。

「你問他為什麼這麼強，就好像問魚怎麼會游泳一樣。」

硃砂搶在月退回答之前就先說話嘲笑他了，被比為魚的月退則是苦笑了一下。

「我的實力是犧牲了很多事物換來的，沒有到天生或者本能的地步，努力才能換取成果，范統你要是肯每天練一萬張符咒，控制力一定會大有進步。」

「……一萬張？月退！你絕對是魔鬼！

「有必要，我禁得起這種考驗，我覺得我還是不要靠你保護比較好。」

范統說完反話後，立即重重搖頭，深怕月退當真，每天都督促他練習，那他可吃不消。

「還有，因為記憶被封印的關係，我有多的能力，派不上用場，不過這件事還是之前再解釋好了。」

經過那番驚險的逃亡後，他覺得大家都需要安頓下來休息，一口氣消化這麼多資訊，恐怕也很難靜下心來分析，所以他還是決定先別提暉侍的事。

同時他也有點關心消失的噗哈哈哈回來了沒，斜眼瞥過去後，他吃驚地發現噗哈哈哈不知何時又出現了，剛剛到底去了哪裡，他實在很好奇。

噗哈哈哈，你在做什麼？不是說好要烤肉嗎？屍體還在那裡沒處理啊！你怎麼一出現就在那裡打瞌睡，你身邊那幾包又是什麼啊？

雖然使用心靈溝通的話，這點距離他可以直接問他，但這邊還沒結束就去管那邊，一心二用好像不太好，范統只好先忍下好奇心，繼續聽這邊的討論。

「你被關起來的時候，沒有被人怎麼樣吧？」

硃砂問了一個比較不相干的問題。嚴格來說的確也是「過去」的事情，但跟西方城沒什麼關係就是了。

你這問題是怎麼回事啊？什麼叫做沒有被人怎麼樣？你覺得他會被人怎麼樣？現在看起來好手好腳的，應該沒被刑求拷打，除此之外還能有什麼嗎……不要讓我想起米重那番收後宮的言論！女王應該不會把他怎麼樣吧？應該不會吧？

「我在牢裡的待遇挺正常的，多虧了違侍大人。」

月退的回答倒是讓他們意外了。

「違侍大人？」

「違侍？音侍總是掛在嘴邊罵的那個違侍？」

「你說違侍大人？那個很喜歡新生居民又一心違逆女王的違侍大人？」

三個人三句話，很明顯可以聽出哪一句是范統說的。

「是啊，違侍大人下令嚴禁他們動用私刑，所以我才能在牢中過得那麼安穩的……」

從月退口中獲得肯定的答覆後，三人的臉色都有點微妙，但也沒興趣繼續研究違侍是什麼樣的人了。

「恩格萊爾，你是西方城的皇帝，現在也離開東方城了，沒有必要繼續喊大人啦！」

璧柔為了月退的稱呼矮化自己的身分而抱不平，硃砂也點頭贊同，同時問了另一個問題。

「你接下來有什麼打算？我們的行動應該都以你的決定為主。」

講白了，就是「現在東方城回不去了，你如果不想去西方城，我們也願意跟著你流浪」的意思，在場的人也沒有異議，只等月退回答。

「……」

月退微張著唇，似乎因為還沒考慮過而難以立即回答。

「恩格萊爾，跟我回去嘛！都先住到我家沒關係，我家大得很，小心一點應該不會引起懷疑，安全上也沒有問題，你可以養傷，他們可以休息，這樣不是很好嗎？」

見他無法決定，璧柔便焦急地勸起他來了。

咦？對喔，璧柔好歹也領了個金線二紋，原本住在西方城，有自己的宅邸也不奇怪……所以璧柔在西方城到底是什麼身分啊？總不可能用愛菲羅爾的名義招搖過活啊？

范統正在心裡猜測著，月退便苦惱地開口了。

「其實不管是右手的狀況還是我身上的限制，如果不要造成大家的麻煩，死掉重生是最快的，可是現在死了就會回東方城的水池，沒有辦法這麼做……」

對啊，死回去的話，我們這麼努力逃出來就沒有意義了……咦？等、等等，這不就代表……

「沒錯，所以你不能死。不只是你不能死，我們也都不能死。」

硃砂這番話明顯是針對范統的，他也確實以一種威脅的眼光看向了范統。

「從現在開始，我們都不能死掉，你要是死回東方城去，我們是不會去救你的，到時候你就自己看著辦。」

他的話十分直接，而月退也露出了擔憂的表情。

「范統，凡事小心一點，就把自己當成原生居民吧。」

咦——真的一次都不能死嗎？這會不會太難了啊！就算我現在有暉侍的劍術記憶，將來要對上的可能是西方城金線三紋的高手耶！萬一有危險，噗哈哈哈你一定要救我啊！

「要是你真的死回東方城，你……一定要等我。無論如何我都會設法取回力量救你的，就算要奪回皇位發兵攻破東方城，我也會去做的。」

這個……月退你怎麼突然這麼強硬？你這樣好像在說你不惜珞侍恨你一輩子也要來救我一樣啊？我該因此而感到安心嗎？這件事情還沒有真的發生，不要激動，快把這陰冷的寒氣收回去，我也不希望自己變成讓東方城亡國的禍首啊……

「那如果是我呢？」

硃砂問這個問題的時候有點不悅，大概是問之前就覺得月退不會為他做到這種程度了。

「還有我呢？」

璧柔也跟著問了，范統對她有點無言。

拜託，小姐妳湊什麼熱鬧啊，妳被女王陛下拿希克艾斯劈一劍都還好好的，世界上根本沒有人殺得死妳吧？況且妳又不是新生居民，死了也不會從水池浮起來的啦，搞笑喔？

「你們不會死的，我比較擔心范統……」

月退面對這等陣仗，頓時有些退縮。

「我們不會死這個結論是怎麼推算出來的？」

硃砂挑了挑眉，顯然不怎麼滿意。

「我不會讓你們死的。」

這次，月退的回答堅定多了，但下一句嘀咕，氣勢馬上就虛了下去。

「至於范統，我實在沒什麼把握，啊，以我現在的狀況，要做出這種保證好像有點自大了，唔……」

等一下，月退你這話又是什麼意思啊！我看起來真的那麼弱小又倒楣嗎！我看起來就是一副什麼都不做也會有天上的隕石掉下來把我砸死的樣子嗎！我也不過在你面前被音侍大人的門滅掉一次，還有被自己丟的符爆掉一次，你用不著因為這樣就對我如此沒信心吧！

「我才不會活呢！我會好好死給你們看的！可惡！」

范統本來想做出有志氣一點的發言，但在詛咒的顛倒下，頓時就變成很自暴自棄的話語了。

「別理范統了，肚子有點餓，食物料理好了沒啊？」

硃砂說著，看往了噗哈哈哈的方向，大家也都跟著他看了過去。

「范統，那是你的拂塵嗎？」

月退問話的聲音帶著幾分吃驚，但范統的驚訝遠比他大。

「你怎麼知道他是嗚哇哇哇啊！你又沒看過他！我都是到今天才知道他可以變成鬼的耶！」

夠了，詛咒，我警告你，真的夠了喔，再讓我說出那麼可笑的名字，小心我再也不說話讓你沒有把話顛倒的樂趣。

「呃……我只是這麼推測，畢竟我知道武器跟護甲是可以變成人的……」

對喔，你身邊就有兩個例子……可是這還是有點說不通啊？

「這麼說來，你之前也說過噗哈哈哈是很爛的武器，你又是怎麼知道的？」

范統才剛問完這句話，就被一個軟軟的結實物體砸中頭。

「就算知道是反話，還是不可原諒。」

噗哈哈哈什麼時候不好醒，偏偏就在說到他壞話的時候醒過來，這大概也可以算在范統的倒楣事項中。

你怎麼這麼小心眼啊！明知是反話還要計較！你剛剛到底扔什麼砸我……咦，包、包子？哪來的包子！叫你去烤肉，哪裡變出包子來的！都掉到地上沾土啦！暴殄天物啊！人家肉包子打狗有去無回，你拿肉包子打我，我可是不會撿起來吃的！

不過，這時注意到包子的也只有范統而已，月退還是決定先回答范統剛剛問的問題。

「我和天羅炎訂立了契約，也一直是用右手拿劍的，所以，我的右手殘留著天羅炎的氣息，這也就是我在武器店拿起武器，對方都會一直尖叫的原因，音侍大……音侍的話，他本身就是希克艾斯，自然沒有武器受得了直接接觸時他身上的氣息……范統你在音侍閣死掉那一次，我曾經不小心把噗哈哈哈拿起來過，但他卻沒什麼反應，睡得一樣安穩，能夠無視天羅炎氣息的，至少也是同階級的武器，因此，他能變成人，也是很好推測的。」

月退這一大串解釋下來，范統聽得還算清楚，但將這邏輯在腦中轉過一次後，他當場臉色大變。

不會吧！這不就是說——

要印證自己的想法，最快的方法就是直接實驗，於是范統猛地轉向硃砂，迅雷不及掩耳地搶過了他身上的匕首。

『啊——放手！放手！救命啊——不要碰我——！』

匕首淒厲的慘叫聲瞬間因為接觸而在他腦中響起，當然也同時叫給身為主人的硃砂聽了。

「你要做什麼啊！」
硃砂立即以粗暴的動作將匕首從他手上奪回，略微緊張地檢視自己武器的狀態，順便也安撫武器受驚的心靈。
「不——我居然也變成殺刀腿了！怎麼會這樣！」
這個事實讓范統遭到了不小的打擊。天羅炎與希克艾斯的氣息都會讓低階武器畏懼，噗哈哈哈的等級差不多的話，同理可證，身為他的主人，手上自然也會有讓低階武器害怕的氣息——這等於也間接證實了噗哈哈哈的價值。
「早跟你說過有了我以後就不能再有別人了。」
「我以為那只是你大方跟分享慾的發言啊！」
噗哈哈哈皺著眉，覺得他大驚小怪。
我是說小氣跟獨佔慾！噢噢噢！搞半天居然是很實際性的警告嗎？
「范統，不要太貪心，有一把好武器比拿了十把普通武器好多了，何必貪圖新鮮想拿別種武器呢？」
月退溫言勸著他，但他話語中暗藏的意思讓范統覺得他根本知道重點所在。
你也知道是武器「種類」的問題嗎！我這輩子難道就只能拿拖——拂塵？我真的沒有拿一些正常一點的武器的命了嗎！還是我只能像音侍大人那樣拿壞掉的？或者是新生居民碰不到的噬魂武器？

「反正你到現在還是對本拂塵有所不滿！」

噗哈哈哈那敏感的自尊心好像又受到刺激了，范統見狀，連忙想澄清誤會……儘管其實不是誤會。

「我只是覺得，碰到別的武器都會讓它們呻吟，好像我這個人很親切一樣，感覺有點好嘛，不是在怪你啦！」

范統這次的反話也成功地讓眾人對他投以異樣的眼光。

「你們有什麼問題到旁邊用心靈溝通說好嗎？我肚子餓了想吃東西，月退也是。」

硃砂極為冷淡地說著，對范統跟他武器的家務事一點興趣也沒有。

什麼月退也是……你什麼時候可以代替月退發言了啊？自己餓了不要牽拖月退好嗎？

「食物在這裡。」

聽到他們要用餐，噗哈哈便指向那幾包原本不存在的東西。

「這是……？」

原本要料理的食材被放置在旁邊，卻生出了幾包不知道哪來的袋子，大家都覺得噗哈哈應該解釋一下。

「沒做過的事情，想來想去要做好還是太難，武器應該要有自尊，不該下廚，反正你們要的是可以吃的食物，也不一定要吃那頭東西，我拿現成的還比較快。」

噗哈哈的說明並不難懂，但大家還是有未解的疑惑。

「所以……那些到底是哪來的？」

你該不會要說你剛剛回了東方城一趟吧？你該不會只花了這點時間就來無影去無蹤地從東方城偷了食物回來了吧！這也太誇張了，這根本是常理外的存在才辦得到的事情啊！

范統覺得自己想出來的解答已經很荒謬了，沒想到噗哈哈哈的回答比他想的還要荒謬。

「希克艾斯給的。我跟他拿的。」

希克艾斯，也就是音侍。他們幾個同時在腦中進行了這樣的名詞轉換。

「什、什麼——」

你不只跑回東方城去，還跑進神王殿！然後你跑進神王殿居然遇到音侍大人，他還送你一堆吃的！這到底是什麼不可理解的狀況！

「你見到音侍了嗎？他還好嗎？有沒有被女王為難啊？」

提起音侍，璧柔立即關切了起來，這次月退倒是沒對她的關心有什麼表示，畢竟音侍幫了他們很大的忙，擔心他現在的狀況也是應該的。

「你先交代你為什麼會跑到神王殿去吧……？」

范統覺得問事情應該先弄清楚先後順序，這樣比較好了解，而跟璧柔比起來，噗哈哈哈似乎還是覺得自己的主人較為重要，所以他選擇先回答范統的問題。

「要回去東方城，一時之間也想不出什麼人比較少的座標，我就選了神王殿啊，印象中人不多。」

……

我不知道該對你這簡單的思考做出什麼樣的評論，噗哈哈哈。這樣聽起來好像我對這件事爆笑出聲一樣，但其實我一點也笑不出來啊……你一點也沒想過那裡很危險嗎！還是你真的對自己那麼有信心，如入無人之境？

「你進去神王殿，都沒有人發現？」

硃砂也覺得這很不可思議，一個可能是噗哈哈哈太神奇，另一個可能就是神王殿的警備太弱了。

無論是哪一個，感覺都是讓人不太能輕易接受的答案。

「有啊，遇到希克艾斯，被他拉去他那裡問了一堆問題，我跟他說我要找吃的，他就弄了一堆送我，也不用錢，剛好解決問題。」

噗哈哈哈將事情說得很簡略，不過，想來他應該也沒有被音侍糾纏太久，畢竟他可是在他們說話的期間就回來了。

「那……音侍他還好嗎？」

剛剛問的時候沒有得到回答，璧柔只好再問一次。

「沒什麼精神的樣子，不過，我要走的時候有好一點。」

聽起來人應該還好，也還有一定程度的行動自由，大家這才稍微放下心來。

本來在逃出東方城後，他們也想用符咒通訊器聯絡音侍的，但卻怎麼樣也聯絡不上——這是因為音侍的符咒通訊器已經被矽櫻破壞掉了，他們當然是不會曉得的。

喔，所以說，這幾包都是從神王殿搬來的好料？我們不用吃那不知名野獸的屍體了？雖、雖然這狀況有點不可思議，但好像是難得的好事啊……這就是送別飯嗎？去西方城之後，大概就吃不到東方城的料理了吧？這麼一想，搞不好連那難吃的公家糧食都會變得令人懷念？

「神王殿效率也太好了吧，這麼短的時間就可以做出這麼多食物來……」

硃砂打開袋子檢查了一下裡面有什麼食物，袋子一開，香味就飄了出來，不只范統覺得嘴饞，就連月退也感到飢餓感快速浮現。

「我們還是慢點來吃吧！」

范統雖然說出了反話，但這種時候大家都能理解他想說什麼。

在食物被拿出袋子後，三個人立即開始狼吞虎嚥。

「等你們吃飽，我們就去西方城吧！」

璧柔好像怕月退又變卦一樣，一再地提起這件事。

「我們要怎麼去啊？也讓焦巴載我們，用走的？」

用走的哪一年才會到啊！我是說用飛的啦！

范統在一陣氣惱後，決定裝沒事繼續啃手上的美食，無視硃砂鄙視的目光，而旁邊吃完了小塊碎肉，盼不到這幾個傢伙分點熟食的焦巴，則在聽了這個提議後抖了抖，似乎有點不樂意。

「噗哈哈哈是不是可以用術法帶大家一起移動？這樣好像比較快？」

璧柔把主意打到了噗哈哈哈身上，省時是個好處，安全舒服也是優點，坐在焦巴背上，強風一直當面襲來，吹得實在不太舒適，要是能一眨眼就到達目的地，那實在是個不錯的選擇。

「本拂塵不是交通工具。」

噗哈哈哈皺起了眉頭，對於璧柔想拿自己取代焦巴的功能感到不太高興。

由於他有自己的自尊與驕傲，牴觸到這兩樣東西的時候，他就不怎麼肯幫忙了。

「這只是舉腳之勞，如果你辦不到，又不是小事情，就小氣一點嘛。」

范統在吃著東西說話不便還說出反話後，終於放棄，決定用心靈溝通。

『噗哈哈哈，再幫我們一次嘛——』

「不要，用走的又不是不能到。」

人形狀態下，噗哈哈哈就是懶得用心靈對話回答他，大家雖然推測得出來他們在做什麼，但只聽得到噗哈哈哈答話的感覺還是很微妙。

『可是提早到西方城，提早安定下來的話，你也比較方便休息啊，甚至我們也不必煩惱路途中的糧食了，早點到不是比較好嗎？』

范統努力舌燦蓮花想說服他，但他覺得自己的口才等級其實不算高，能不能說動噗哈哈哈，就看運氣了。

「那都是你們要煩惱的事情，我只要變回拂塵，就不關我的事了。」

就算不知道范統說了什麼，只聽噗哈哈的回答，也可以知道溝通目前不順利。

雖然絞盡腦汁想要想出新的說詞，不過邊吃飯邊用腦的感覺實在不怎麼好，於是范統聳聳肩，放棄了。

「我們還是乖乖用走的吧。」

不，請用飛的！用飛的！

「嘖，還是得繼續坐鳥啊？」

硃砂的語氣透露著不滿。要是焦巴可以說話，說不定會想抗議「免費勞工做苦力還嫌」之類的話。

「范統拿拂塵真的拿得穩嗎？如果從空中掉下去怎麼辦？」

喂喂！不要這樣威脅刺激他！

「你……你要是讓我摔下去，我就自己去流浪！」

噗哈哈的反應不小，看他扭曲著臉孔說出這句話，范統也大概明白這屬於「無法原諒的事」了。

「用飛的去，慢慢來也不錯……」

月退小聲地嘀咕了一聲，他心裡還是有點想逃避現實，覺得不想那麼快就回到沒多少美好回憶的故鄉。

「好吧，那還是麻煩焦巴好了，既然這樣，我先說一下，我們必須在距離西方城還有一段距離的地方就先落地，然後再用走的過去，最好是挑個沒有人的地方，不然很引人注目，然後，我先進城，你們設法混在西方城的新生居民中入城，以免被發現你們是我帶回去的，還是謹慎一點比較好。嗯，這之前，我先給你們都加上魔法，將東方城的新生居民印記偽裝成西方城的吧，但是，在身分經不起檢驗的情況下，為了避免被調查，即使我們到了西方城，你們可能也不能登記為正式的西方城新生居民……大致就是這樣了。」

對於回西方城的規劃，璧柔還是有稍微動腦的，只是這番必須一直帶著東方城印記的解釋，也讓范統的壓力更大了。

即使到了西方城也不能解脫嗎？這是什麼悲哀的處境啊！國際通緝犯果然沒有人權，我本來還以為去西方城換個印記，不能死的限制就解除了，沒想到居然沒這回事！

說是打擊也不為過，明明現在吃的是好吃的東西，范統還是覺得嘴巴裡苦了起來。

「妳在西方城表面上到底是什麼身分？」

硃砂問了這個問題，事實上，這的確有必要問一下。

「唔……反正到了你們就知道了啦。」

璧柔不曉得在裝什麼神祕，沒有直接回應這個問題，月退則是眼光飄向了遠方。

「原來妳也會覺得說不出口。」

對喔，月退跟璧柔原本認識嘛，所以璧柔在西方城的身分，他當然是知道的……她不肯說，你就代替她告訴我們嘛！你怎麼可以跟她狼狽為奸呢！

「討、討厭啦！我知道擅自跑到東方城是我不對，但那也是因為——」
「因為想倒追音侍大人。」
硃砂截斷了璧柔說到一半的話，幫她說完了下半句。
「才不是這樣！不要亂說！」
璧柔的聲音幾乎像在尖叫了，這個話題也就沒有持續下去。
就算音侍大人不是主因，但我想他至少也佔了百分之三十以上吧？別跟我說妳去東方城是為了刺探敵情，照妳平常的表現，這可信度連百分之一都沒有啊。
「那麼，服裝呢？我們穿這樣沒有問題？」
硃砂接著問了另一個問題。在他們開始討論這些事情後，噗哈哈便又開始打瞌睡了。
「噢，這點不必擔心，東方城的服飾在西方城挺流行的，穿東方服飾的居民不少，西方城也有一些東方面孔，你們不會太顯眼，只要把流蘇摘掉就可以了。」
瞧她說得輕鬆，范統跟硃砂也忍不住看向了月退。
「那個假少帝已經露出臉了吧，月退的臉也不會太顯眼嗎？」
「呃……遮一下可能比較好。不過沒事蒙面，大家多半會覺得很可疑就多看幾眼，只怕也不太妙，雖然近距離看過的人應該不多，多半也認不出來……總之盡量別出門吧？」
看來璧柔雖然想了不少相關的事情，卻仍遺漏很多重點，感覺上實在不怎麼可靠。
「邪咒中有讓旁人不會注意到我的暗示性咒文，我等一下教妳，再幫我處理就好。」

月退嘆了口氣，自己提出了解決方法。要不是他現在力量被封，可能就乾脆自己處理不拜託璧柔了。

「流蘇摘掉是一回事，我們去到西方城，不必弄個什麼金線在身上嗎？」

硃砂接續著問的這個問題，讓范統用異樣的眼光瞧向了他。

胃口真大啊，我們去那裡，拿個銅線就差不多了吧？你居然一開始就想要金線？金線的高手在西方城應該也不是量產的，忽然弄個金線在身上，也太顯眼了吧！

「噢，沒有關係，西方城沒有硬性要求一定要把金線銀線弄在自己身上，收起來或者藏著都可以，畢竟有人喜歡隱藏實力，有人過於自卑，所以你們身上沒有那種東西，大家也不會起疑的。」

……所以，我們現在是要扮演隱藏實力或者過於自卑的人嗎？唉。

「那麼……應該都沒有問題了吧？」

目前大家也想不出別的問題，所以便一致點了頭。

「那就再重複一次我們的目標——每一個人都不能死！」

……結果，我們已經定案的，居然只有這個目標啊？

這到底該說是消極還是積極呢？看似消極，卻很難辦到……我們不能有更遠大的，像是幫月退奪回皇位之類的目標嗎？

「對了，希克艾斯有託我傳話。」

大概是想到這件事的關係，噗哈哈哈又醒了，聽到音侍有話想告訴他們，大家都安靜下來等他說下去。

「他說……他說了什麼啊……」

噗哈哈哈在開了個頭後，整個迷迷糊糊的，彷彿有點想不起來了，這讓他們實在有點洩氣。

「別人拜託你傳的話，你至少也忘快一點嘛！」

不要瞪我。我想說的是記久一點，別這樣。

「我想起來了，他說……有機會的話，再一起去抓小花貓。」

好不容易噗哈哈哈找回了記憶，說出來的卻是這麼一句讓大家無言的話語。

音侍大人，您果然是個白痴嗎？

「音侍他也太沒有緊張感了吧？」

璧柔嘴角抽了一下，臉孔因為這不符合期待的話語而有點扭曲。

「他該不會是做壞的武器吧？」

知道音侍的真實身分後，硃砂就開始懷疑這一點了。

「也許我開始可以理解西方城當初為什麼想跟東方城交換武器了。」

月退苦笑著發表了感想，這算是他難得說出口的損人話。

「所以天羅炎比較不正常？不是這個意思嗎？那東方城為什麼不換？」

范統又忘記惦記著別的武器會讓噗哈哈哈不高興的事，問出了這個問題。

「天羅炎……」

提起這個名字，璧柔頓時就僵硬了，處於一種講不出對方好話，又不敢說壞話的情況。

「當初西方城跟東方城是以友好鄰邦，鞏固關係為由交換武器的。」

月退勉強擠出一絲笑容，用官方理由來交代。

我想聽真正的原因啊！真正的！

「聖西羅宮……還是得去面對的。我不能丟下天羅炎不管……」

他決定行動的原因彷彿都是因為一些放不下的牽掛。

一些本來應該在他死去時就已經與他無關的牽掛。

「月退，你有沒有考慮為自己做點什麼啊？」

當范統問出這個問題後，氣氛隨著月退的呆滯，而變得有點凝重。

呃……我問錯問題了嗎？

「吃你的東西，不要一直問一些不經大腦的問題。」

硃砂冷哼了一聲，說完這句話，就當作這個問題已經結束了，月退似乎也無法回答，而維持著沉默。

唉，好吧，吃飯、吃飯……

音侍閣深夜有客人不是什麼罕見的事，尤其是這個客人是綾侍的情況下。

不過，在這個時間點看見綾侍，音侍多少還是有一點意外跟心虛——而事情果然也跟他猜測的差不多。

「深夜還讓人送了一堆食物到你這裡來嘛……然後沒多久就通通不見了？我怎麼不知道你什麼時候需要吃東西了？」

綾侍擺明就是知道他做了虧心事，才特地到這裡察看的，音侍的表情隨著他想講的話變來變去，最後還是轉為想不出好藉口的苦惱模樣。

「啊，不過就是叫了一堆吃的，有什麼好大驚小怪的……」

「你如果告訴我你通通都吃掉了，我就會大驚小怪給你看。」

這當然是不可能的事。化為人形的情況下，雖然可以進食，但可是要額外耗費精力將食物轉化掉再使之消散的，為了假裝成人類，做做樣子吃一點還好，那麼多的分量，根本沒有人會特地吃來找自己麻煩，就算是音侍也沒誇張到這種地步。

「你……既然都一副心知肚明的樣子，為什麼不乾脆一點，非要這樣繞圈圈講話啊！我也不想說謊找藉口騙你啊！而且又騙不過去！」

被綾侍用那種冷淡的眼神盯著，音侍總覺得渾身都不舒服，忍不住就抗議了。

「所以你也知道是不該做的事情吧？什麼事情都寫在臉上，現在精神倒是好多了。」

綾侍瞥了他一眼，做出這樣的評論，語氣依然帶點嘲諷。

「……每當有認識的人死去、消失，我總是會很難過。」

猶豫了一陣子後，音侍開口說出的，是與目前的話題關係不大的話語。

「我總是希望大家都好好的，想見都能見得到面，不要來來去去，每次都留下我，想忘記也不能忘記……」

從被製造出來到現在，他已經認識了很多很多的人，也一再地目睹、聽聞他們離世。

有人是自然死亡，有人是遭遇不測。即使是理當能一直更換軀體活下去的新生居民，常常也因為種種原因而難逃死亡的宿命。

每一次他都很難過，即使未必有人知道。

雖然能夠記起來，放進腦袋裡的人，數量並不算多，但也就因為這樣，才會顯得每一個都很重要。

「音，那是不可能的。」

與他流露出情緒的表現相反，綾侍的態度相當冷靜。

為什麼總要說出這種天真的話呢？

理智地面對現實，承認這是個不可能達成的願望，然後實際一點，妥善盡好自己的身分應盡的職責——明明應該要這樣做才對的。

這像是一種不成熟的逃避，然而，綾侍也難以對此說什麼。音侍就是這樣的人，也是這樣單純的個性與毫不掩飾的關心與情感，吸引了周遭的人。

「反正……食物送都送了，我做都做了，你要罵就罵，隨便你啦！」

音侍有點自暴自棄地說出了這樣的話，綾侍則無可奈何地嘆了一口氣。

「你能恢復精神也是好事，接下來還有很多事情要面對。」

「很多事情？」

「你該不會忘了我們還在交戰狀態吧？你以為櫻會就這麼算了嗎？」

聽了綾侍的話，音侍呆了幾秒，似乎有點無法接受這個訊息。

「可是……明知落月的皇帝是假的，為什麼還要繼續作戰，如果他們不打我們，就不要主動去打他們嘛！」

「你跟我說也沒有用，就算去跟櫻說，她也聽不進去的。況且，真正的少帝不在，也是開戰的好時機，那個假貨沒有一舉毀滅我們軍隊的實力，就算有，他看起來也不像會為落月付出的樣子。」

音侍聽這些分析只覺得越聽越心煩，這種煩躁的感覺，大概是對一切都使不上力造成的。

「但至少……櫻還沒下達命令吧？」

矽櫻還沒有任何行動，但這也只是因為事發還沒過多久，等她穩定情緒，平靜下來後，繼續作戰的指令應該就會發布下來了。

「我們所要做的，只有等待。」

綾侍是這麼回答他的。這確實是現在的他唯一能做的事情。

范統的事後補述

我一直以為我只睡了幾個小時，沒想到其實我一睡就睡了一天多。

也就是說我們其實已經離開東方城一天多了，我們也一天多沒吃飯了，難怪會這麼餓，絕對不是我食量變大了，也不是因為食物太好吃了，只是餓太久而已，嗯。

前往西方城協助月退奪回帝位——聽起來是充滿志氣的風光任務，儘管當事者對這件事似乎不怎麼有興趣，但我還是既怕事又有點期待。

如果成功了，我們不就是史書上那種協助皇帝登基的功臣嗎？頓時不就榮華富貴享受不盡了？而且月退也不像那種會做出兔死狗烹過河拆橋的事情的人，只要復位成功，我就可以在西方城過好日子啦——？

但、但是如果要論功行賞，那可能就不太妙了……我在整個復位行動裡，多半只是跟班吧？雖然我現在多多少少有一點戰鬥能力，但我不太喜歡走在最前面逞能的感覺啊，通常這種人死得最快，躲在後面明哲保身才是對的，隱藏實力就是為了要在救命關頭派上用場……這麼說來，我到底要不要告訴他們暉侍的事情啊？怎麼有種越等待越說不出口的感覺？

說起來，因為月退不夠積極的關係，我們根本還沒有訂立什麼縝密的計畫啊。現在在焦巴背上，風吹得我頭髮都快變成雞窩了，要我現在忽略這襲擊我顏面跟耳朵的風聲進行思考，實在很難完善啊，不過我還是來分析看看好了？

那個叫做什麼的……喔對，那爾西。多虧了暉侍的記憶，我才會記住這個名字，不然還是稱呼假少帝比較方便……總之現在他的身邊應該有魔法劍衛跟長老吧？如果要立下戰功，不考慮那些皇宮侍衛的雜魚的話，至少得找其中一個人單挑決勝負才行。

……沒記錯的話，印象中目前看過的魔法劍衛，不是金線三紋就是金線二紋。

暉侍……好像是淺黑色流蘇的樣子。不知道東方城的階級跟西方城的應該如何比較換算，但是我總覺得以我目前的狀況，單純想依靠暉侍那我還沒掌握上手的劍術來跟金線三紋或者金線二紋的高手決鬥，恐怕三十條命都不夠我死。

那麼，長老呢？不曉得長老們的實力怎麼樣？

把希望放在長老身上，好像也不是什麼聰明的抉擇……他們都可以限制月退的行動了，想來也不會是簡單的角色，這樣看來我真是前途堪憂，想建立功績也太難啦。

好吧，暫且不把我歸為戰力，我們來看看……我們現在的可作戰人員有璧柔、硃砂……

……沒了？

沒、沒了！這是什麼狀況啊！這根本穩輸的吧！硃砂雖然不算弱，但跟那種實力頂級的比起來就弱得很啦！壁柔金線二紋也不算差了，可是金線二紋就是打不過金線三紋啊！相較之下，假少帝那邊是什麼華麗的陣容啊！噗哈哈哈又不肯幫忙戰鬥，那麼，除非月退恢復，不然我們根本毫無勝算嘛！

事情都還沒開始，就已經得到了毫無勝算的結論，怎麼會這麼絕望呢！要是月退能恢復實力，他們來幾個都不夠看吧？如果要以最簡單的方式取得勝利，當然是讓可以瞬間獲勝的人去打，而非讓必須纏鬥許久還未必會贏的傢伙上場，所以……月退要是恢復，就等於他一個人全挑，要是沒恢復，我們就等死，成功與否根本取決於月退嗎！這樣我們存在的意義是什麼啊！

這樣子是不行的！這樣根本死定啦！一定得想出一個突破之計……焦巴你不要突然九十度轉彎！差點害我摔下去啊！啊……我好不容易建構起來的思考也被打亂了，搞什麼嘛！

算了，既然動腦不是我的強項，那我還是乖乖把腦袋放空，等著看同伴們會不會想出什麼解決辦法吧……

✣章之三　西方城

『首先應該找個好的導遊，接著做好行程規畫，然後就可以來一趟西方城深度之旅了！』——壁柔

『團費都妳出的話，我沒意見。』——硃砂

『可以改成美食之旅嗎？』——范統

『等等，天羅炎呢？那爾西呢？這、這樣子真的是可以的嗎！』——月退

有的時候他也會這麼想——也許是記憶裡面缺乏了影像這個要素，所以他對西方城才會這麼陌生，找不到一點親切的熟悉感。

或者是因為，那裡本來就沒有幾個對他親切的人，他又長年生活在範圍不大的狹小空間裡，根本也沒有認識、融入過那個環境吧？

明明那是他的國家。

明明他也曾經擔下守護那裡的職責，曾經為了保護住在那裡的人們不受侵擾，卻對那片土地沒有歸屬感。

地位、身分，其實不是他想要取回，或覺得應該屬於他、應該重新拿回來的東西。他所想要的原本幾乎都已經擁有了，重生以後獲得的一切，他十分珍惜也很滿足，只是……

總有一點點放不下的事物。希望能夠釋懷，卻又怎麼樣也辦不到的。

直到現在，他還是常常作夢。

除了被殺時的夢境，有的時候……也會夢見一些仍然記得，潛意識裡懷念的事情。

而當這兩種夢境的對象都是同一個人時，他實在也不知如何自處。

『在透過裡界或者地下管道交換物資的種類中，西方城的有錢人特別喜歡夜止出產的蜜果，許多夜止的產品由於入手不易，往往價格哄抬得很高，像是夜止隨處可見的陸雞毛，在西方城售出的價格可能就會有十倍之高……』

眼睛看不見的他，沒有辦法自己讀書，那爾西這個侍讀被派到他身邊來，主要的作用就是唸書給他聽，像這樣的聽讀行為，已經是日常生活的一部分，至少他已感到習慣──不管是那爾西那平板單調的聲音還是身邊有一個人這件事。

只是，儘管是唸給仍該被稱做小孩的他聽的書，也不是什麼溫馨明亮的童話故事，那種書不會被擺在他的書房裡。如果他沒有特別的要求，那爾西通常就隨便挑一本唸了，今天這本遊記就是那爾西挑的，正好講到一些貿易相關的事情，對於那爾西的選書他也沒什麼意見，只安靜地聽著，偶爾隨口提出一些問題。

『蜜果？那是……』

『一種水果。』

那爾西的回答跟沒有回答差不多。

『大概是什麼樣子呢？形狀、顏色，吃起來的味道……』

『你知道這些有什麼用嗎？』

那爾西在跟他說話的時候，時而會出現這種不太耐煩、帶點不悅的態度。

於是他便不說話了。不是生氣，只是不知道該回答些什麼，甚至也不曉得該不該再請他繼續唸下去。

半晌，他聽見書本被放到桌上的聲音，在心裡猜測著那爾西是不是不想唸要離開了，但卻聽到接近的腳步聲，然後，那爾西抓住了他的左手。

對方的手指在他的掌心畫了一個形狀，緩緩的，不帶一絲急切。畫完後，那爾西才開口。

『蜜果大概就這麼大，明白了嗎？』

『啊……嗯。』

他愣愣地點頭，接著又因為覺得那爾西好像生出了點耐心，所以忍不住又問了別的問題。

『那吃起來是什麼味道呢？』

其實他也不是真的很想知道，只不過不管多麼習慣孤獨，有時候他還是會想多跟人對話。

『我又沒有吃過，怎麼會知道？』

那爾西隨即又不耐煩了起來，順手又拿起了書，按照書上的說明回答他。

『書上只有寫味道很甜，就這樣。』

『那陸雞毛你摸過嗎？』

『當然沒摸過，那跟蜜果一樣是夜止的東西。』

『你不喜歡夜止的東西嗎……？』

『我喜不喜歡，都是我自己的事情。』

因為那爾西擺出一種「與你無關」的態度，月退也就問不下去了。

『那，就繼續吧。』

他雖然是西方城的皇帝，不過，這個宮裡大概沒有人畏懼或是尊敬他。大家都清楚他只是一個被架空的王血容器，不能為自己作主。包含他自己，也十分清楚。

他想要的也不是眾人的尊敬畏懼，甚至也不是權力或自由之類的東西。

那個時候的他啊……究竟想要什麼呢？

距離蜜果的事情過了幾天後，某天早晨，他如同往常地進入書房，卻在桌上摸到一個昨天沒有的東西。

桌面上一向都平平的，沒擺什麼物品，突然間在他習慣擺手的地方多出一個圓圓的物體來，他當然會發現，基於好奇，他將那東西拿起來摸了摸，光滑的表面上帶著一些水的濕潤感，還有隱隱約約的香氣。

也許是食物，聞起來很好吃的樣子。他這麼想著。

但是這裡為什麼會有食物呢？

可以出入書房，然後有可能在這裡放個東西又不解釋的人，他想來想去覺得只有一個，於是，當那爾西出現時，他就開口問他了。

『那爾西，這是什麼？』

『蜜果啊。』

那爾西回答的聲音有點不悅，聽起來好像不太願意回答這個問題似的。

『蜜果？為什麼會放在這裡？』

『不就是給你吃的嗎？你不是想知道吃起來什麼味道？』

東西是他拿來放的，但他卻好像不怎麼願意承認這件事的樣子。

那爾西的話讓他愣了一下，他沒遇過這樣的事情，不太習慣，也不知道該怎麼反應。

這種時候再繼續問「這個不是很貴嗎」、「你怎麼有錢買，你是怎麼弄來的啊」之類的問題，好像也不太對，所以，他選擇老實地低下頭，道了謝。

『謝謝。』

因為這大概算是這輩子第一次收到別人額外給的東西，儘管不知道對方在想什麼，但他覺得，這個應該勉強可以算是禮物，所以便放進口袋，打算好好收起來。

『收起來做什麼?吃掉!』

敢對皇帝使用命令句的侍讀,西方城史上可能沒幾個,那爾西無疑的就是其中之一。

『食物就是拿來吃的,你太瘦了,應該多吃一點。』

所謂瘦不瘦,因為看不見,沒有比較對象,他一向也不太清楚,所以在那爾西說出這句話後,他只微微困惑地偏過頭。

『我吃不吃,不是都無所謂嗎?如果到了身體虛弱,出現危險的地步,長老們就會給我灌營養劑,所以……應該沒有關係吧。』

或許是因為長期處在那種不正常的教育下,那個時候的他,能夠如此輕易地說出對自己這麼冷漠的話,並視之為理所當然。

他的身體不是屬於自己的,所以他不需要關心,也不必多為它做什麼。

他的存在意義是為了這個國家,他以這樣的生活方式過到了現在,所以,他的生命是需要他活著的人該想辦法維持的,出了問題那些人自然會設法弄好,他一點也不需要擔心,只要麻木地接受所有的事情,這樣對他來說也比較輕鬆。

直到即將死亡的那一刻他才明白,這些想法全都是錯的。

他總是把心阻隔在外,漠然看待自己的一切,對這些事情都感到厭倦,彷彿覺得什麼時候死掉都沒有關係——明明是自己的生命,卻覺得事不關己。

然而事實上,他卻渴望活下去。

在吸不到空氣，意識逐漸遠離之時，他才知道自己如此不願意死去，甚至驚覺自己願意用任何條件來交換活下去的機會。

對原本那樣的生活厭煩，是因為那樣的生活是錯誤的。

他不是應該放棄自己的生命，而是該努力改變那樣的生活環境，那是他明明該為自己努力，卻沒有做的。

只是那個時候，一切都已經來不及了。

『不吃就還給我，要餓死是你自己的選擇。』

那爾西聽了他的話之後明顯地流露出了生氣的情緒，那個時候的他並不曉得對方為什麼會發脾氣，雖然心裡有點捨不得，但他還是把蜜果拿出來，攤開了手掌準備交回。

從他手上拿回蜜果時，那爾西一句話都沒有多說。

那爾西主動拿東西給他，就只有那一次而已，那之後就再也沒有了。

「月退，快到了，璧柔說我們要準備降落了。」

硃砂和范統對於月退在疾駛的鳥背上還可以睡覺這件事都感到十分佩服，在沒有人特別抓住他的情況下，他雖然在睡覺，卻也沒有要掉下去的樣子，這幾乎可說是特殊才能了，整個團體裡，多半也只有他做得到而已。

「咦，我睡著了嗎……」

剛被叫醒的月退，還有點搞不清楚狀況，彷彿不知道身在何處。

「是啊，你是不是太有精神了，之前才清醒那麼久，現在又睡。」

范統的反話持續發作中，在聽多了的習慣下，現在基本上大家都比較能聽得懂他在說什麼了。

「真是不好意思，我不知不覺就睡了……」

月退尷尬地說了這句話後，又補充了一句。

「下次……如果我在身邊有人的時候睡著，還是把我叫醒吧，還好今天作的是比較溫和的夢，你們忘記我說過我睡覺時可能會做出一些無法控制的事情了嗎？尤其又在飛行中，萬一把手插進焦巴的背裡，就太對不起焦巴了……」

「……」

他以歉然的神情和溫和的口吻說出這種話，實在讓人不知道該回答他什麼才好。要是真的發生那種事，他們倒是可以理解為什麼他睡著了還不會摔下鳥……手都插進鳥背裡了，應該也不是那麼容易可以拔出來的吧。

「啊，不過我現在力量被封印，所以應該還好，不會發生那種事情，我差點忘了。」

月退說一說，忽然想起自己能力被封印的事，但是他那「應該」還好的說法，還是讓范統覺得很不能放心。

「至少王血的效力還在吧？插一次你就幫牠治療一次，死不了。」

硃砂的發言相當冷血。

「喂，有這樣插了再插，插了又插，一直插個沒完沒了的嗎？你也對這隻鳥壞一點好不好？」

范統臉孔抽搐著說出了這樣的話，他終於良心發現為焦巴說話了。

「可是，王血的治療也有疲乏時間，接受治療後一段時間內重複治療可能會無效耶。更何況我剛救過珞侍還沒幾天，復活一個月只能用一次，期間治療的效力也會有影響的……」

月退也沒立即否認他不會一再犯行，只是略帶困擾地解釋起王血的使用問題，這讓焦巴頭上的寒毛都豎起來了。

「別說這個了啦，我們都要降落了……降落之後，就按照說好的進行喔！我在西方城等你們。」

璧柔不太放心地又叮嚀了一遍，也跟他們再確認了一次西方城的位置，生怕他們迷路到又走回東方城去。

「我們還沒準備好。」

范統要說的應該是「我們已經準備好了」，只是這時候的月退，卻也有點想附和他說錯的話。

「是啊……」

他們所要降落的區域，只要再走個幾區，就可以抵達西方城了。

月退實在無法說自己已經做好了心理準備。事實上他仍覺得有點徬徨無助，彷彿都是因為身邊的友人推著他去作這許許多多的事情，他才會答應行動的。

如果這麼消極的話，不就跟以前一樣了嗎？

他死前告訴自己必須改變，至今又努力了多少呢？

輕輕搖了搖頭後，月退要自己暫時別再想這些會造成壓力的事情。

現在的環境已經不是當初的環境了。順其自然試試看，也許……

雖然心裡不算堅定，但他還是決定循著這條路走下去了。

不會有問題的。只要大家都在一起。

「哇啊啊啊——！」

「死鳥！誰讓你俯衝著陸的！」

……應該，就不會有問題的。

「記得從現在開始要改說西方城的語言，別露餡。」

長久以來的習慣一時要改掉，還真的有點困難，不過，他們因為是新生居民，具備兩國語言都會講的能力，已經是萬幸了，至於說哪一國語言的問題，就只能自己多多注意了。

他們現在已經逐漸走到有人的地方，月退那使人忽略他容貌的暗示當然也早就請先離開的璧柔施好了，東方面孔在西方城畢竟算是少數，他們三個又都穿著東方服飾，在一起行動還是有點顯眼，不過，這些路人大概也只是視線關注個幾秒罷了，將注意力投過來的人並不多。

然而這種情況，在他們進入下一區時，便出現了改變。

「……硃砂，妳為什麼要突然變成女孩子呢？」

月退一看到硃砂變成女性體就有點緊張，他雖然想盡量以穩定的聲音發問，但顯然不怎麼成功。

「我只是想讓我們隊伍的人員組成看起來正常些，這樣比較不會引人注目。」

硃砂一面撥著頭髮一面解釋，但她的解釋一點說服力也沒有。

人妖，不要睜眼說瞎話好不好？妳是對周圍的一切視而不見嗎？妳有沒有發現在妳變身為現在這副身材火辣的美女模樣後，四周聚集過來的眼光至少增加了三倍，停留的時間也不知道多了多少秒啊！妳不知道美女的殺傷力是很高的嗎？況且，三個男人走在一起哪裡不正常了！根本是妳的觀念有問題吧！

范統在心裡罵了一大堆，而月退也有差不多的疑問。

「原本三個男的一起行動，有哪裡不正常嗎？我看這裡很多人也都這樣啊。」

「那是找不到女伴、缺乏魅力的團體。」

硃砂的認定不只主觀，還帶有偏激的攻擊性。

……所以呢？妳變成女性體只是因為想替我們提高身價嗎？爭這一口氣有什麼意義？只會提高紛爭發生的機率吧？

「那……又怎麼樣呢？」

月退完全無法理解硃砂的邏輯。

「那樣感覺很差。而且會有女人過來搭訕要求加入。」

這個問題硃砂回答得毫無滯礙，於是月退又看向了旁邊，彷彿難以繼續跟她交談下去。

「月退，手臂讓我挽著嘛？」

硃砂在變成女性體後，總是會順勢提出一些讓月退感到困擾的要求。

喂，所以妳現在是想怎樣？妳想擅自將隊伍組成變更為「一對情侶跟一個大電燈泡」嗎？妳到底要排擠我到什麼地步才甘心？不要欺人太甚！我可是有噗哈哈哈罩的！

「不要，那樣太引人注目。」

月退立即就拒絕了，在這方面他一向臉皮很薄。

所以在沒有人看見的角落裡就可以嗎……月退，你話不說清楚的話，會引起誤會啊，你知道硃砂總是很喜歡找漏洞鑽，上次你不就因為一時失言被她追得滿房間跑，差點被撲倒嗎，怎麼還不懂得記取教訓？

「反正又沒有人認得我們，何必那麼拘謹？」

儘管遭到拒絕，硃砂依然沒有放棄的意思，持續緊咬著不放。

「就算在沒有人認得我們的地方，行為舉止也要控制啊！」

月退擺出一副不會因為對方三言兩語就改變心意的態度，於是，硃砂的勸說就轉了個方向。

「那麼，就想成簡易的偽裝嘛，你從東方城脫逃的事情，搞不好西方城也有內線情報，要是連協同逃脫的人數性別都掌握了，他們就會過濾進城的人，我變成女的就可以混淆視聽，對吧？」

嘖嘖，正面誘拐不成，就開始迂迴作戰了嗎？雖然聽起來好像有幾分道理，但如果要排除被注意的可能性，我們三個直接分開進城不是更好？

「如果在進城的時候想混淆視聽，我們乾脆分開進城比較有效吧？」

月退的腦袋還是清楚的，沒有一下子就被拐到。

「雖然如此，我們還是得去璧柔家，她如果是有權有勢的人，這個時間點回來，家裡又馬上招待了符合特徵的三個客人，很難不被懷疑吧？」

聽了硃砂進一步的游說後，月退皺起了眉頭。

「的確是這樣沒錯……」

「西方城會猜你帶著幾個同伴回來，唯一的女性是愛菲羅爾，樣貌他們那天在戰場上就看過了，也就是說，他們應該想不到你身邊會有個女伴，狀似親密的情侶比較不會被他們列為清查目標，對不對？」

當然不對。隨便在路上認識一個女孩子，一起行動，以月退的條件來說有什麼難的？只要他沒有像我一樣的嘴巴，根本是手到擒來……嗚！我為什麼要自己捅自己的痛處啊！

「好像……有一點道理。」

月退面露遲疑，有點遲疑地這麼回答。

范統差點被自己吞的口水嗆到。

你給我等一下！都幾歲了還這麼輕易就受騙嗎！人心險惡啊！三思而後行，到時候別怪我沒有提醒你！……我還真的沒有提醒你，我都只有在心裡吶喊而已，真糟糕……問題是這時候壞了硃砂的好事，她一定不會善罷甘休……奇怪了，我都有暉侍的實力了，也就是淺黑色流蘇階級，我還怕硃砂做什麼？

「就是嘛，所以說——」

「就、就算有一點道理，也不必實行得那麼徹底啊！我辦不到！絕對辦不到！」

見硃砂笑著朝他貼過來，月退還是驚恐地閃開了，照他那種個性，沒有好好訓練過的話，想跟人偽裝成情侶，的確是不太可能的事情。

「你只要乖乖不動讓我為所欲為就可以了，這很難嗎？」

「嗚咳！咳、咳咳咳咳……」

范統這次真的被自己的口水嗆到了。

這是什麼超有侵略性的發言啊！還能聽嗎！還好那隻鳥變小後被壁柔順便帶走了，不然豈不是多一個純潔的心靈被玷汙！噗哈哈哈你什麼都沒聽到對吧？那個人妖講話的時候最好都閉上耳朵！

由於他現在沒有握著噗哈哈哈，噗哈哈哈自然是聽不到他心裡的碎碎唸的，從拂塵毫無反應來看，可能睡得正好，這算是個不錯的情況。

「很難嗎……」

月退仍然皺著眉，似乎很認真在思考這個問題，連范統被口水嗆到都沒有理會。

要是連反應都不能有的話，當然很難，那不是一般男人辦得到的事，雖然我也不曉得你屬不屬於一般男人的範圍，但依我看來，你還是別誤入歧途比較好……不要在這種時候認真！她根本只是想在見到璧柔的時候示威而已吧？快醒醒啊！

「不行，我覺得還是不行。」

范統的禱告可能產生了點效果，月退想來想去，還是搖了頭。

「你沒試試看怎麼知道不行嘛？」

硃砂的語氣聽起來有點失望，月退則回答得異常認真。

「我用想像的就知道不行了！」

哈哈哈，妳輸了吧。人家為了練純粹想像可是犧牲了眼睛，段數很高的。

在旁邊偷偷幸災樂禍幾乎已經變成范統固定的嗜好了，雖然這個嗜好稱不上好，但也沒妨礙到別人，所以他依然把這種行為當作自己私底下的小小樂趣，沒怎麼反省自己的心態。

「咳，東方城快到了，看得見城門了，你們就別吵了吧。」

范統試圖讓他們注意起眼前的事情，由於他將西方城說成東方城，確實也達到了驚嚇的效果。

月退餘悸猶存地這麼說。

「嚇我一跳，我還以為我們真的走錯了。」

……會說出這種話，顯然你對認路沒什麼信心吧？

走得更近一點後，西方城的城門就可以清楚看見了。

厚實的城牆，是兩座城共有的特色，西方城的城牆以白色的石頭為主體，營造出一種穩重莊嚴的感覺，整體的風格自然和東方城是不同的，裡面來來往往的居民也多是金髮碧眼，月退在這裡就不會顯得特別醒目了，當然，這是在容貌有遮罩暗示的情況下。

整齊劃一的衛兵在城門口排成一列，從那一絲不苟的穿著與姿勢，可以看出西方城的嚴格與秩序性——站在能看清整個城門的位置，他們各自有各自的感慨。

「我還真的沒看過西方城的城門，這是第一次看見呢。」

身為西方城皇帝，講出這句話的時候，月退的心裡是有點心情複雜的，先不說他當上皇帝後，出城的機會沒幾次，光是被剝奪了視覺這一點，就足以構成他看不到城門的最大原因了。

「現在開始看，也還不遲。」

硃砂對西方城當然不會有任何感傷的情懷，只不過當作在確認接下來要生活的地方罷了。

「真是不奇怪……」

與他們不同，范統獨自處於一種無法跟他人訴說的疑惑當中。

東方城的文字都恰好是我用的文字了，西方城的文字為什麼不是英文呢？根據常理推斷，城門上的字應該是西方城沒錯，不過卻是我完全不認識的文字啊！本來我的英文閱讀能力就已經夠爛了，現在還變成目不識字的狀態，也太感傷了吧？啊，其實光從口語不是英文的時候我就該發現了……可惡，既然有一個巧合，為什麼不能乾脆兩個都巧合呢！

來到新的環境，卻要變成文盲，這也是老天的考驗嗎？老天會不會太垂青我了啊！不要這麼欣賞我好不好！我不會成材的，別再磨練我啦！

咦咦，等一下，暉侍的記憶裡明明學過西方城的文字啊？我在讀他的記憶看信的時候也是看得懂的，那時候頭好痛都沒意識到不是英文……再、再試著叫出來吸收看看……

喔喔喔喔！我看得懂了！老天爺還是有照顧我的！太好啦！會兩國語文的優勢！我終於有贏過他們的地方了嗎！可惡，我現在情緒好激動，心情澎湃啊！

……可是，為什麼西方城的城門上寫的不是西方城，而是「成為此地的一分子，便形同宣誓效忠皇帝，本國的一切皆屬於皇帝」呢？

這簡直就跟標榜每件九十九元，旁邊再寫上一個小小的「起」，或者商品上華麗的廣告詞寫了一堆，然後用小小的字在角落寫個「本產品根據使用者個人差異可能有不同效果」一樣，充滿了詐欺的感覺嘛！西方城都是這樣騙一開始還看不懂文字的新生居民的嗎！我該慶幸我一開始沒被搶到西方城嗎！

「月退，原來西方城皇帝比東方城女王還開明啊，居然光明正大在城門上寫著一切都不屬於皇帝。」

范統有感而發了一句，而且，這句話根本是寫假的，西方城皇帝喪失實權已經很久了，這可是從月退口中證實的。

「啊？你說什麼？」

月退一頭霧水地看向他。

「咦，你沒聽不懂我的話嗎？我是說城門下寫的文字啊。」

而且還使用比較復古的文法呢，虧暉侍語文能力還不錯，雖然小小年紀就離開西方城，但是卻還懂這些。

「……對不起，我看不懂。我沒說過嗎？因為眼睛的關係，我也無法學認字，西方城的文字對我來說是全然陌生的。」

月退以有點困擾的神情低低地回答，看起來彷彿有點自卑。

……啊？那個，你不是西方城的皇帝嗎？不，我明白，眼睛看不見的確無法習字，這……所以你現在看得懂東方城的字，卻反而看不懂西方城的字？這是什麼搞笑的情況？簡直令人想哭啊！

「月退看不懂可以推測得出來，但是你為什麼看得懂？」

硃砂一挑眉，很快地提出了質疑。

喔！露餡了！

其實這的確是遲早要告訴你們的事情，但又有點離奇，我們一定要在城門口說嗎？還是等安頓下來再說吧？

「我覺得還是到找不到紙筆的地方再說，比較不方便。」

范統這個說法還算合理，也被他們接受了，每次都要分析范統講出來的話哪個詞是反的，在要聽很多解釋的情況下，可是很累人的。

「那麼，我們先進城吧。」

他們現在頂著西方城新生居民的偽裝，可以抬頭挺胸地從正門進城，想來這裡的人應該也沒本事看破他們印記的問題，所以直接進去就可以了，絲毫不必心虛。

不過，凡事總會有個意外，而他們這夥人就是常常遭遇意外的那種人。

在他們靠近城門，正要跨入時，衛兵們忽然因為裡頭走出來的某個人而集體整齊劃一地行禮。

「唔，果然是伊耶訓練出來的，連敬禮都這麼整齊啊……」

一面感嘆一面從城門內走出來的，是雅梅碟。

月退愣了一下，硃砂跟著停頓，范統也一下子傻住了。

怎……怎麼會這麼巧啊？現在怎麼辦？裝做若無其事進城？可是，一般新生居民看到魔法劍衛不必打招呼嗎？再怎麼說我們也跟他有幾面之緣，月退的臉有做遮罩暗示，我們的可沒有啊！總不能還沒進城就被抓包吧！

還是現在立即轉身逃走？可是，這樣動作就太可疑了啊，一定會被追的吧！我能期待他認不出我跟硃砂嗎？噢，硃砂現在是女性體，還有可能認不出來，但是我根本沒什麼改變呀！除非他有音侍大人那個等級的腦殘腦袋，否則——

相較於范統的驚恐，月退和硃砂倒是很鎮定，不過照范統看來，硃砂是遇到什麼事都處變不驚，月退的話，大概純粹是呆掉了反應不過來而已。

「站崗辛苦了，今天應該也沒什麼異狀吧？」

雅梅碟先跟衛兵說了一句話，接著便隨意地看了看附近。

不！不要看過來！

「戰爭期間怎麼會有低階的新生居民在城外……咦？」

雅梅碟先注意到的是他們新生居民的身分，定睛一看後，他頓時睜大了眼睛。

「你……你們……」

完蛋了！果然被認出來了嗎！我到底該高興只見過幾次面的人認得我，還是該為現在的窘境擔憂啊！

雅梅碟一開始目光是停留在范統身上的，顯然認出他應該是東方城的新生居民了，接著他彷彿在腦袋裡做了連結，隨即將視線轉到月退那邊，然後就定在他身上沒移開了。

不要說你看破遮罩暗示了！應該沒有吧？璧柔施的邪咒應該沒這麼沒用吧？我冷汗都要冒出來了，別這樣嚇人啊！

范統雖然希望雅梅碟給個痛快，可是雅梅碟卻整個人失神了，他們根本摸不透他在想什麼。

現場登時變成沒有人出聲的狀態。這種詭異的安靜讓人覺得不太舒服，幾個人各懷心思，直到剛才被雅梅碟問了問題的衛兵遲疑地開口。

「大人，他們有什麼問題嗎？」

雙方的反應都這麼奇怪，衛兵會如此認為也是正常的。

雅梅碟還沒回答，另一個他們熟悉的聲音就插了進來。

「你們怎麼還在這裡？」

噢！璧柔妳總算出現啦！還曉得要出來救我們嗎？不過這台詞……演的是哪一齣啊？事先又沒套招，很難反應接話耶？

及時現身的璧柔已經換上了一身截然不同的衣服，也戴上了覆蓋上半臉的面罩，而那身衣裝的樣式則是讓范統傻眼，看看璧柔再看看雅梅碟，一時不知道該說什麼。

「月璧柔？」

雅梅碟終於將目光從月退身上移開，看向璧柔，神情還有幾分迷惑。

「他們是我派出去辦事的，你找他們有什麼事嗎？」

璧柔開口說話的態度很自然，如同事情就真的是這樣一般，雅梅碟則帶著一種「怎麼可能」的表情，頓了幾秒才回答。

「……妳今天才剛回來，就很忙的樣子啊？」

喔嗚！我覺得他根本就心知肚明！他一定看穿什麼了吧！既然妳來了，我們可不可以聯手在城門把他滅口？先下手為強啊！

范統心裡毫無秩序地吶喊著一些亂七八糟的東西，但什麼滅口之類的，也只是說著好玩的，他其實不太喜歡做這種事，因此，他還特別吵了一下在睡覺的噗哈哈哈。

『噗哈哈哈，醒一下啦！等等如果有事，你可不可以帶著我們逃走啊！』

『嗯？范統，你怎麼又要逃？你怎麼這麼弱啊？』

聽起來還真像「飯桶！你怎麼又要逃？你怎麼這麼弱啊？」……這也不是我願意的好嗎？打不過就逃啊，這不是世間的真理嗎？

『反正——反正，到底可不可以嘛！』

『快要死了再叫我。』

噗哈哈哈說完這句話，就把握睡眠時間不再理他了。

……我覺得你心中的順位，睡覺絕對是第一名。

無奈地確認這一點後，范統只好靜候事情發展。

「我剛回來當然很多事情要處理，難道還需要跟你報備？」

璧柔瞪大了眼睛，不客氣地說。她在西方城的形象跟東方城似乎不太一樣。

每個女人是不是都有很多張面孔啊？范統默默想著。

「妳無故失蹤，怠忽職守那麼久，現在回來理應先向陛下報備才——」

雅梅碟以不滿的語氣說到一半，忽然就停了下來，然後別開了臉。

「算了，我還有事，先離開了。」

他告別的話語來得也很突然，大家都不了解他到底在想什麼，但既然他要走，這裡也不會有人攔他。

危機好像度過了……？

「還愣在那裡做什麼？快點跟上。」

畢竟這裡還有別人在，璧柔跟他們說話時，語氣便維持那種上對下的模式了。

經歷剛才的驚嚇後，范統還有點魂不守舍，一路上居民見到璧柔時行禮問好，他也渾渾噩噩地沒聽進去，直到他們抵達璧柔氣派的自宅時，范統才回神過來。

璧柔的宅邸上寫的東西不像西方城的城門那麼不明，上面明明白白地標了一個足以說明主人身分的詞——

劍衛府。

范統的事後補述

所以……璧柔在西方城的表面身分其實是那個從來沒出現過的鑽石劍衛嗎？

怎麼大家都有顯赫的真實身分？我都沒有啊！還有，公職原來可以這樣當的嗎？無故曠職那麼久，居然還沒有被免職？有沒有這麼好做的工作，有沒有這麼好賺的薪水，人比人真的會氣死人——

說起來我也算得天獨厚了，無論是在哪邊都有權貴照顧，其實……我好像應該知足？

總之，璧柔有錢有勢，所以我們至少可以吃好穿好睡好吧？

除了有點難以置信以外，其實這是個好消息耶，這代表我們需要應付的魔法劍衛少一個了，假少帝那邊的戰力減一！

但為什麼就不能滅掉比較厲害的呢……他們剩下來的幾乎都是金線三紋啊……

要作戰之前，就是該做好全盤的規畫，才能立於不敗之地。雖然由我這個人生充滿失敗的人來說這句話，好像有點沒說服力，但我覺得這是一句很實在的話，偶爾我們也該實行一下。

人家說擒賊先擒王，如果用璧柔魔法劍衛的身分做為掩護，不知道我們可不可以混進王宮去，跳過剩下那幾個魔法劍衛，直接做掉假少帝就大功告成？要是假的死了，那幾個效忠錯人的也就沒戲唱了吧，我覺得這是個好主意，應該比光明正大對決來得有勝算，適時的卑鄙是必要的，不曉得他們懂不懂這個道理……

幾個同伴裡面，我只能肯定硃砂懂這個道理。這樣想想還真有點悲哀，難道可以跟我汙穢的心靈有共鳴的就只有那個人妖嗎？唉，我只能說人長大了就無法繼續單純下去，想當年，我也是相信世界上都是好人的蠢孩子呢，人還是得幻滅過才會開始成長的，像我就是因為鄰居拿一條十顆售價二十元的糖果來賣我一顆五塊錢，我發現真相之後才對人性起了懷疑——

好了，辛苦跋涉到現在，可以要張床好好休息了吧？

呃，還要交代暉侍的事情？我都忘了……真是不饒人啊，答應了幫人完成遺願，拿了人家給的記憶跟能力就是麻煩，希望以後不會再遇到這種事情了，光是暉侍的部分，我就已經沒把握能完成了，要是再加上其他人的，我這輩子恐怕真的得欠債欠到底了……

章之四

知己知彼，百戰百勝

『如果這是真的，我跟音打一百次就該贏一百次才對，但事實上沒這回事。』——綾侍

『如果這是真的，那個米重大概可以打贏很多人吧？』——硃砂

『糟、糟糕，那可能不用打就直接輸了……』——月退

『到底是誰比較不了解誰啊？』——那爾西

將人迎進府內後，璧柔直接把他們帶到裡面的廳房，讓所有的僕人退下後，她隨即拿下面罩透氣。

「呼，好累，要用這個身分出現就是這樣，感覺真拘束。」

這裡已經沒有外人了，他們想問什麼自然也可以問了。

「璧柔，你是三角劍衛？」

我還三角龍咧，這管不好的嘴巴實在是……詛咒居然還懂得鑽石是撲克牌的方塊圖型？我以為鑽石的反話應該是泥巴之類的啊。

「是鑽石——不，不對，你又在說反話，真是的，差點上當。」

上當又怎麼樣呢？只不過是多澄清一次而已，也沒花多少口水吧？

「這麼沒責任感居然可以身居高位，妳是靠關係得來的職位吧？」

硃砂一開口就是毫不給面子的話，璧柔不由得臉上一熱。

「我至少有魔法劍衛的實力，才、才不是靠關係當上的，我好歹也有參加選拔考試，所以宮裡那群人不曉得我就是愛菲羅爾，這點你們可以放心。」

對於璧柔的職務，范統已經不想發表任何感想了，這時候落井下石搞不好會讓對方惱羞成怒，講好話又可能變成難聽話，保持沉默才是保身之道。

「在我家可以安心，僕人不多，都是自己人，不必怕他們會告密。」

都是自己人……那妳為什麼要叫他們出去？

這邏輯有點矛盾啊，好吧，我姑且當作妳覺得人少比較自在好了。

「你們一路過來這裡還順利吧？怎麼會在門口撞見雅梅碟，害我還緊張了一下。」

大家一坐下來，璧柔便趕緊確認分別之後發生了什麼事了，由硃砂簡單交代後，她臉色便嚴肅了起來。

「看來還是小心一點比較好，要是被盯上就麻煩了，那傢伙很擁護皇帝，但是又真假不辨，實在很糟糕。」

這裡四個人，對雅梅碟比較有認知的可能就只有璧柔了，月退這個足不出戶的皇帝，以前根本跟魔法劍衛們連見都沒見過。

「范統，你現在可以解釋你看得懂西方城文字的事情了嗎？」

硃砂同學，妳還真是窮追不捨，感謝妳一直提醒，我想忘都忘不了啊。

由於要解釋事情，范統便跟璧柔討了紙筆。西方城當然是沒有毛筆的，但用蘸墨水的硬筆寫字，范統倒也不會不擅長，花了一整張紙的篇幅後，他總算把事情大概交代了一遍，然後給他們傳閱。

「范統，你是故意只想寫給璧柔看才用西方城文字的嗎？」

硃砂拿過來一看，馬上冷眼看他。她跟月退都看不懂西方城的文字，說明用西方城的文字寫，的確只有璧柔看得懂。

啊！糟糕！一定又是暉侍上身！真是的，暉侍你明明在東方城待比較多年，為什麼要害我下意識用西方城的文字書寫啊！

「裡面有什麼祕密不能給我們看嗎？」

月退也覺得自己好像被排擠了，畢竟，他才剛說過自己看不懂西方城文字沒有多久。

不是！不是啊！不要誤會！

范統迫不得已，只好在璧柔讀那張紙的期間，又抽一張紙出來，以東方城文字說明前因後果。

不過，他才剛寫完，璧柔也看完了，於是他只好把那張紙再交出去，然後安靜地等待璧柔跟他們說明狀況。

「暉侍……你遇過暉侍？所以，他真的死了？」

月退的語氣，顯示他似乎不太希望這是真的，范統則無奈地點點頭。

「我不是都沒寫上去嗎？就是那樣了。」

人很奇怪，總是喜歡對已經寫出來的事情提出疑問，明明已經寫得很清楚了，還是要再問一次得到親口確認才信一樣，范統覺得這點還挺累人的。

「你得到了暉侍的能力跟記憶，所以你現在豈不是有淺黑色流蘇的實力？」

硃砂比較注意的是這部分，她對暉侍這個人沒什麼興趣。

「照理說應該不是這樣沒錯。」

「真的嗎？范統，我們找個空地試試看。」

原本還在關注暉侍下落的月退，立即就興奮起來了，想來暉侍也不是他認識的人，所以在他心裡完全比不上跟范統有關的事情。

「試……試試看？你想做什麼，你要怎麼試啊？」

范統一聽，臉上立刻露出驚恐的神情，只要想到死在月退手下那些高階魔獸，他就覺得胃痛。

「只是看看招式而已，我也可以教教你具體的劍術使用跟怎麼改進啊，璧柔，這裡有可以活動的空地嗎？」

「有啊，我家有練習室，我帶你們過去吧。」

璧柔正要帶路，硃砂卻有別的意見。

「我對范統的劍術沒什麼興趣，我想沐浴更衣，有乾淨的衣服嗎？」

「噢……我拿我的衣服給妳好了，我請人帶妳去浴室，等一下再拿衣服過去給妳。」

她雖然也想親自招待每個客人，但分身乏術的時候，還是有先後順序的。

硃砂對這樣的安排沒有任何意見，於是，他們便先分開行動了。

一個魔法劍衛的家中，練習用的劍可說是常備物品，儘管璧柔幾乎沒怎麼踏入過自家的練習室，但這些東西還是準備著，今天剛好可以派上用場。

對范統跟月退來說，這樣很方便，可惜在開始之前，范統還得經歷一段有點艱辛的溝通。

『范統！你居然不用我，要去用那種爛東西！』

噗哈哈哈的語氣顯得氣憤難當，完全無法接受自己的主人要捨自己去用那種連壞掉的武器都稱不上的東西。

『噗哈哈哈，你冷靜一點，我們只是要練習，為了避免誤傷，當然不該拿火力強大的武器……』

『就算是練習，也要全力以赴啊！藉口！你就是愛找藉口！』

喂喂，你也太認真嚴肅了啊？如果兩個人都全力以赴，死的人可是我喔！不要陷害你主人，乖一點，聽話一點啦！

『你如果不想用我，買我做什麼！』

等一下，怎麼跳到這麼嚴肅的話題了？而且，當初買下你的原因你不是也知道了，就是我被珞侍陰了啊，你一定要重提這傷心往事嗎？你自己不也很討厭這一段？

月退還在旁邊等他們溝通完畢，范統只好繼續努力。

『那個……我們不必談論這個吧？主要是，現在要練習的是劍術，既然是劍術，總得使用劍才能練啊，這也是沒辦法的事，你就體諒一下嘛。』

『你瞧不起我！』

『慢著，這跟瞧不起你有什麼關係啊？』

范統覺得頭痛極了，本來要跟月退對練就已經有點頭痛，現在噗哈哈還不可理喻，他簡直不知道該如何是好。

『我真的對你沒有任何不滿，我只是現在需要用劍而已，你不要想太多啦……』

『真的是這樣嗎？』

噗哈哈的語氣裡流露著濃濃的懷疑，大概是因為被耍過太多次了。

『真的！我用我的人格跟你保證！』

只是不知道我的人格現在還值幾個錢就是了。

范統說完這句話後，被他放置在桌上的噗哈哈突然一閃，范統所看到的模樣就出現了變化，他不由得揉了揉眼睛，一揉、再揉……

『你總不至於又要生出什麼不能用的新藉口來了吧？』

噗哈哈聲音中還帶點不確定性，但那已經不是范統現在關注的重點了。

他變成了一把劍。

范統差點就忘記精神溝通直接用自己的嘴巴叫出來了，不過由於過度震驚，腦袋一片空白，所以儘管他張大了嘴巴，還是沒喊出半點聲音來。

璧柔已經給硃砂送衣服去了，沒看到這一幕，有幸成為目擊者之一的月退也十分驚奇。

「范統……你的武器真是讓人充滿驚喜耶。」

可以轉換自身型態的武器，連聽都沒聽說過，而且看起來似乎是「真的」變成了一把劍，而非視覺幻象。

從原本柔軟的毛跟硬質柄的部分，要如何轉化為劍體，這物質的變換讓人完全無法理解，怎麼想都無法想出一個合理的法則來，但這個世界本來就充滿了不可思議，拂塵的組成成分要如何變成劍，還是不要計較太多比較好。

『你你你……你居然可以變成劍？』

怎麼不早說啊！為什麼不早說啦！害我還為我必須一輩子拿拂塵痛苦了好久——

『你該不會要說出你比較喜歡希克艾斯還是天羅炎的造型之類的話吧？雖然不是辦不到，但你要是說出那種話，本拂塵可是會生氣的，先警告你。』

噗哈哈難得好心先提醒他自己的地雷，可能他自己也不想繼續生氣下去了。

你現在明明是一把劍，還本拂塵個頭啊！有夠不搭調！不過，我到底是走了什麼狗屎運才買到一把萬用武器？當初那價格真的太便宜啦！就算是五萬串錢只怕也是值得的，五萬串錢可以買到跟天羅炎、希克艾斯差不多的武器的話，一定一大堆人搶著買！很多人不是沒有錢，只是買不到好東西啊！

『為什麼都不回答我，你到底想怎麼樣啦？』

噗哈哈抱怨後，范統這才發現他因為都在想事情，沒有用精神溝通回答他，連忙彌補。

『抱、抱歉，我只是太吃驚了……』

『吃驚什麼？以前不是就用過了？』

什麼用過？誰跟你用過？啊！難道是你抽我記憶那時候……難怪屍體上有銳利的傷痕！原來你抽的是暉侍的記憶，然後又變成了劍，結果我清醒的時候根本都沒看到啊！你有必要這麼快就變回去嗎！害我誤會你誤會到現在！

無論如何，問題看起來都解決了，所以范統便拿起了他面前這把模樣很正常的劍。噗哈哈大概不太喜歡花俏的德性，即使變成劍，也沒特別把自己變得華麗一點，外觀十分普通。

「你們好了？可以開始了嗎？」

月退見他拿起了武器，便這麼判斷，范統硬著頭皮點點頭後，月退也用沒受傷的左手，隨便挑了一把練習劍握起。

「好，那我們來吧。」

不知道為什麼，月退那抹可說是興致勃勃的微笑，明明很好看，卻讓范統不寒而慄了起來。

璧柔在將衣服拿給硃砂後，又去忙了一些家裡的事情才回來，所以，當她回來後，這邊已經是尾聲了。

和月退的氣定神閒比起來，范統顯得有點狼狽，雖然是沒有鋒利度可言的練習劍，加上月退根本沒用什麼勁力，但范統的衣服還是破了幾個口子，只是，至少沒受什麼傷，以結果來說，還是不錯的。

「暉侍還真的將能力都給了你啊，連內勁都可以用了，要是你平常也習慣隨時運作著，對防身絕對有很大的幫助。」

月退已經放下了劍，開始分析講評了，范統則還在使用自己不上手的能力後的虛脫中，而噗哈哈哈判定現場的戰鬥氣氛已經消散，便做出了決定。

『范統，已經結束了吧？那我要變回去了喔。』

噗哈哈哈說著，也不等他回應，就自己變回原本的樣子了。

望著手上的拂塵，范統一陣無語。

你……你就這麼喜歡當拂塵嗎？你一點也不覺得其他武器的造型比較好看嗎？雖然以自己的品種為傲也不能說不對……

「所以……我用得還不行嗎？」

我想問的是我劍術還行嗎……從月退口中說出來的一定準，我想知道我的水準啊，萬一暉侍傳給我的劍術，到了我手裡根本不能看，那他可能會無法瞑目吧？

「還不錯，暉侍的確有淺黑色流蘇的水準，我想你只要多熟悉幾次，就能夠發揮出應有的實力了。」

月退在談到自己熟知的事物時，神態和平常是不一樣的，那副自然流露出自信的從容模樣，與平常那個含蓄內向的少年真的有很大的差別。

唔，月退，你一直維持這個樣子比較好啦，整個人的氣場都不同了呢，平常的氣場就比較灰暗，也容易吸引不好的東西，以我專業的眼光看來，你必須從裡到外改變，才能跟著改運啊。

「月退，我覺得你現在的神態很糟糕。」

范統想到什麼就隨口說了出來，月退則是因為話題忽然轉變而愣了一下。

「呃？」

「我是說，像現在就很糟糕嘛，不會畏畏縮縮的，有種綻放光芒的感覺，你應該試著用這種態度跟硃砂說話看看，我覺得這樣比較能建立不平等的關係。」

我懶得解釋了，反正你聽得懂就好。如果是現在的樣子，搞不好就壓得過硃砂的氣勢了，不覺得很心動嗎？以前我也這麼說過，你就不考慮一下，這次至少試試看嘛。

「唔，真的是這樣嗎？」

月退還在懷疑，正好說人人到，沐浴完的硃砂也出現了。

「硃砂，妳好了啊？衣服可以穿嗎？」

璧柔率先跟硃砂打了招呼，聽了她問的問題後，硃砂皺了皺眉頭。

「胸口太緊。」

……

別、別這麼直接讓我們知道妳們胸圍的差距啊！顧慮一下旁邊還有男人吧——啊，我忘了妳是人妖，根本無所顧忌……

聽了硃砂的感想後，璧柔的笑容有點僵住，大部分的女人大概都無法不介意這種事情，而月退則是聽不懂的那種人，范統乾脆低聲地繼續鼓吹他剛才的事。

「剛好啊，人也走了，你就試著用剛剛的態度對她說點什麼嘛？」

他純粹只是想看看會有什麼效果，月退也沒有排斥這個建議，思考了幾秒後，他看向硃砂，自然地露出微笑。

「硃砂，妳穿這樣挺好看的。」

咦？等一下，我不是叫你稱讚她……

而硃砂在與他眼神對上，面對面這麼聽他說了這句話後，居然一反常態地臉紅了。

——我看到什麼百年一次的奇景了嗎！妳這個成天想吃人家豆腐，整個想把人家生吞活剝的人妖居然會露出這種清純羞澀的少女才有的表情！事到如今誰會相信啊！用妳之前那不斷倒貼的表現來看一點說服力也沒有啊！

范統覺得自己現在的表情一定很像看到鬼，月退也因為這意想不到的效果而慌張地回頭質問范統。

「范統！這跟你說的不一樣！」

雖然語氣有點重，但他還是記得要低聲說的。

「我只是叫你跟她說幾句話，我沒叫你把她啊！」

冤枉啊，哪是我的錯，稱讚一個剛出浴的少女姿色動人，分明就是對她有意思吧？還有，你又破功啦！鎮定！恢復成剛才從容自信的樣子，不然鎮不住母老虎啊！

「我挑的衣服當然好看嘛。」

璧柔逃避了胸圍的問題，將話題帶往衣服的方向。

「是啊是啊，不好看的是衣服。」

范統想幫忙帶開話題，但在反話效果下好像是在反駁璧柔的話一樣。

可惡，我絕對不會承認臉紅的樣子讓人有點心動的！唉，男人真是可悲，常常被美好的表象觸動，這樣是不行的啊……月退，你要是真有那個意思，我可以免費幫你們看八字喔——不過我看你多半也不曉得自己的出生時辰，當我沒說過吧。

「月退……」

硃砂才剛開口喊出名字，月退就當機立斷地打斷了她的話。

「我們！剛、剛練劍完也流了汗，覺得有點不太舒服，所以也想淋浴一下！」

喂喂，自己惹的禍不打算承擔嗎？你還是不是個男人啊？

「浴室嗎？我幫你們準備的房間裡都有，剛剛來的路上房間指給你們看過了……」

璧柔善解人意地做了答覆，月退便立即抓著范統的手逃離現場。

「那我們先去洗澡了，謝謝！」

你要去洗澡抓我做什麼？為什麼洗澡也要抓著我一起行動啊！我們並沒有要一起洗吧！喂！

范統固然不太甘願被拉著走，但此刻他也沒有抽回自己手的能耐，只能認命了。

被丟下來的硃砂挑了挑眉，等月退跟范統走了以後，她看向璧柔，唇角上揚。

「月退的房間在哪裡？」

明明對方的實力連金線都還搆不到邊，璧柔卻覺得自己陷入了賣主與否的絕境中。

離開練習室後，范統跟月退還是分別回自己房間了，淋浴雖然是逃走的藉口，但此時也真的有這個需要，月退進了浴室沖洗過後，才驚覺沒跟璧柔要衣服。

把脫下來的衣服再穿回去也沒什麼不可以，反正裡面換過就好，倒也沒到不能忍受的地步，只是——當他開門踏出浴室，發現想逃避的對象就坐在床邊時，那種驚恐真是難以言喻。

「硃砂，妳怎麼會在這裡？」

月退勉強克制縮回浴室鎖門的衝動，努力做出鎮定的樣子。范統說這樣才不會輕易被吞掉，他雖然半信半疑，也只能試試看再說了。

「我拿東西來給你。」

硃砂平靜地回答，月退則不解了起來。

「東西？」

他第一個反應是衣服。要是壁柔讓硃砂拿衣服來給他，他覺得這根本是種幸災樂禍的陷害，可能得好好溝通一番。

不過，硃砂手邊看起來沒有像是衣服的東西，那個小包裡面裝的應該不是。因為好奇的緣故，硃砂朝他招手，他便乖乖走過去坐到她旁邊了。

「來，給你，你的東西。」

硃砂從那個小包中掏出了一個物品遞給他，在看清楚是什麼後，月退頓時覺得心裡冒出了一種不知名的情感。

「啊，是這個……」

他伸手接了過來，一下子湧上內心的複雜情感，讓他不知道說什麼。

是他的萬花筒。范統在過年時送他的萬花筒。

「我們趕著離開東方城，匆匆忙忙的，來不及讓你收行李，我趕回去也只來得及抓幾樣東西，我看這個對你來說好像挺重要的，所以……」

硃砂在說明時，月退只靜靜聽著，然後點點頭。

他的確很重視這個東西。第一個朋友所送的第一個禮物，旋轉一下就可以變出各種絢麗圖案的神奇物品……本來以為就這麼遺落在東方城了，沒想到能再拿到手中，這也算是個意外的驚喜。

盯著萬花筒，他也回憶起在東方城度過的短暫時光，還有大家一起過年時夜晚的星空。彷彿都還是不久以前的事，卻已經不太可能再體驗那樣平靜無憂的日子了，這樣的感傷也許只有他自己才能明白，而這個萬花筒也象徵著那段他所珍視的時光。

「謝謝妳，硃砂。」

他說出口的道謝，是發自內心的。在發現什麼紀念性的物品都沒能帶走時，他也沮喪過，硃砂將萬花筒交給他，他所收到的其實不只是這個東西，還有包含在這個動作裡，對他的關心與體貼。

正因為明白這一點，他的心才會被這種無以名狀的感動填滿。一瞬間被觸動的情感，讓他也不知道該如何表達自己的謝意，面對著硃砂美麗的臉孔，他不由得伸手碰觸了她的手臂，順著滑向肩膀搭著。

說不出話的時候，想做點什麼的衝動總是會浮現，他其實也恍惚地不曉得接下來該做什麼，只是順應內心的想法去做。

「我……」

只是，在他還猶豫著要不要靠近，也還沒徵求同意前，房間的門就突然被打開了。

「恩格萊爾，我拿衣服過來，你比較喜歡東方服飾還是……咦？」

進入房間裡的是璧柔跟范統，在他們還沒看清楚房中兩人過於貼近的距離是怎麼回事時，月退就閃電般火速退開站了起來。

可想而知，少年那好不容易萌生出來的勇氣也瞬間蒸發得一乾二淨了。

「范統也洗好了啊？真快。」

月退那副慌亂中強裝沒事的模樣，實在破綻百出。

硃砂則是在無言地瞥向這兩個礙事者後，充滿不悅。

「嘖，又是范統。」

被點名的范統一臉無辜。

現在又是怎樣？躺著……不，路過也中槍啊？我壞了你們的好事嗎？不，你們之間可能有好事嗎？月退總不會沖個澡出來就轉性了吧？就算真壞了你們的好事，璧柔也有份，為什麼只怪我？

「我們一起過來看看狀況，順便提醒你們快要到用餐時間了，記得到餐廳去，恩格萊爾，這裡有幾套衣服，你挑挑看吧。」

璧柔將衣服攤在床上讓月退挑選，月退看來看去，面有難色。

「……還是東方城的服飾好了，這件比較類似我穿的……」

「你比較喜歡東方城的服飾啊？為什麼？西方城的衣服也有穿起來很舒適的啊。」

璧柔不太了解他選擇的理由，所以問了一句。

「我以前看不見，衣服都是僕人幫忙穿的，西方城的衣服我不曉得怎麼穿，東方城的衣服我也只學會穿我這種的……」

月退尷尬地說出了理由，這還真是大家沒想過的原因。

我還以為西方城的衣服你應該閉著眼睛也會穿咧！沒想到以前居然是給人服務著穿衣服的喔？

范統對最初見到月退，被問衣服怎麼穿時的事情仍印象深刻，看來月退回到西方城，什麼都得重新學起的樣子。

「那就沒什麼事了，換好衣服再過去餐廳吧，我們在餐廳等你們。」

這次璧柔就沒留下來幫他們帶路了，餐廳在哪裡，隨便問府內的人也知道。

對於要留下月退跟硃砂獨處，范統多少還是有點擔心，但這次月退沒看著他露出求救的眼神，所以他便半疑惑地跟璧柔走了。

「……好好的氣氛都被破壞掉了。」

房內只剩下月退跟自己，硃砂便出聲埋怨了，剛才那麼好的機會確實很難等到，而月退也只乾笑了一下。
「硃砂，我要換衣服……」
硃砂現在畢竟是女性體，月退很難不介意她的眼光，直接在她面前更衣。
「這樣就要趕我出去了？」
硃砂的聲音帶點委屈，月退頓時有點困窘。
「那是……」
「我本來還以為會被吻的——」
「我、我沒有！我沒有要做那種事，妳誤會了！」
強裝出來的鎮定就因為這麼一句話徹底崩解，月退急忙否認了自己曾有過的意圖，覺得臉像要燒起來似的。
「不然你本來想做什麼？」
硃砂眨了眨她靈動的眼睛，期待著月退的回答。
「……我去浴室更衣。」
既然人看起來一時半刻還請不出去，月退只能讓步，選擇別的解決方式了。
「你還沒回答我的問題呢，月退！」
「我也不知道答案啦！」
看著月退抓著衣服躲進浴室的身影，雖然沒有要到什麼理想的答覆，但硃砂還是不自覺地

笑了。

❀

自從來到幻世，范統一再發覺自己是個環境適應能力很強的人。

例如有人會認床認枕頭，換個地方就睡不好，他曾經也以為自己是這種人，但經過證實，他完全沒有這個問題。有人會挑食物的種類與烹煮方式、調味風格，但對他來說，只要是好吃的食物就沒有任何問題，各地的特色食物他都很有興趣——只要吃得起。

當然他也有偏好的食物，只是，吃不到特別喜歡的食物也不會死，他覺得這樣的自己生活著很方便，眼下這頓晚餐就頗令人滿意。

啊——人果然會在吃美食的時候感到幸福呢，不管有再多煩惱跟壓力，只要一吃美味的食物，那些事情感覺起來好像就不怎麼嚴重了，相較之下，在東方城只有公家糧食可以吃的時候，每天的生活彷彿都沒有什麼期待也沒什麼希望……

不過這頓晚餐還真是豐盛啊，放了這麼多我們根本吃不完的菜色，嗯，不管璧柔是小氣還是大方，至少可以肯定她不會給月退吃不好的，我們跟著月退就當是沾光吧，哈哈哈哈。

之前噗哈哈哈從神王殿拐帶來的食物雖然也很好吃，但逃亡中難免有點食不知味，現在是坐在明亮寬敞的餐廳裡吃飯，感覺當然不同，范統覺得食欲彷彿都增加了，雖然如此，大家都吃飽時，桌面上還是剩了一堆菜。

「從明天開始，我會先去到處打聽、了解現在城內的狀況，你們可以在府內自由活動，不過盡量不要外出。」

大家在喝餐後的茶休息時，璧柔這麼告訴他們。范統不由得抓了抓頭，提出了疑問。

「我們目前的目標跟走向，到底決定了沒啊？」

「不就是砍了那個殺人凶手，幫助恩格萊爾奪回皇位嗎？這還有什麼好問的？」

璧柔一副理所當然的樣子，順便還看向月退徵求附和。

月退在呆滯了一下之後，勉強點了點頭。

「所以啦，我去偵察敵情，你們就待在家裡吧，恩格萊爾的右手不是需要靜養嗎？趁這個機會好好休息吧，范統跟硃砂有特別想做什麼嗎？」

雖然要把人放在家裡，璧柔還是想了解他們會進行什麼樣的活動。

「鍛鍊武技。」

硃砂回答了一個很實在的答案。以她的個性來說，這個答案的可信度很高。

「喔……加強符咒的修練跟熟悉劍術吧。」

當范統說出這句話時，大家不約而同以奇怪的眼神看向了他。

做、做什麼啦！我難得沒說出反話，你們也不用這樣看我吧！

「范統，其實你這句話是反話吧？」

第一個提出質疑的是璧柔，范統頓時不知道該做什麼表情。

「什麼嘛！你們為什麼都不相信我！我也不想幫上月退的忙啊！如果我還是那種半吊子的水準，根本什麼忙都幫得上，好像只是被帶來當吉祥物的，這樣感覺很好耶！」

我的反話還是一樣讓人絕望，這種輪迴到底什麼時候才會停止啊……

「看不出來你這個好吃懶做的傢伙也會想幫忙。」

硃砂大概幾乎沒給過范統正面的評價，月退則顯然有點開心。

「有上進心很好啊，其實也不必真的幫我什麼，只要有這份心意就夠了，不過，增進自己的實力是該做的事情，有天賦跟機緣，放著不理就浪費了。」

喔喔喔！月退，你果然對我很好，但這樣會讓我更慚愧啊！

「但這裡是西方城，你要修符咒，不就只能自修？恐怕找不到人教你耶。」

璧柔的憂慮范統也想過。如果是術法，還可以請教月退，符咒的話……這裡恐怕就真的沒有人可以指點了。

「沒關係啦，我不會自己努力的。」

哼，詛咒你就繼續陰我吧，我已經不會為了這點小錯誤失態或者激動了。

『范統，你要練符咒啊？』

這種時候突然聽到噗哈哈哈講話，真的會讓人嚇一跳。

『對啊，兩張符一起扔，之前也有一點效果了，我想讓穩定度高一點，可惜這裡是西方城，想學高級一點的符咒也不知道能去哪學……』

『范統，你如果想學符咒，我可以當你的老師喔。』

喔，這樣啊，心領了……慢著，你說什麼！

范統激動地把噗哈哈哈拿了起來，讓原本正盯著他的三個人都不太明白是怎麼回事。

『范統，你握那麼大力做什麼，會不舒服……』

『我只是對我可能成為符咒大師的未來充滿希望啊！噗哈哈哈你的符咒水準一定超強的吧？有你教的話我的修行就有指望啦！』

『嗯哼，這話還算可以聽，本拂塵覺得感覺還不錯。』

『那就拜託你了！』

私下達成協議後，范統興奮地跟身邊的同伴報告這個消息。

「我有學生了！」

老師啦！是老師啦！等一下噗哈哈哈又跟我鬧，我可吃不消……

「哪裡突然冒出一個老師來……啊，該不會是噗哈哈哈吧？」

月退問到一半就自己想到答案了，范統也連忙點頭。

「你的術法也是天羅炎教的吧？所以我想我讓噗哈哈哈教應該很有問題。」

我是說沒有問題。至少我就看不出月退的術法有任何問題。

「沒有問題嗎……其實也……」

月退欲言又止地眼神飄忽了起來，見他這種態度，范統不由得一陣緊張。

「總覺得聽起來不太保險呢。」

璧柔跟著露出了憂心的表情。

「你確定拂塵使用符咒的方法跟人類相通？你確定他教你的感覺你真的能領悟？」

硃砂又在旁邊落井下石了，而范統也確實被這顆石頭砸中。

噢！不要瞬間毀滅我才剛建立起來的信心與願景！你們是這樣打擊一個立志向上的好青年的嗎？就不能說點鼓勵的話嗎——

「我忽然想到一個點子！」

璧柔好像突然靈機一動，就這麼擱置了范統要跟噗哈哈學符咒的話題。

「近距離見一見我們的敵人，應該有助於了解敵情，不如你們假扮成我的隨從，跟我一起進宮見那個假少帝吧！」

……啊？什麼？

這是什麼亂來的主意啊？不要這麼認真啊！女人！

范統的事後補述

呵呵呵，哈哈哈哈哈。

唔，我一定要用這種古怪的笑聲當作開場白嗎？這樣感覺起來好像我很弱智一樣，形象還是要維持啊，就算嘴巴治不好，氣質顧一顧，少說話，說不定還是有吸引女人的本錢的，我一定要深謀遠慮好好規劃，為了我未來的幸福著想……

我們真的還有未來嗎？在壁柔那有勇無謀的計畫下，我們真的還可能有未來嗎？就這麼毫無準備地跑去敵人的大本營，根本是給人家甕中抓鱉的吧？其實我們進去了就別想出來了吧？我不要啊！

妳到底是基於什麼理由覺得這是個好主意的……我不能理解妳的思考啊！還是妳覺得反正妳是殺也殺不死的護甲，就算情況再怎麼險峻，妳也還有帶著主人逃命的餘力，至於其他人怎麼樣就無所謂了——是這樣嗎？快告訴我是這樣嗎！把話說清楚好讓我決定我們要不要散夥各走各的啊！

可惡，我知道我們根本就不可能散夥啦，人生地不熟，在這裡沒有人依靠，跑出去我是能去哪裡啊，簡直像跟壁柔簽了賣身契一樣，然後再被美味的食物灌飽，養豬計畫，豬養肥了就可以宰了，然後……不，我還是停止這無意義的胡思亂想好了，這對現在的處境沒有半點幫助啊——

雖然我對參觀西方城的皇宮的確有點興趣，但並不是這種躲躲藏藏的方式好嗎？如果可以，我還是想跟恢復皇帝身分的月退一起風風光光地走進去啊，這樣我還能很驕傲地跟人說我東方城跟西方城的皇宮都去過了……可是，仔細想想，我好像也沒結交到能讓我說一說炫耀的對象，況且我這張嘴又能跟誰說呢？米重嗎？

噢，不，都來到西方城了，就別再想起那個讓我不舒服的人啦，都是璧柔的提議太驚悚，害我連先前練劍被月退用毫無勁力的劍慘電的事情都沒辦法在意了……

總而言之，姑娘您行行好，這提議就當作沒說過行不行啊？

章之五

賣身契不可以亂簽，婚約也不可以亂訂

『我真是無法向一個瞎子要求選女人的眼光。』——那爾西

『對不起……』——月退

『你道歉什麼！為什麼要道歉！你的立場呢！還有我的立場呢——！』——璧柔

璧柔在提出這個建議時固然是很興奮的，但在她說出口後，餐廳的氣氛整個就冷了下來。

「嗯？怎麼了？你們為什麼都不說話？」

問出這句話的她顯然沒發現問題所在，這裡最有發言地位的月退只好說話了。

「這樣……可能不太好吧？」

「咦？為什麼？我覺得應該很有趣啊！」

只是因為很有趣嗎！就只是因為很有趣嗎！只是因為很有趣就可以無視我們人身安全的問題嗎？妳是不是跟音侍大人在一起久了，腦袋也被他感染啦！近墨者黑，拜託妳再去找一個有正常腦袋的人親近好嗎！

不對，武器跟護甲變成人形後，到底有沒有器官跟腦袋，實在是不可解的謎題，或許我該降低標準，請妳找個有長腦袋的人相處就好？別再率性妄為增加大家的困擾了可以嗎？

儘管我之前也有過讓妳帶我們進王宮突襲假少帝的蠢念頭，但那基本上是我想來娛樂自己的，而妳卻真的把它說出口——而且我們也不是要去突襲，只是要去看看而已？

范統覺得整個人都疲憊了，很想直接癱到桌子上去。

「到底是哪裡有趣……」

月退苦著臉看向旁邊，似乎難以用強硬的話語潑她冷水。

「反正我回來本來就該去跟『少帝』報備一聲，交代這陣子去了哪裡，你們就順便跟我一起進宮去嘛！」

璧柔沒有因為這樣就放棄，像是打從心裡覺得這麼做很棒一樣。

「我也覺得挺有趣的。」

沒想到硃砂居然也補了這麼一句話。

硃砂，妳在想什麼？妳怎麼可能會贊同璧柔的話？還是女人在某方面會有共通觀點？如果妳現在變回男性體，會不會馬上就駁斥自己說過的話了？

范統覺得自己已經無法理解這個世界與身邊的人了，他也覺得放棄理解可能會比較輕鬆一點。

「有人可以跟我解釋一下哪裡有趣嗎？」

月退悶悶地問著，同時眼光飄向了范統。

不要看我啊！看我做什麼，有趣又不是我說的，在場除了你以外的人，就只有我覺得不有趣而已，你怎能期待我有辦法解釋給你聽！我跟你是同一國的，正在等待她們說明清楚啊！

「觀察敵人是應該做的事，如果能有以不起眼的身分從旁觀察其平時姿態的機會，我覺得不可放過。」

硃砂總算稍作了解釋，似乎十分在意這個敵人的樣子。

怎麼，妳這麼積極想為月退復仇啊？苦主都還沒說話呢。

「觀察他？妳對他有興趣？」

月退切入問題的點有點微妙，硃砂也點點頭。

「的確有點興趣，很想親眼瞧瞧。」

妳這興趣到底從何而起？為什麼聽起來不像是要幫人復仇的語氣？

「妳到底是基於什麼目的想觀察他，不，妳到底把他當成什麼啊？」

月退這問題依然問得很奇怪，硃砂則回答得毫不猶豫。

「不就是跟范統差不多的存在嗎？」

給我慢著！這句話又是什麼意思啊！我跟那個喪心病狂殺人魔有什麼差不多的共通性？這是嚴重的汙衊！他是殺了月退，我是差點被月退殺掉，到底哪裡差不多了啊！差不多都是男的嗎！

啊……那傢伙好像是暉侍的弟弟。這麼說來，暉侍還交代我要跟他說對不起……我為什麼要跟他說對不起啊！我只想叫他去死不行嗎！看起來是最好完成的一個遺願，卻讓人完全不想去做，怎麼會這麼難搞——

「哪裡差不多了啊？那傢伙至少長得很帥啊。」

璧柔這句話一點也沒安慰到范統。

我不該對妳這個以貌取人的女人抱持任何期望的。在妳眼裡我跟那個假少帝的決定性不同居然只有臉嗎！而且我還比他差！我情何以堪！

「明明就完全不一樣，不要拿他們兩個人來比啦……」

月退的話總算讓范統聽得順耳一點，只是他的聲音有點虛弱。

我覺得你應該用更堅定有魄力的語氣強調我跟他的不同啊，該強勢的時候就該強勢嘛！

「好啦，反正我們明天就一起去吧，大家就當作去玩就好了，放鬆心情啦。」

不管璧柔說得再輕鬆，范統也難以放下心來，月退一樣面有難色，但他終究沒說什麼，璧柔便當作他默許了，接著，眾人便解散，回房睡覺去。

算了，事情怎麼樣都好，先安穩睡過今晚再說啦。柔軟的床鋪我來了！今天終於不必睡在野外或者鳥背上啦！睡覺也是人生最幸福的幾件事之一，呀呼！

月退怎麼開了他房間的門之後就一直呆站在門口啊？嘴裡還一直唸什麼……「沒有上下鋪」？你懷念那麼狹窄難睡的床？有必要這樣嗎？

「范統……」

喂喂喂，不要看過來，你想做什麼？我可是打定主意要獨享那張大床的！別想動搖我！

「你……現在想睡嗎？」

唔？

這倒是個我預料之外的問題，這種開頭，接下來會問什麼呢？

「還好。」

「我現在沒什麼睡意，你如果有空的話，我能不能拜託你一件事？」

講得這麼慎重其事……又是什麼事情了啊？

「不可以啊，不要說。」

我是要你說說看啦，事到如今，你還有什麼需要拜託我的事情……

「每天睡覺前的時間……可以教我寫字嗎？」

啥？什麼寫字？

看范統露出一臉不明白的表情，月退只好進一步解釋。

「就是，西方城的文字……我都看不懂也不會寫，這樣是不行的，我覺得還是早日學會比較好，當然我也知道需要時間……如果覺得麻煩就拒絕我沒有關係，我想我遲早還是有機會學的。」

哇，我要教西方城的皇帝寫西方城的字！那我豈不是成了皇帝的老師？雖然以前就教過東方城的字了——怎麼在東方城時也學寫字，到了西方城還是在學寫字啊？

「沒問題啊，才不會很輕鬆呢，你想多了。」

范統講出的反話還是會讓他有點懊惱，不過用行動來說明就可以了，他當即快速開門從房裡拿了璧柔給他的多餘紙張，再出來走向月退，接著便打算進他房間教他西方城的文字了。

「你們不睡覺是要做什麼？」

硃砂為了拿別的替換衣物，去了璧柔房間一趟，回來的路上剛好經過這裡，便皺著眉頭朝正要進房的兩人發問了。

「范統要教我西方城的字。」

這個問題沒什麼不能回答的，月退立即就給了她答案。

「你們該不會又要趴在床上練字了吧？」

大概是之前的事情印象深刻，硃砂的神情帶了點質疑。

神經病啊！有桌子誰要在床上寫字！而且那次是月退沒搞懂我在說什麼才造成的誤會好嗎！不要以為那是常態！講得好像我們很愛在床上寫字一樣……

「范統，床上用硬筆寫字可能真的有點難寫……」

月退居然還為難地朝他看過來，彷彿想委婉地勸他不要選床上似的。

為什麼連你也誤會我喜歡在床上寫字啊！我的人格到底出了什麼問題讓你們如此誤解——

「我們有要在床上寫字，桌子不好用得多，為什麼要用桌子？」

啊嘎嘎嘎！就算知道他們可能聽得出這是反話，親耳聽到自己說出要在床上寫字的感覺還是很差啊！

「硃砂，晚安。」

月退擠出一絲笑容跟硃砂說了晚安，把范統推進房裡，然後就關上了門，應該是不想再糾纏下去了。

「唉，話總是說得很好，感覺心情真是棒透了，還是話說多一點好了，沒事也要講話。」

一段話裡面被顛倒這麼多詞，真是讓我不知道該說什麼……

「不要因為詛咒的事情沮喪嘛，范統。如果因為怕講錯話就不講話，那你不就只能跟噗哈哈交談了？就算講了反話也沒關係，我都會仔細聽的。」

月退很努力地安慰他，他想了想，才稍微釋懷了些。

也是啦，這不就跟怕出車禍就不出門一樣嗎？雖然拿車禍來比喻的話，我出車禍的機率是百分之九十，還是不要出門比較好，可是如果我一直不說話，詛咒永遠不會解除啊，到底要講多少句才夠啊？

「沒事的話就開始吧，嗯，就先從月退這兩個字結束教起好了，雖然這應該不算是東方城的字，但在西方城的文字裡也有代換的文字……」

范統本來就不太懂語文應該從何教起，以前在東方城的時候他就是隨性亂教的，現在當然也不會有所改變。

「噢，腿啊……」

月退聽了范統的話後恍神了一下。

「什麼？」

范統沒聽清楚他說什麼，所以問了一句。

「沒什麼，那就開始吧，唉。」

既然沒什麼，那你又嘆什麼氣啊？你如果對學習有疑問就該說出口吧？

范統就這麼抱著淡淡的疑惑，開始教他西方城的文字了。

活了二十幾年才發現自己幾乎沒什麼朋友，是一件很哀傷的事情，雅梅碟此刻正在體會這種心情。

雖然也不到「目前為止的人生都白活了」的地步，不過，想要商量事情時總是不知不覺跑到伊耶的家來，還來到這裡才想起對方揚言不再管他了，但臨時要想出另一個可以商量事情的對象，他卻發現自己想不出來——也因此，他現在才會站在人家家門口，反省著過去二十幾年來的交友情況與人際關係，而在他不把心中只有皇帝、為了忠君可以付出一切這一點當作是問題的前提下，自然是反省不出什麼來的，可惜這裡也沒有人能夠提醒他。

伊耶現在已經解職了，不過，門口的劍衛府文字尚未拿掉，他的地位似乎也依舊高高在上，沒有人敢來招惹他，以他現有的家產，不必特地再去哪裡任職，也可以過著很好的生活，僕人照樣請得起，因此，門口那個長年顧門的門房當然也還在。

就算不認得紅心劍衛，雅梅碟都來過多少次了，門房要不認得也難，這種客人在門口徘徊許久卻不靠近的情況相當詭異，所以在通報伊耶後，他便過去邀請雅梅碟進去了。

雅梅碟在帶著複雜的心情進屋後，隨即在大廳內見到了看起來明顯情緒不佳的伊耶，於是他就愣愣地出聲詢問了。

「伊耶，你請我進來做什麼？」

「是誰在別人家門口徘徊了四十五分鐘不離開啊！一進來還問這種話，是我該問你想做什麼才對吧！」

伊耶在他開口問完第一個問題後立即就爆發了，不管是什麼情況下，雅梅碟似乎都能輕易激起他的怒氣。

「因為我以為你不想理我了，所以不知道該不該登門造訪——」

雅梅碟試圖解釋自己奇怪的舉動，伊耶則沒有聽完的耐心就直接打斷他的話。

「你所謂的有沒有登門只是有沒有請人通知要拜訪的差別嗎！要猶豫不會在家裡猶豫完啊！直接過來之後在別人家門口猶豫，你當這裡是公共廣場嗎？看了很礙眼！」

伊耶劈頭罵了一大串後，雅梅碟居然還認真跟他研究了起來。

「所謂看了礙眼，也要有看到才算數吧，你不是待在屋子裡嗎？那我在外面繞圈圈煩惱你應該也看不到才是……」

「夠了！有話快說，你到底來做什麼的？」

至少伊耶還肯聽他說話，雅梅碟這才想起本來的目的，急切地說了起來。

「伊耶，月璧柔回來了。」

「那又怎麼樣？你著急什麼？難道你欠她錢嗎？」

伊耶對這個消息一點興趣也沒有，回來一個魔法劍衛，不算是什麼大消息。

「不是，她收留了幾個新生居民，我覺得他們應該是夜止來的，其中一個我有印象，然後有一個身上施了讓人無法看清楚容貌的暗示，我在想、我在想，他會不會是──」

「是？」

伊耶冷笑了一聲，彷彿這件事也一樣勾不起他的興趣。

「這有什麼好煩惱的嗎，你要忠於那個少帝，夜止的新生居民混進西方城，你就據實報給他知道就好了，看要帶兵包抄圍剿還是怎樣，都遵奉他的意思啊？聽從他的命令就可以了，這樣不是很輕鬆嗎？有什麼好苦惱的？」

聽了伊耶的話後，雅梅碟一下子作聲不得，略帶混亂地接著說了下去。

「可是，我……」

「你搞不清楚哪一個是真的，所以不知道該怎麼做？難道你覺得我就會知道嗎？我告訴你怎麼做，你就會按照我的話行動？」

伊耶問的問題，讓雅梅碟不知道該怎麼回答。也許他只是想找人說一說這件事，並不覺得這樣就能找出自己行動的方向，但這種近似撒嬌的行為，本來就不適合找這個對象進行。

「明明就已經懷疑他了不是嗎？哼，他們遲早會對上的，到時候你就繼續搖擺不定吧。」

他彷彿已經決定置身事外，對所有事情袖手旁觀，然後冷嘲熱諷這些局中的人。

「事情不管變成怎麼樣，你真的都無所謂嗎？」

雅梅碟雖然立場很混亂，但對伊耶這種態度還是很不認同的。

「我對像傻子一樣在裡面攪和一點興趣也沒有，被人耍弄是我最討厭的事情之一，無能到被人做掉的王也沒有讓我主動追隨賣命的價值，況且，我已經不是魔法劍衛了，你該不會忘記這件事了吧？」

伊耶以嫌惡的語氣回答了這個問題，從他話語中的說法看來，他根本就已經認定誰是真的了，只是就算如此，他也什麼都不想做。

「還有事嗎？」

他不耐煩的語氣透露出趕人的意思，雅梅碟在頓了一下之後，沮喪地搖了搖頭。

既然沒事，他當然就被請出去了，伊耶沒叫他快滾已經很客氣了，離開伊耶的府邸時，雅梅碟覺得心裡的煩惱一點也沒有解決。

如果他是宮裡那位陛下忠實的臣子，他就該在發現可疑人物的第一時間前往聖西羅宮通報，讓宮廷那邊有充裕的時間可以商討對策……

可是在經歷這麼多事情之後，他實在無法視之為理所當然的行為，毫不猶豫就這麼做。

就算去跟被月璧柔收留的那名少年接觸，他也無法從這種迷惘中解脫的。

最後，他發現自己也許也只能跟伊耶一樣，什麼事都不做，就這麼等待西方城即將到來的變動。

❀

吃早餐的時候，餐桌上的一片低氣壓，范統完全感覺得出來。

噢，對啦，我們今天要去敵軍的大本營，不過也不用這麼死氣沉沉的吧？月退，我就是在說你啦，不好的氣氛都是從你那裡散發出來的，昨晚沒睡好嗎？

想到昨天教字教到後來，心念一動問月退有沒有想學的字時，月退那副反射性想回答什麼卻又硬生生忍住的樣子，范統就覺得他實在心事重重。

你到底還有什麼不能說的事情嘛？自己一個人悶在心裡，明明就不好受，為什麼就是不肯說出來呢？連不認識自己國家的字，不會穿自己國家的衣服都說得出口了，還有什麼更難以啟齒的事情嗎？

范統百思不得其解，同時也為了從月退那裡蔓延出來、毫無停止跡象的低氣壓而嘆氣。

「等大家都吃完，你們就換上隨從的衣服跟我出發吧！」

璧柔的精神很好，完全沒有留意她主人不正常的模樣。

你們沒有心靈相通果然是真的。按照這種沒默契又不體貼的狀況，再過個十幾二十年搞不好都沒有希望咧？況且月退又不怎麼穿護甲，根本沒有靠近接觸增加相處的機會啊，你們這樣真的好嗎？

范統一面想著這些問題一面吃著因為氣氛而變得有點難以下嚥的早餐，所幸，這餐飯很快就結束了。

有鑑於放月退一個人去換衣服，他可能會卡在研究衣服怎麼穿而遲遲不出現，這個協助更衣的工作就被硃砂搶著接走了，在她變為男性體後，月退也找不到拒絕的好理由，只好半推半就地被他拉去更衣。

三個人換上的隨從衣服，都是同一個款式的，當然，也都讓他們蒙面了，幸好璧柔本來就戴著面罩，帶三個蒙面的隨從倒也不會多奇怪，做好準備後，璧柔便帶著他們一起出門了。

范統決定先用輕鬆一點的心情觀察西方城的街道，畢竟接下來可能就住在這裡了，了解一下未來的居住環境，還是有必要的。

西方城不像東方城有十分明顯的十字大道，不過還是有主要的大路，其他道路再由大路向外延伸擴展，猶如開枝散葉般的感覺，倒也有幾分美感。

璧柔的劍衛府位在西方城東南面的角落，聖西羅宮則位在正西的位置，一路上一些較大的建築物或設施，范統都很想問問是什麼，畢竟不是每棟建築物外面都會寫得清清楚楚的——然而，在這裡能回答他這個問題的，恐怕也只有璧柔，而他們現在扮演的又是璧柔的隨從，當然不可能隨便開口跟主人聊天。

所以，范統也只能壓下自己的好奇心，默默跟著前進了。路上走動的幾乎都是原生居民呢，所以西方城也跟東方城一樣，為了戰爭將新生居民都集中起來訓練管制了嗎？

范統之所以現在可以這麼安然淡定地觀察周邊的人，是因為他在出門前稍微測過了吉凶，至少沒出現什麼特別糟糕的大凶徵兆，因此，他判定這一趟應該還是安全的，他對自己的本業有信心。

這麼大一個城，當然不可能完全用走的過去，他們是透過連通城內的傳送點來行進的，從距離聖西羅宮最近的傳送點出來後，只需要再走一段距離，就可以抵達目的地了。

「聖西羅宮就在前面了，提起精神唷。」

璧柔出聲提醒了一下，聽見她的聲音，范統也抬起了頭看向前方。

喔喔，已經到了啊？聖西羅宮就在前……面……啦？

在抬頭看見前方那座華美宮殿的瞬間，范統整個人彷彿僵硬石化了。

這、這是什麼恐怖的地方！充滿了陰沉的怨氣啊！這根本是一個不吉利到了極點的宮殿吧！到底有幾個人冤死在裡面過啊？

月退你生前一直都住在這種地方嗎？難怪你會不健康！難怪你會早死！不過，被殺掉好像不該算在屋子頭上……但是你就算沒被殺，也活不長的啦！

天啊，這麼可怕的皇宮！皇宮都是這樣的嗎？拿回記憶跟能力後我沒有機會看看神王殿的狀況，搞不好也這麼糟糕？陰氣到了這種程度根本難以淨化乾淨，你住在裡面的時候，真的都不覺得空氣怪怪的嗎？

范統內心的驚恐在他什麼都沒說出來的情況下，沒有人發現，硃砂對西方城的皇宮沒什麼特別的興趣，月退則是略帶感慨地看著自己從小住到大，卻幾乎沒正眼看過也不知道長什麼樣子的故居，眾人可說是各懷著不同的心情面對著這座宮殿。

「那就走吧！」

等一下！慢著！可不可以給我一點時間讓我做個護身符！我不想直接面對那些怨氣的衝擊啊！啊，不對，我身上根本沒有材料可以做，西方城也不曉得有沒有賣那些做護身符需要的東西……那至少讓我畫個平安符吧！順便也幫月退畫一個——

噢，我忘了，我們是新生居民……也就是說，嚴格來說我們已經是死人了，倒也不必害怕那些怨氣。裡面的侍衛僕人應該也幾乎都是新生居民吧？所以不會常常出事，就算出一點事，因為新生居民可以復活重生，大家也就不會太在意……

可是皇帝跟他老婆們一定是原生居民啊！那不就代表整個皇宮裡只有皇帝一家子在承受這些怨氣然後倒楣嗎！皇宮到底是蓋給誰住的啊！本末倒置啦！

不過這麼一想，那我們搞不好什麼都不做，放著不管，那個那爾西就會死於非命了？這樣也大快人心皆大歡喜吧？不必親手殺人，就可以讓敵人死亡，這真是一件好事情……但不曉得月退怎麼想？他會不會想親自動手呢？

范統還在聖西羅宮糟糕的環境衝擊中並思考起一些事情時，璧柔就已經帶著他們去跟宮門的守衛交涉了。

以魔法劍衛的身分，要進宮並不難，不須通報就可以直接放行，反正裡面一些管制進出的場所有別人看守，那不在守大門的守衛職責內。

他們跟在璧柔身後進了這陌生的宮殿，一走進去，范統就皺了眉頭。

噢噢噢……我還是感覺得到不舒服啊！這真是個很適合作惡夢的環境！晚上有很高的機率會被陰氣壓著起不了床吧！我到底要不要跟月退說啊？說你老家很不吉利，不宜人居這樣……

范統一面想著，一面也看向了月退，頓時發現月退的腳步有點遲疑，似乎越走越慢，范統正想喊他時，就「看見」月退身上飄出了幾絲足以使環境灰白的黑氣。

哇啊！月退你怎麼了！這是什麼……質變的那個領域力量嗎？天啊！居然完全把聖西羅宮裡的陰氣死死壓制下去了，你到底有多恐怖啊！我不知道該怎麼評論，這……該說是防身護罩嗎？有這股恨在，你根本百毒不侵了，沒有什麼東西贏得過你的氣，可是這樣不太好吧？你又想到了什麼啊？

「我……」

月退終於徹底停下了腳步，也稍微收斂了一下剛才范統看見的可怕氣息，所以璧柔跟硃砂看向他的時候沒有看到那些黑氣。

「我想，我還是不要進去好了。」

呃？都進宮了你才打退堂鼓？但你的精神狀態的確不太妙，心理準備還沒做好對吧？我也支持你別去了，萬一爆發，事情會很難辦啊。

「咦？為什麼？都進來了——」

璧柔第一時間還想再勸勸他，不過，月退的眼神立即就讓她說不下去了。

「緩和一下情緒吧。」

硃砂伸出手給月退揉了一下肩膀，稍微被嚇到的璧柔這才回過神來。

「我知道了，可是你一個人回去也很奇怪，不然等一下我們進去，你在門外等吧？只是聽見聲音的話……應該沒關係吧？」

雖然周圍沒有人，璧柔講話還是放低了聲音，月退也點了點頭，算是同意了這個提議。

皇帝居住的宮殿，自然不可能小到哪裡去，他們要見到皇帝，便得先知道人在什麼地方。問月退他以前都待在哪裡，他想必也很陌生，還不如直接問宮內的人比較快。

本來以為找到了地方就可以見到人了，沒想到在皇帝的書房外，他們還是遭遇了一點阻礙。

「你說什麼？」

璧柔交涉的期間，一旁等待的范統本來都是在恍神的，但璧柔尖銳且高分貝的聲音，還是瞬間吸引了他的注意力。

「陛下吩咐不見任何人，請您見諒。」

書房外面的守衛重複了一次剛才說過的話，璧柔當然完全不能接受這個結果。

「任何人？他還是有見別人吧？連魔法劍衛都不見？為什麼？」

咳，璧柔，妳這態度有點不像人家的臣子護衛耶，雖然妳現在面對的只是區區一個守衛，但打狗也要看主人，如此咄咄逼人的態度絲毫感覺不到妳對少帝的敬意，這樣真的是可以的嗎？雖然他是敵人沒錯，但表面上妳還是得當他是皇帝啊！

「陛下就是這麼交代的，您不能進去……」

啊，我能了解你的退卻。人在面對凶女人的時候，總是會下意識想逃走的，畢竟有的時候這種對象無法理性溝通啊。況且這個凶女人還是地位很高的魔法劍衛，得罪不起，你也真是可憐，這種任務很難辦啊，每個人都會問你為什麼少帝不見客，凶也都凶你，但明明就不是你決定的，你真倒楣……

「別人不見也就算了，我是陛下的未婚妻，未來的皇后，你憑什麼在這裡攔我！讓我進去！」

隨著璧柔帶著怒氣喊出來的話，范統的腦袋頓時當機了一下。

陛、陛下的……我差點都忘了妳說過未婚妻這件事了，所以妳的未婚夫是西方城的皇帝？想也知道不是那爾西對吧？是月退嗎？所以居然是月退嗎——

此時此刻，范統實在非常想扭頭去看月退的表情，他相信硃砂也很想看向月退，只是他們如果一起用異樣的眼神看月退，那也表現得太奇怪了，所以他只好告訴自己蒙面也看不見表情，然後忍住這股衝動。

搞半天，你跟音侍大人是奪妻之恨——？到底為什麼會有這個婚約，你解釋清楚啊！你明明知道璧柔是你的護甲吧？你居然跟你的護甲訂婚？你們兩個到底怎麼搞的，人家噗哈哈哈就曉得不可、不，算了，我什麼都沒說……

「您請回吧，陛下交代過的……」

守衛，我覺得你越來越可憐了。你被吩咐能說的也只有這一句吧？少帝為什麼不見人，你又怎麼可能知道原因呢，就算你知道，他沒說可以說，你也不敢說吧，我看少帝那個樣子就知道他一定很難搞，你做這個職位多久了？辛苦啦。

「你讓開！」

喂喂，璧柔，妳要硬闖嗎？這樣不妥吧？妳現在扮演的到底是什麼樣的角色啊？裡面那位可是個喜怒無常的傢伙耶？

「請您別這樣！您不能進去——」

我覺得我心中快要有種現在上演的是哪一齣的感覺了，我們到底是來做什麼的啊？這裡是魔法劍衛強逼宮廷守衛的現場嗎？而且璧柔又打著皇帝未婚妻的名號，感覺簡直像是電視裡面常演的那種皇后娘娘殺到皇帝寢宮抓姦的戲碼啊——我們只是很低調地來刺探敵情的不是嗎？

「夠了。讓她進來，真夠吵的。」

如同一場鬧劇的爭執，在這個冷傲的聲音傳出後，終於宣告中止。

得到「少帝」的親口允許，守衛便不再堅持，往旁讓出路了。月退在聽到聲音後便陷入了僵硬中，此刻自然是留在外面沒跟上的，硃砂似乎也有意留下來陪他，於是，跟著璧柔進去的，便只有存著幾分好奇的范統了。

書房內的光線不算充足，但也沒到陰暗的地步，會有光線不足的問題，主要是因為室內透光的窗戶只有一扇，其他窗子都被簾幕蓋住了的關係。

那爾西就坐在透光的那扇窗邊，手靠在旁邊支著下顎，以一種無聊不屑的眼神看了過來。

「怎麼？妳這麼堅持要見我一面，有什麼重要的事嗎？我親愛的未婚妻？」

哇，真的長得很像……應該說跟暉侍長得很像，然後有種大一號的月退的感覺，嗯。說起來明明不是雙胞胎，為什麼可以這麼像啊？還是這個世界的原生居民，只要有兄弟關係都會長得很像？

「我回到西方城，當然應該來見你，你不這麼認為嗎？」

面對那爾西那種挑釁的語氣，璧柔的回話也難以好聲好氣到哪去。

小姐，姑且不論皇帝不皇帝，妳的態度也缺乏對未婚夫的甜蜜與溫柔啊……妳不是很會演戲嗎？把妳的演技拿出來好好使用呀——

范統默默地想著。幸好他只是隨從的角色，完全不必說話，只要在旁觀察就可以了。

「我確實不這麼認為。」

那爾西微微一笑，說出了相當不給面子的台詞。

「你——」

忍住、忍住啊！還有，妳從剛剛開始都沒對他用敬稱耶，這樣好嗎？

「如此無禮蠻橫的女子，當初我真不知道是頭腦怎麼撞壞了才會選妳當未婚妻。」

那爾西淡淡地掃了璧柔一眼，隨即頗感無趣地看往別的地方。

你這樣羞辱她真的好嗎？你真的都不怕她一怒之下，腦中某條線忽然斷掉，就做出很可怕的事情？就算你有自信不被做掉，被抓花臉之類的，應該也很丟臉吧？

然後……裡面這種音量，外面應該是聽得到的，月退，我真的好想知道你現在是什麼表情，這個未婚妻是你選的沒錯吧？

「如果不是你毫無理由拒絕見人，我也不會這麼生氣啊！」

被說成潑婦，大概沒有哪個女子不會介意，不過璧柔不管是憤怒還是冷靜，那爾西對她的態度可能都不會有多少變化。

「什麼未婚妻不未婚妻的，那種東西我可是一點也不介意的，不過妳既然出現在這裡，我倒是想到有一件事可以談。」

那爾西說著，唇邊又勾起了一抹不帶善意的笑，這次他倒是正眼盯著璧柔了，只是那帶著幾分輕挑與譏諷的眼神，自然是不會讓人感覺舒服的。

「解除婚約吧，我也不想娶年紀比我大的女人，意下如何呢，姊．姊？」

禁、禁句啊，女人的年齡，那個……但是，只喊姊姊還算有慧根啦，你有種就喊阿姨看看啊？搞不好璧柔也有辦法賦予你那種跟我一樣的詛咒，跟我一樣慘死，到時候看你還笑不笑得出來，要是世界上有個同樣被詛咒的傢伙，我心裡也會平衡一點，璧柔，快詛咒他！

「這種事情才不是你可以決定的呢！你這個沒禮貌的——」

璧柔火大地吼到一半，才想起必須將對方當作是真正的少帝，只好中途打住。

「所以我不是正在跟妳商量嗎？我不喜歡妳，妳也討厭我，或者……」

那爾西邊說邊走了過來，在璧柔面前停下後，冷不防伸手勾著手指抬起了璧柔的下顎。

「妳有什麼好，不然我們現在試試？」

這次親眼看到月退身上竄出黑氣的人是硃砂，如果是范統，感覺到那種氣息只怕會避之唯恐不及，但硃砂知道月退的情緒反應是源自裡面某兩個人，所以只皺了眉頭，思考要不要轉移他的注意力。

而他所能想到的轉移注意力方法，都是像抓過來舌吻之類的驚嚇療法，要是月退曉得他在打什麼主意，恐怕就完全無法關注裡面的狀況了。

「開什麼玩笑！誰要跟你試什麼啊！我們之間根本沒什麼好談的，告辭！」

璧柔情緒激動地用力拍開那爾西的手，立即就決定離開了。

啊？就這樣？講沒幾句話耶？說好要觀察敵人刺探敵情，這樣到底觀察刺探到了什麼啊？他隨便激妳幾句妳就不行了？

范統為這結束得太快的會面感到訝異，雖然也沒他插嘴的餘地。

「哦？不是要匯報妳這陣子的去向嗎？妳到底是來做什麼的？特地來找妳未婚夫吵架？」那爾西的話語中依然帶著濃濃的諷刺意味，彷彿就是故意要惹人生氣一樣。

「我不想跟你說話啦！」

璧柔一副繼續跟他待在同一個空間裡呼吸同樣的空氣很難受的樣子，扯了范統一把就直接出書房的門了。

看見他們兩人出來，月退跟硃砂都維持安靜，雖然他們四個人彼此大概都有很多話想說，但此處不是適合的地點，這點判斷能力他們還是有的。

「我們回去了！」

璧柔一出來，就氣沖沖地對月退跟硃砂這麼說，等到附近沒有別人的時候，她想必是要好好發洩一番的。

而在他們還沒移動腳步離開時，書房的門又再次開啟。

「陛下。」

守在門口的守衛看到那爾西出來，連忙行禮，那爾西則看也沒看璧柔等人一眼，就朝另一個方向離開了，似乎只是要去別的地方而已，不是特別出來送客或者挽留的。

儘管只有看到一眼，月退好像還是受到了影響，直到硃砂捏了他一下，他才恍神地跟著移動。

至少沒出什麼亂子，四個人進去，四個人出來，結果不算壞，范統這麼安慰著自己。以他的立場而言，能越早離開這個磁場不好的地方當然越好，等出了聖西羅宮，他立即大口呼吸新鮮空氣，覺得外頭的感覺真是好多了。

「氣死我了！那個輕浮的男人！他把人當白痴耍嗎？我覺得我被調戲了！渾身都不舒服！」

一走進沒什麼人的小巷，璧柔就用力地跺了腳，彷彿想把滿腔的不悅都宣洩於地上的塵土般。

奇怪，我以為妳被帥哥調戲都很高興的，他也長得不差吧？要說輕浮，我覺得音侍大人也沒好到哪裡去呀？怎麼他講肉麻話的時候妳都一臉陶醉，這是什麼差別待遇？

「我覺得我比較想知道，所謂的婚約是怎麼回事？」

因為離開了聖西羅宮，月退身上又有保護容貌不被注意的暗示，他們三個「隨從」就將蒙面的東西拿下來了，所以，硃砂在說這話的時候，大家都可以看見他臉上皮笑肉不笑的神情。

噢，怎樣都好，你們兩個可以不要惹硃砂生氣嗎？我覺得這是維持團體和平的先決條件之一。你們這幾個人複雜的感情糾葛，別拖我下水好不好，我只是無辜的路人耶。

「那個是恩格萊爾提出的。」

璧柔彷彿為了自保而試圖撇清關係。

「我？但是那是因為妳——」

月退瞪大了眼睛，隨即覺得難以繼續說下去，而顯得有點懊惱。

到底是怎樣？說清楚啊？

「你們說來說去都沒說到重點啊，你們真的要結婚？」

硃砂挑了挑眉，不太高興地繼續問，范統相信他要是沒得到一個令人滿意的答案，一定會暴怒，現在只是暴風雨前的寧靜罷了。

嗯，要是我苦苦追求一個女孩，她什麼都不說清楚，又好像漸漸開始接納我，然後我為她出生入死捨棄國家後發現她居然早就有未婚夫，注定是別人的老婆，那——的確很糟糕，怎麼想都會抓狂啊。

「我們才沒有要結婚！」

璧柔第一時間就嚴詞否定了。

「……我們的確沒有要結婚。」

月退沒有反駁她的話，但看向她的目光卻有些古怪。

「要結婚為什麼不訂婚啊？」

范統終於忍不住開口問了一句，也理所當然地變成反話了。

你們就認命說明清楚吧，今天沒說清楚，硃砂不會放過你們的，你們應該也看得出來吧？

在兩個同伴的「關心」下，月退跟璧柔總算斷斷解釋起當初的原因。

將雙方的話拼湊起來後，建構出來的大概是這樣的場景：

『恩格萊爾——那些男人好煩，都已經說對他們沒興趣了，還一直糾纏我，討厭死了！』

平常都在外自由自在生活，偶爾才來看一次主人的愛菲羅爾，因為生活上的煩躁，對著幼小的主人埋怨著。

『嗯……不然，妳就說妳是我的未婚妻，也許他們就會退卻了？』

平時沒什麼機會接近對自己友善的對象的少年，在希望替對方解決問題的情況下，努力想出了這個方法。

『咦！聽起來不錯耶！可是長老他們會答應嗎？』

愛菲羅爾聽到這個方法，登時眼睛一亮。

『只是讓妳擺脫糾纏用的，又不是真的要結婚，應該沒關係吧……』

少年雖然不能做主多少自己的事情，但還是不想讓她失望。

『唉呀，恩格萊爾這麼可愛，長大以後一定也很帥，就算真的嫁給你也沒什麼關係啊！』

愛菲羅爾一面說著一面給了主人一個大大的擁抱，還在少年那稚嫩的臉頰上親了一口，之後完全不管少年那紅透了的臉龐與複雜的心情，就這麼離開了少年的房間……

喂！璧柔妳這魔女！玩弄純情少年的心之後還不認帳啊！妳是開玩笑的，可是妳怎麼知道對方不會當真——

范統聽完他們過去的婚約由來後，對於被欺騙了感情的月退有著無限同情。

不過我覺得要妳對月退負責，也只是誤他一生罷了，妳還是趕快放他自由，讓他可以去尋找新的對象吧……唔，換成硃砂？月退，我必須說，你的女人運真的不怎麼樣……

「所以，長老團還真的這麼好說話，就直接答應了？」

硃砂問了這個問題後，月退低下了頭。

「……關禁閉三天懲罰而已。」

值得嗎？為了一個假的未婚妻，值得嗎！會被那些沒人性的長老罰你應該心知肚明吧？你到底有何必要犧牲自己成全一個不愛你的女人啊！

「會提出婚約當作解決辦法，還真是稀奇。」

硃砂不冷不熱地說完，月退就著急地解釋了。

「那只是因為，武器、護甲跟主人的關係也近似伴侶，我才會聯想到嘛！」

聽見月退這種說法，范統立即一陣惡寒看向腰間的噗哈哈哈。

別說出這麼可怕的話好嗎！什麼近似伴侶啊！這樣以後誰想找同性別的武器？

但這樣說起來，你豈不是有兩個美女老婆？這又讓人覺得你好命了，那麼，矽櫻女王也等於有兩個帥哥？不，綾侍大人嚴格來說，跟美女比較沾得著邊……

好吧，如果你把璧柔當成你老婆，那我只能說我真佩服你，看著自己老婆在自己面前給自己戴綠帽，卻沒有針對不知情的音侍大人，你真是個明理成熟的人啊……

「硃砂，你不是對那個假皇帝有興趣嗎？為什麼沒有進去啊？」

璧柔大概是覺得話題一直圍繞在這件事上不太好，所以問了別的問題。

「我只是想知道月退面對他的反應而已，那個比較重要。」

硃砂也回答得很乾脆，沒有閃避不談。

所以，你就是想觀察所有月退在意的人就對了？你這樣會不會太緊迫盯人啊？那只是他怨恨的仇人，沒必要這樣吧？

「那麼，我們觀察這一趟，你們覺得有沒有什麼損失？」

我是說有沒有收穫啦，有——沒——有——收——穫——？我們不是去玩的吧？今天這樣，你們到底得到了些什麼？快跟我說讓我知道一下啊，因為我自己覺得好像白去了……

「有！我覺得我吃虧了！」

璧柔又一時不察就把范統的反話當真了。

「我覺得意外得知了不少事情，算是拜這一趟所賜。」

硃砂說的明顯是婚約的事。

「我本來就覺得不該來的……」

看來月退也覺得沒什麼收穫，至於有沒有損失，就不曉得了。

「那……朋友見也見過了，接下來我們的下一步呢？」

我是說敵人啦，我們到底有沒有什麼比較可行的應敵準備可以做？

「我會再去打探城裡的消息，看看有沒有什麼可利用的情報啦，才剛回來，都沒什麼時間好好了解情勢，你們就按照之前說的，先待在我家修行吧？」

璧柔倒是很快就決定了，雖然范統覺得她好像不太可靠，但因為一時也提不出更好的意見，也就只能點頭了。

「璧柔，西方城弄得到毛筆嗎？」

這個時候，月退突然問了這麼一句話。

「毛筆？應該不難，西方城有一些店會進東方城的東西，雖然不知道是怎麼弄來的……我想毛筆應該也找得到吧，你要這個做什麼？」

璧柔回答完後，也起了好奇心追問。

「如果可以的話，硯台那些也順便幫我準備……在東方城練字練了那麼久，拿毛筆都拿習慣了，忽然要改成硬筆，實在不太方便，為了練西方城文字能順利一些，我想還是用毛筆吧。范統，可以嗎？」

「……」

我真的不知道該對認真煩惱這個問題的你說些什麼。難道你打算一輩子都不用西方城的硬筆了嗎——？拿東方城的書寫工具來學西方城的文字，多麼不倫不類！你是西方城的皇帝耶！

唉，算了，也只是小事情，況且訓人並非我的長項，你愛怎麼樣就怎麼樣吧……

范統的事後補述

我覺得啊，我們是要做大事的人——對吧？應該沒有人不認同吧？那我繼續說下去。做大事的人，要進行任何事情時都應該先好好規劃才對，步步為營才是上策，興之所至便隨興亂來，只會自亂陣腳，切忌切忌。

對啦，我就是在說今天這件事。分明就是太亂來了吧？

我知道這樣很像打馬後砲，可是——早在還沒去之前，我就已經質疑過啦！現在只不過是證實這件事的確很糟糕罷了，而且還看不出來到底有什麼意義。

而且硃砂，你又是在期待些什麼啊？期待讓月退跟那爾西見面可以爆出什麼火花嗎？要是真的爆了什麼東西出來你也不會高興吧？我覺得這種興趣很惡劣啊，別拐受害者去面對殺人凶手好不好？

璧柔妳這應該叫做偷雞不著蝕把米吧……噢，賠了夫人又折兵也挺符合的？反正就是自食其果啦。妳的道行跟那個殺人凶手比起來還太嫩了點，沒辦法做到喜怒不形於色的話，就別去自取其辱啊，我們還得裝做沒看到妳丟臉，這樣很累耶。

然後月退啊，婚約這檔事，要不是璧柔說溜嘴，你該不會就打算永遠不跟我們說了吧？你急著跟硃砂解釋又是為什麼，你很擔心被他誤會？你們之間的關係現在到底怎樣了，我霧裡看花越看越不明白啊！如果真的想躲避他的糾纏，拿璧柔當擋箭牌，讓她受死就好了嘛，反正那個對不起你的女人也沒有拒絕的權利，不利用一下也太可惜啦？

處在這麼糾葛的狀況中，我覺得我好像是多餘的……啊哈哈，這一定只是錯覺吧？

在拿到毛筆後，我教月退練字的進展是比較快速了些，不過用東方城的筆來寫西方城的字，還是讓我覺得說不出地彆扭。

我順便問了月退為什麼暉侍會跟那爾西長得這麼像，但卻被投以一種看稀有動物的神情。他說只要是同樣父母生出來的，理所當然都會很像……但這是你們這個世界的規則啊！又不是我的！我哪會知道啊！為什麼要用那種我沒聽過很奇怪的眼神看我！只要是同父母生出來的都會很像，那如果是姊弟呢？也會很像嗎？那豈不是悲劇？

要不是知道綾侍大人不是人，我還真會懷疑他是長得跟他姊姊還是妹妹很像咧！幻世的基因遺傳能力也太恐怖了吧？根本沒什麼組合變化才會長得很像不是嗎？月退跟暉侍兄弟明明不是親兄弟，只是有著有點距離的血緣關係，這樣也可以長七八成像，大家家裡的下一代根本都像是同一個模子印出來的，齊聚一堂的畫面用想的就覺得很詭異啊！

然後月退又接著解釋，由於原生居民生育困難，難產機率也高，只有可以娶很多老婆的王家本系旁支比較有可能有多一點的孩子，其他人很少有兄弟姊妹，大部分的原生居民都是獨生子，連堂表兄弟都未必有，久而久之大家可能也就忘了這回事了。

……比起接受這個原因，然後接受大家在看見那爾西還有看見你的時候沒想到可能會是暉侍的親人或者兄弟，我寧可認為是大家都很笨沒想到耶，如果大家都已經不曉得有血緣關係的兄弟會長得很像了，那你還用那種我不知道很孤陋寡聞的眼神看我做什麼！你這不是自相矛盾了嗎！

那天晚上我花了點時間探索暉侍的記憶。暉侍記憶裡的那爾西已經很模糊了，畢竟時隔遙遠，又只相處過幾年的時間。

但寄回西方城的信，偶爾也會收到那爾西的回信，那大概是暉侍對這個弟弟唯一能留下印象的東西了。

所以，到底是……？

不過，要送到暉侍那裡的信，應該也會經過檢查，沒有辦法寫什麼真心話吧？

不管怎麼樣，他殺了月退是事實，他這個人到底如何，那不是我該去管的事情了啦，做人太雞婆只會橫生枝節……就算月退可能很想知道他這個人怎樣，那也不關我的事啦！那爾西看起來就是一副很討厭的樣子啊！橫看豎看都是嘛！況且他還害死了珞侍呢！

我決定我不要想他的事情了，我要睡覺了。

明天開始就要讓噗哈哈哈教我符咒了，說實話我確實有點不安，到底……會怎麼樣呢？

章之六

即使在進行謀反大業，還是有日常生活要過

『生活需要調劑，比如說談戀愛之類的。』——硃砂

『妳來西方城想找談戀愛的對象嗎……？』——月退

『你到底是害怕、打擊還是鬆一口氣，看在我好好問出一個問題的份上，能不能說清楚講明白啊？』——范統

每天起床就有好吃食物的生活，對范統來說，就已經幸福無比了。

西方城的生活，光是這一點就比東方城強多了啊！

光用食物來斷定，實在心態可議，不過因為他沒有說出來，當然也不會被人罵，他只要一個人在餐桌前沾沾自喜就可以了，基本上沒什麼人會管他。

「那麼，我就依照昨天說的，出去打探消息囉！」

璧柔所負責的，是一個無法看出到底有沒有認真做的工作。然而這件事也只有她適合去做，所以也只能交給她了。

「月退，你打算做什麼呢？」

硃砂一早起來便又變成女性體了，璧柔說了自己的預定執行項目後，硃砂便關心起了月退

的行程。

「我只要坐在房間裡就可以度過一天了……」

月退說得好像浪費時間對他來說也沒什麼大不了的，這大概是因為以前他還在聖西羅宮居住的時候，已經很習慣呆坐一整天了。

「與其發呆還不如跟我一起度過嘛……」

硃砂嘴裡唸著，月退倒是沒有立即拒絕，而是好奇地問了一句。

「妳今天要做什麼呢？」

「我在想，不知道可不可以去西方城的學校上課？戰爭期間學校有開嗎？」

來到了西方城，硃砂依然想當學生，不過范統實在不曉得她有什麼可以學的。

妳在東方城的時候，術法跟符咒都沒有學，依我看，西方城的魔法跟邪咒也是差不多的東西吧？所以妳要學劍術嗎？妳拿的武器又不是劍。

「戰爭期間，西方城的學校只有原生居民的部分有繼續教學喔，不過，要去旁聽應該可以，這裡比較不像東方城那樣嚴格區分新生居民與原生居民的教室。」

璧柔畢竟住在西方城的時間遠大於在東方城的時間，這點基本常識還是有的。

「戰爭期間，學校裡出現新生居民不會很正常嗎？」

我是說不會很奇怪嗎……從住手先生那天看到我們時說的話，就可以知道西方城戰爭期間不應該有新生居民到處悠閒亂竄吧？

「嗯——用我的身分背書就可以啦！如果真的想去上課的話，就交給我處理吧！」

璧柔在各方面的協助上真的頗為熱心，於是，硃砂便轉向了月退。

「怎麼樣？跟我一起去旁聽嘛？」

妳邀他做什麼啦？西方城三門技術，他都通透熟爛了吧？聽了也是白聽啊，他去當老師還差不多好不好？

「喔……也好。」

月退常常在各種時候做出出人意表的事情，就像是現在這個回答。

你為什麼會答應！你為什麼會答應啊——！你根本還沒睡醒吧！還沒睡醒的話，就去睡一睡再來啊！不要在腦袋不清醒的時候做出會讓你後悔的決定，這是我二十幾年人生的經驗談啊！

「恩格萊爾，你在西方城還有什麼需要學的東西嗎……？」

璧柔似乎也覺得有點不可思議，不由得問出了這個問題。

「的確沒有什麼需要學的……我、我只是嚮往學校生活，我喜歡那種普通日常生活的感覺，我……算了，我還是不要去好了。」

月退原本試圖解釋自己想跟著去上學的動機，但是越解釋好像就越緊張，也覺得好像很難被理解，最後乾脆就悶悶地說出要放棄的話了。

你、你這孩子不要這樣催淚啦！你總是一再地表現出對那種我們覺得很無聊很平常的事情十分有興趣、樂在其中的樣子，這樣我們就會忍不住一直想像你以前到底有多可憐，然後氣氛就會變得很感傷啊！你的眼界要開闊一點，你已經自由了，世界都可以到處亂闖啊，明明就可以過更有意思的生活，為什麼要拘泥於當個學生呢！

「又沒有人反對，你為什麼要自己打退堂鼓啊？陪我去旁聽嘛，你明明有興趣不是嗎？」

硃砂可沒有就這麼死心的打算，月退並沒有直接拒絕，感覺他只是需要一點支持來建構勇氣罷了，她當然很樂意繼續鼓吹。

「你如果真的想去看看西方城的學校，也沒什麼不可以啊，那我先去幫你們安排打點囉？范統呢？」

璧柔直接就當作月退要去了，於是她順便也問了一下范統的意思。

「我不要練符咒啊，把練習的地方借給我就可以了，不過在室內會不會有點安全？」

范統不想學一堆然後都不專精，既然決定要練符咒了，他就想將時間都投入在符咒上，不想聽到有西方城的課可以上就跟去。

「咦！你要練符咒可千萬不要把我家燒掉啊！」

聽了范統的話，璧柔立即緊張起來，屋子燒掉的損失還好，臨時要找住所可就麻煩了。

我也不想啊，我也不想練個馭火咒就把妳家燒掉，所以到底該怎麼辦？有沒有戶外的場地？

「雖然外面有空地，可是路人經過都看得到啊，被人發現你在練符咒的話，可能不太保險……」

璧柔看起來也很困擾的樣子。的確，魔法劍衛的家裡有人在練符咒，怎麼想都哪裡怪怪的。

「范統，不然我們還是去虛空一區練吧？」

噗哈哈哈忽然自己化為人形，一開口就是這麼一句讓范統臉孔抽搐的話。

開、開什麼玩笑！之前可以去，是因為有月退當保鏢啊！就我跟你兩個人去，你要死嗎？就算你會保護我，就算你有保護我的實力，你這副散漫的樣子也讓人覺得很不可靠啊！

「你們……要去虛空一區？可是……」

月退一聽，馬上就為范統擔心起來了。

「那裡畢竟有一定的危險性，還是我也跟你們去，不，不對，我現在沒有力量……」

對啊！你現在也無法保護我，幸好你自己想起來了。而且你才剛答應硃砂要陪她去上課，過不到一分鐘就改口，你這樣硃砂跟我樑子可結大了……

「范統的記憶都解封了，就算符咒用不出來，也還有劍術啊。」

噗哈哈哈說得一副一點也不會不安的樣子，整個對范統很有信心。

你……你這是什麼意思？所以你完全不打算保護我，遇到魔獸也要我自己應對，端出暉侍的劍術來，打不過就算了，你就是不插手干涉？你這樣太殘忍了吧！

「暉侍是淺黑色流蘇對吧？淺黑色流蘇……在虛空一區安全嗎？」

璧柔一面問，一面轉頭想尋找適合詢問的對象，最後她的視線定在桌邊的焦巴身上，這隻鳥也十分有靈性地搖搖頭。

你看！虛空一區的魔獸都表示淺黑色流蘇無法在虛空一區橫著走啦！就算那裡不是東方城領地而是無主的領域，還是可能遇上音侍大人他們吧？綾侍大人可不會放過我們的，我反對這個主意！

「不然……虛空二區？」

噗哈哈哈做出了一點點退讓。

……一定要虛空開頭的嗎？

范統不知道該怎麼評論現在的狀況才好。

「焦巴，那虛空二區呢？淺黑色流蘇在虛空二區安全嗎？」

璧柔乾脆通通都問焦巴了，而焦巴這次偏了偏鳥頭，猶豫了一下。

「焦巴猶豫了耶，這次沒有直接搖頭，虛空二區畢竟沒有一區那麼危險，搞不好可以？」

「不行，只要不是絕對安全的地方，就不能讓范統去。」

月退的話語異常堅定，彷彿范統去的地方只要有一絲危險性，他就絕對不同意。

拜託，月退，這個世界上根本沒有絕對安全的地方啊，哪個地方可以絕對保障我的安全？你身邊嗎？那也要你先恢復實力啊……不過我要澄清，我在心裡想這些，絕對不代表我想去虛空二區，我只是天生喜歡吐槽而已……

「范統又不是溫室裡的花朵。」

噗哈哈皺著眉，顯然對月退的話有點意見。

對啦對啦……我當然不是溫室裡的花朵，這個冷笑話我早就想過啦，講出口還會變成冰箱裡的飯桶是吧？真是夠了。

「范統……」

月退話才開了個頭，就別開了頭，自己碎碎念了後半句。

「可能……比溫室裡的花朵還容易死。」

……

月退你這話什麼意思……朋友一場，你就是這麼看待我的嗎？在你心中我真的這麼不堪一擊，甚至還會自己招致災厄？你到底對我的存活率多沒有信心！我明明還沒有死超過十次啊！可惡！

「那就去資源二區！」

范統一時賭氣之下做出了前往虛空二區的決定，不過，講出來的話又顛倒了。

「以我們現在的逃亡背景，去資源二區還比虛空二區危險吧？虛空二區至少還是無主的地帶，資源二區可是東方城的領土呢。」

硃砂在一旁說著風涼話，明明她曉得這是顛倒過來的地名。

對啦，我知道啦，被綾侍大人抓到的話，死得比什麼都快。

「范統上次挨了本拂塵一轟，還過了好幾秒才死耶。」

噗哈哈哈的反應有點慢半拍，還在研究之前的話題。

你這話又想表達什麼了？撐了幾秒很了不起？而且嚴格來說那次爆炸算我自己轟自己的吧？什麼時候又算你的了？

「你怎麼能這麼平淡地提起害死主人的事情……？」

月退看向噗哈哈哈的眼光裡充滿了難以置信，就范統看來，這股難以置信有很高的機率可以在噗哈哈哈回答下一句話後轉為憤怒。

不——！不要惹月退生氣！雖然這之前我都倡導不要惹硃砂生氣，但那是因為硃砂很容易生氣，我才會說了又說一再地說啊！事實上月退這種不常生氣的傢伙生氣起來更恐怖啊！就算他現在失去了大半的力量，我覺得搞不好還是有本錢可以把這房子給拆了！即使拆不了房子，拆一根拂塵也是小意思啊！

「啊哈哈哈！反正我要回家練符咒了！我不會自己去找地方的，你們需要擔心！」

這種情況下，最好是在噗哈哈哈什麼都還沒說下去時就趕快把人帶開，范統也確實這麼做了，雖然噗哈哈哈現在是人形，沒辦法輕輕鬆鬆抓了就跑，但因為噗哈哈哈的人形沒有變得很徹底，體重還是跟拂塵狀態時一樣，所以抓住之後像放風箏般拉著奔出去還是沒問題的，范統就這麼忽略了後面月退慌張的呼喚聲，跟噗哈哈哈一起閃出璧柔的宅子了。

從劍衛府裡面落荒而逃，看起來好像做了什麼壞事似的，繼續待在門口也不太好，噗哈哈哈，快點帶我去練習符咒的地方吧！什麼虛空一區虛空二區的都好啦，隨便啦——

「好啊，沒問題。」

由於現在處於手被抓著的狀態，噗哈哈哈聽得到他心裡想的東西，於是，彈指之間，范統眼前的景物就改變了。

等、等一下！怎麼這麼快！這陰暗深沉的的天空與荒蕪的大地……所以這裡真的是……？

「嗯，我挑了虛空二區。」

噗哈哈哈十分冷靜地告訴了他地名，完全無視周遭被兩個外來客驚動的魔獸群。

「好了，我們來練習吧。」

練……練？練習什麼？眼前應該先做的是生存作戰吧！你是要我練習這個嗎——

范統已經過於驚恐地連吼叫吶喊都喊不出來了，尤其在他判定一旁的魔獸已經目露凶光的時候。

「噗哈哈哈！你不覺得我們不需要先把周圍這些安全生物解決才能結束嗎！」

當他好不容易找回自己因緊張而變質的聲音後，第一件事就是尋求噗哈哈哈的援助。

這些獸類看起來隨時會撲上來把我給吃掉啊！

「噢，對喔，也是。」

噗哈哈哈點點頭，認同了他的意見，他本來以為噗哈哈哈會親自動手，沒想到這一口氣還沒鬆下來，噗哈哈哈就……主動變成了一把劍。

『你符咒還不行嘛，那就用劍解決吧。嗯，你要是想丟符咒，雖然我現在是劍，但還是有增幅效果的……可是我怕你又不小心炸死自己，還是算了吧。』

看著這把懸浮在他眼前等他去握的劍，范統的手顫抖著──也許連身體都在顫抖了。

結果……你還是要我自己解決嗎──！

「吼嘎──」

聽見騷動起來的魔獸吼聲，范統也只能毫無選擇餘地地抓起面前這把劍為了生存奮戰了。

而且可悲的是，因為抓著噗哈哈哈的關係，他連在心裡抱怨咒罵都不行……

「范統真的沒問題嗎……」

儘管已經跟硃砂在前往西方城學校的路上，月退還是憂慮著范統的情況。

「不是說有淺黑色流蘇的實力嗎？還擔心些什麼？」

硃砂話講得很輕鬆，這大概是因為她根本不關心范統的死活。

在璧柔的劍衛威能下，他們根本立即就取得了去學校旁聽的資格，至於要去旁聽哪一門課，他們打算等到了之後再決定，璧柔說學校大廳內有每日課程的時間表，課程進度跟老師為人也可以跟辦事處的小姐打聽，聽起來西方城的學校挺親切的，當然……也可能是因為他們是由鑽石劍衛打過招呼的學生，才會有這種待遇。

「黃昏沒有回來的話，我一定要去找他……」

「范統不會錯過吃飯時間的，如果錯過了午餐，就不可能不回來吃晚餐。」

硃砂這麼斷定。不過，那是在范統有命回來吃晚餐的前提下。

西方城並不像東方城是方方正正的城市，東北面向外擴張出去的部分，就是西方城學校的所在地。整個學校的面積跟建築物整體都相當氣勢磅礡，但礙於一些不成文的規定，高度與大小還是沒有超過聖西羅宮就是了。

「為什麼……為什麼西方城的學校是黑色的啊？」

月退對東方城學苑的建設格局印象不錯，而對於要來親眼看看自己國家的學校，他還是抱持幾分期待的。

只是眼前這暗色系——或者說根本由黑色建構而成，彷彿看了就會心生沉重感的學校，顯然絲毫不符合他的期待……不，甚至應該說，讓他遭到了很大的打擊才對。

「為什麼不是更明亮美好一點的顏色呢，明明是學校，蓋成這種樣子，簡直跟我質變後看出去的畫面差不多，這樣誰想踏進去……」

在這樣的打擊下，少年單薄的身形似乎搖搖欲墜，差點就要跪倒。

「我不知道你對學校有著什麼樣的幻想，不過，不喜歡的話，搶回皇帝的位子，打掉重建不就好了？還可以把西方城所有看不順眼的建築物整個改革整肅一番，這樣不就好了嗎？」

少年的同伴則是以毫不在意的口吻做出了十分亂來的提議。

「是這樣嗎……」

由於另一個總是說出反話來打斷話題的同伴不在，少年彷彿受到了這些話語的蠱惑，即將誤入歧途。

「對啊，所以你要積極一點吧？這都是為了拿到權勢後為所欲為啊。」

同伴不負責任的發言依然持續著。

「說得沒錯，西方城的學校，我的國家的學校，怎麼可以長這個樣子，奪回帝位之後第一件事就是重建學校……！無法忍受，實在……」

「同學，你們不進去嗎？擋住門口啦。」

身後陌生學生的聲音總算讓月退清醒了過來，連忙先讓出路讓人通過。

「我到底在想什麼啊，怎麼能因為這麼奇怪的理由就……這是不正當的心態，必須改正才行……」

月退喃喃自語著，硃砂也沒有繼續推波助瀾。

「我們先進去看看要上什麼課吧？」

這畢竟才是他們來這裡的正事，所以月退點了點頭。

學校的當日課程表就放在大廳最醒目的位置，一進去就可以看到的，一天下來所有教室的課表都列在這裡了，可想而知，這面板子也不可能小到哪裡去，光是要找出哪一門是初學者上的，就足以讓人眼花撩亂很久。

「硃砂，妳想上哪一種課程呢？」

劍術、邪咒、魔法外，還有一些奇怪的課，像是一些心理輔導或者未來志願協尋、性別認同障礙之類，月退不太了解內容的課。無論如何，總得先鎖定一個範圍，縮小課程的選擇區塊才對。

硃砂對那些心理輔導類的課程整個不屑一顧，她有興趣的一向是戰鬥上實際有用的東西，當然心理戰在戰鬥中也有一定的作用，可是對她來說，特地去學那種東西還不如直接用實力解決對方，要心機的吸引力實在不高，就算要學也不是現在。

「邪咒好像挺有趣的，聽聽看邪咒的課好了。」

她很快就選定了目標，但月退聽了以後卻微微一顫。

「不考慮一下魔法跟劍術嗎？」

「我不想學劍術，我拿的不是劍。魔法的話，感覺就術法差不多，我覺得邪咒看起來比較適合我的樣子。」

硃砂一副就是想暗算人的模樣，月退不由得看向了別的地方，碎碎唸了一句「我覺得妳要是學會了我很危險」之類的話。

「既然決定邪咒了，就挑一門初學者的課吧。」

看來月退是改變不了她的決定了，只好陪她開始挑老師了。

璧柔說過可以跟辦事處的小姐打探風評，為了避免遇到糟糕老師，這個程序最好還是做一下。

「嗯——邪咒的話，各個老師都有自己比較擅長的區塊喔。詛咒類、束縛類、領域類，還有各種類別，你們比較想學哪方面的？」

硃砂在邪咒的分類上完全是外行人，當辦事處小姐以甜美的聲音這樣問時，她皺了皺眉，還真不知道該回答什麼。

因此，她看向了比較懂這些的月退，希望他進一步解釋。

「呃……詛咒類發作起來比較痛，束縛類發作起來比較難受，平時沒太大的感覺，領域類發動的時候很不舒服，其他類別比較冷門，不過我也差不多都試過，大概就是這樣，妳還想知道什麼？」

月退的解釋讓人有點無話可說。

「我覺得聽起來有點籠統。」

就算這樣的解釋讓人無話可說，那個無話可說的人也絕對不是硃砂，於是，月退只好換個方法說明。

「好吧，詛咒類發作時可能會痛到站都站不穩，不過過去了就沒事了，束縛類發作後會在床上躺個三四天，領域類跟詛咒類有點像，解除後所有的感覺幾乎都不會殘留，只是詛咒偏向攻擊性，所以會很痛，領域偏向輔助性，所以主要是不舒服。」

這次的說明更加讓人不知道該說什麼了，這種親身經歷而且經驗豐富的解釋，連辦事處小姐聽了都傻眼。

「同學，你都嘗試過？」

月退對於那種「你有自虐傾向嗎」的眼光有點不曉得如何應對。

「我只是碰巧都遇過而已……」

那是以前還在聖西羅宮當少帝時的事情，他自然只能隱晦帶過。

「詛咒類還是束縛類呢……？」

硃砂似乎對這兩個類別比較心動，而她對束縛類心動的理由是什麼，月退一點也不想知道。

「算了，還是聽聽看詛咒類的課好了。」

同理，月退實在也不想知道她那個「算了」究竟是什麼算了。

「詛咒類的話，今天初學者的課程有——」

辦事處小姐在得到硃砂的答覆後，便熱心介紹起課程跟老師來了，雖然課表上開課的老師很多，但裡面卻有很多是不被推薦的，看到這種結果，他們也不得不承認來尋求幫助是對的。

最後硃砂選好了課程時段跟老師，由於還有一小段時間才開始上課，他們就先在學校裡逛逛了。

「不是黑色就是白色跟灰色……」

劍術科、邪咒科跟魔法科的建築物都讓月退一而再再而三地失望，他還是比較喜歡一些溫暖柔和或者鮮亮的色彩，偏偏建築物都這個德性。

「希望能聽得懂課程，不知道我有沒有慧根。月退，邪咒需要什麼資質嗎？」

硃砂現在關注的是即將要上的課程，身邊有個問起來很方便的人，她當然不會放過。

「我不知道耶，我很快就上手了。」

只是有的時候，問一個天才這類問題，很難得到什麼需要的答案。

「如果能學得會就好了，我也希望能多學會幾種技能。」

硃砂在說這句話的時候，神情是很認真的，月退看了看她，低聲說了一句。

「……我也可以教妳。」

「咦？」

硃砂眨了眨眼睛，看似沒聽清楚，於是月退又說了一遍。

「上課有不懂的地方，回去後我可以教妳……雖然我講的也未必比較好懂啦。」

對於他難得的主動，硃砂有點意外，不過她還來不及驚喜或者感動，月退便又補了一句煞風景的話。

「啊，可是，晚上范統要教我寫字，所以可能得找其他有空的時間。」

就這麼不經意的一句話，又讓硃砂咒殺范統的欲望大大提升了一個階層。

月退跟硃砂中午回璧柔家吃飯時，范統並沒有出現，於是下午的課月退就開始心神不寧，想東想西，擔心范統的狀況卻又怕打擾到他，因而不敢聯絡。

不過，在他們晚上回去吃晚餐時，范統已經坐在餐桌前吃東西了，大概是午餐沒吃的關係，他整個吃得很多又很快，而且沒等他們回來就自己開始用餐了，但看到他那副狼狽的樣子，他們一時之間也無法將指責的話說出口。

范統當然也有發現他們進來，在這之前，他已經讓璧柔無言地盯著很久了，但他並不在意，只顧吃自己的飯。

「范統，你至少也去整理一下儀容再來吃飯吧……」

目瞪口呆的時間過去後，璧柔總算遲疑地說出了這句話，不料她才一說完，范統就像什麼開關被打開了一樣，瞬間淚流滿面。

「用、用不著哭吧！我又沒說什麼重話！」

「我只是覺得……不幸死著回來吃這頓飯，實在是太感動了，死掉真好，上天果然還是殘忍的，所以我一時控制不住平靜的情緒啊——」

「你今天到底遭遇了什麼事情啊——！」

一團混亂過去後，大家總算入座開始用餐了，范統也稍微恢復正常了些。

呼，吃了一堆又哭過以後，好像有種拋開了自尊前往新境界的感覺，人果然還是需要適當發洩的，這樣才會健康啊。

嚇到大家的范統基本上已經吃飽了，現在正拍著肚子在旁邊休息。

你們為什麼都用那種異樣的眼神看我啊？我也不過就是頭髮亂了點，衣服燒焦破了幾塊，身上還有乾涸的血跡而已啊！我知道看起來很像歷劫歸來的樣子，但我又沒有缺手斷腳，也好好地……可能不太好地，至少活了下來，你們難道就不能用欣賞或者讚揚的眼光看我嗎？

「范統，你沒事吧？需要治療嗎？」

以范統現在的外表，月退根本判定不出他有沒有受傷，還是直接問本人比較快。

「噢，當然不可能毫髮無傷啦，不過這次運氣比較好一點，只有受了點重傷，有生命危險，雖然我不怕痛，但這樣就要治療好像太浪費了，不用管我沒關係。」

我要說的是輕傷啦……還有，我很怕痛，我從來都沒有不怕痛過啊，咦？怎麼一面說視線一面變紅了？喔喔，是抓頭抓破了凝結的傷口，血從頭上流下來了吧，這點血我沒在怕的！我可是見過大世面的人啊！怎麼可能因為這點從自己頭上流下來的血就暈眩動搖呢！

「范統，你到底是輕傷還是重傷啊！」

月退已經分不出他這句是不是反話了，朋友額頭上淌流而下的鮮血似乎又有點刺激到了這名心靈纖細的少年。

「本來應該受輕傷的，但是因為有噗哈哈哈在，所以變成重傷了。」

嗚呼！噗哈哈哈你不要在衣服裡用柄揍我啊！我是說因為有你的保護符咒，所以至少我還能輕傷回家，我真的沒有要誣陷你的意思！

「你用寫的好不好？」

硃砂以不耐煩的語氣這麼要求。

妳在要求之前，先給我紙筆啊……難道妳要我在餐桌上寫血書嗎？

「簡單的醫療魔法我也會一些，就別麻煩恩格萊爾了吧？」

璧柔反正不吃東西，十分有空，當下便走過來幫范統治療了。

「范統……那麼，你今天符咒練得怎麼樣？」

既然傷口好像不礙事，月退就關心起了其他問題。

「……練了……不少。」

一整天下來，練了不少的根本是劍術啦！可惡！而且還沒吃到午餐！中午那時候我應該是在跟那隻綠色有條紋的怪獸纏鬥吧？有夠難纏的，希望下次不要遇到牠的同類……不，不對！從明天開始我可不可以不要去虛空二區了啊！

「你真的跑去虛空二區？」

硃砂顯然不認為范統去了那種危險地方還回得來，可是他身上的血跡又很真實，讓她有點半信半疑。

「當然啊！我可是從資源二區生還回來呢！」

不要再資源二區啦！說得好像我身上的傷是陸雞咬的一樣！哪有那麼可笑的事啊？

「真不放心，到底該不該跟去看看……」

月退覺得才一天沒看到范統，他就自己出了很多事，就這麼放著他不管，實在很令人不放心。

「你要跟我去上課啊。」

硃砂馬上就表達了不滿，看來她也沒興趣一起去虛空二區。

我明天真的沒有要去虛空二區了好不好？我會跟噗哈哈好好溝通的，你們不要當作我接下來都要去虛空二區練啦——

「還是……范統你要不要跟我們去上課？」

月退為難地做出這個提議後，硃砂看起來不太樂意多個電燈泡，范統也搖了搖頭。

「我不練符咒，今天練太多了。」

今天根本沒怎麼練到才對啦！呃啊，說起來還有符紙的問題要解決……

頭上的血已經被璧柔止住了，現在璧柔正在對他身上其他小傷口施以魔法治療，范統就順便問了她一句。

「璧柔，東方城買得到練習用符紙嗎？」

拜託，東方城連買都不用買，直接領就有啦，我真的厭倦這種一再反駁自己的話的人生了啦。

「唔……符紙的話也許還弄得到，練習用的就有點難了耶。那種東西在這裡感覺應該沒什麼市場，不會有人去弄來賣的。」

璧柔面帶困擾地回答，她的回答也讓范統困擾了。

糟糕，我得用真正的符紙來練符咒？先不提浪費的問題，這樣真槍實彈的，我覺得我很危險啊！就算沒拿著噗哈哈哈，符咒只有原本的威力，還是可以讓我死得很難看吧？這、這下子要拿命來搏練習了嗎？

這個問題其實有點嚴重，但范統也只有蒼白著臉孔，沒有提出來跟大家討論。

「普通的符紙行嗎？」

住在這裡吃人家的用人家的，還都得麻煩人家去籌自己要的東西，所以當璧柔這麼問的時候，范統實在不好意思說不行。

「不行。」

但他不好意思說是一回事，說出來的話被顛倒又是另一回事了。

「到底是行還是不行啊……真是的，你回房梳洗一下，拿紙筆來再說啦！」

對這種必須一直猜測對方話語中真正的意思的交談，璧柔很快就失去了耐心，范統反正飯也吃完了，便摸摸鼻子按照她說的去做了。

回到房間後，他先從衣櫃裡拿取替換的衣服，不過當他要進浴室時，噗哈哈哈用精神溝通喊住了他。

『范統、范統。』

『怎樣？』

『你要洗澡是吧，順便幫本拂塵洗一洗。』

噗哈哈哈忽然提出的這個要求，讓范統無話可說了一下。

『你需要洗嗎？毛白白的啊，又沒弄髒……』

『什麼沒弄髒！變成劍的時候有弄髒啊！你想裝傻嗎，明明切了那麼多噁心怪物的身體，有的綠綠的、有的紅紅的啊！你要負責，絕對要幫我洗一洗啦！』

負什麼責啊，要是你肯出手幫忙把那些凶猛獸類通通解決，我還需要拿你當武器搏命，現在再來被你抱怨汙了你的身體嗎？

『你不會變成人自己洗啊？為什麼一定要我幫你服務？』

『本拂塵提供身體給你使用，你負責事後的清潔處理，我覺得這是很公平的事情。』

我覺得聽起來好像怪怪的。還有，那種狀況，根本是你強迫我使用吧？我覺得一點也不公平啊！我被迫使用你去廝殺，然後累得要死還得幫你清洗……我這是什麼勞碌命？

『如果不知道你能變成人也就算了，現在知道你可以變成人，還要跟你一起洗澡，感覺實在怪怪的……』

要是你是女的我二話不說立即抓你進浴室啊，偏偏就不是……屬於我的好姻緣到底在哪裡呢？

『我現在是拂塵又不是人，我不懂問題在哪裡。』

『我會被你看光光啊！』

『又不是沒看過，看一次跟看一百次有什麼差別嗎？本拂塵對你的身體一點興趣也沒有，你大可放心。』

我為什麼要被你用這種鄙視的語氣教訓啊！這是怎樣！

『而且你不會先穿著衣服洗我嗎？自己要脫給本拂塵看的，不知羞恥。』

我沒有回嘴你就越說越難聽啦！不要以為我會繼續容忍下去喔！小心我故意在清潔劑裡面加墨水！把你染成綠毛看你還囂張得起來嗎——

『范統，清洗的水要用溫的喔，最好稍微偏涼，燙的會傷害我的毛，冰的我不喜歡。』

你還真挑啊！有得洗就不錯了，到底誰才是主人！

范統心裡唸歸唸，還是乖乖去放了溫水，調好水溫，再把噗哈哈拿進去清洗。

……不，這已經不是勞碌命了，這根本是奴才命的等級吧？我到底……我到底欠了這拂塵什麼？噗哈哈你有沒有生辰八字？有的話給一下好不好？我應該來徹底研究一下我們之間命格的關係之類的問題，總要讓我找出個原因啊！死也要知道怎麼死的吧！

『范統，你專心點好不好？不要以為隨便洗洗就可以了，要徹底清潔，我可是很愛乾淨的。』

挑剔就自己洗啊——混蛋——

在拂塵的清洗工作結束，范統也洗完自己後，接著便又是教月退寫字的時間了。

今天無論從哪方面來說，都可說是范統過得很充實的一天。

范統的事後補述

媽媽，通往高手的路好艱難，我可不可以反悔，我可不可以不要了？

仔細想想，我原本明明是個普通人不是嗎？都是事情自己找上我的，我可從來沒惹是生非把自己攪進去的意思啊！到底為什麼事情都會找上我呢？人的交友會影響自己的命運是嗎？

就在今天，我成了從虛空二區生還歸來的勇者。

要是幾個月前……不，就算是五天前，這也是我完全不敢想像的事啊，我的人生究竟是從哪開始扭曲了呢？這到底算不算是往我希望的方向前進？

不過重點應該是，我今天幾乎沒練到符咒啊！被追殺、逃亡、迫不得已拿劍反擊……我今天白天所做的，幾乎就是這樣的游擊生存戰而已啊！這應該不是我本來的目的吧？我所希望的應該是到一個安靜無人打擾的空間，好好專心練我的符咒，為什麼會變成這樣呢？

那種還沒靜下心來拿出符咒，就會冒出一隻魔獸來的環境，完全就是在逼我熟悉暉侍的劍術嘛！可是我理想的職業是符咒師，不是需要體力的劍士啊！我相信如果以後要在西方城生存下去，符咒師這種稀有職業一定比滿地都是的劍士珍貴得多，更何況我將會是皇帝認可的符咒師，行得正坐得端，應該也絲毫不必擔心被排擠！

為了我幻想出來的光明未來，我應該要努力練符咒，所以我不該去一個只能練到劍術跟體力的環境對吧！明天沒有要去虛空二區了對吧！

噗哈哈居然跟我說，虛空一區的危險性高，特色在於高危險的魔獸，虛空二區的危險性高，則是因為數量過多的普通魔獸……既然你知道的話，為什麼不乾脆帶我去虛空一區算了啊！搞不好運氣好還可以挑到沒有魔獸的地方練符咒呀！

可是……運氣好這種事情好像很少發生在我身上……

今天還聽說硃砂開始學邪咒了，月退還要抽空教他的樣子……我覺得這真不是什麼好消息，月退，你都不怕他咒殺我嗎？

要是符咒好不容易練出點成績，卻被硃砂詛咒而死，我情何以堪？

唉，還得找個新地點做為練習地才行。而且拿真正的符紙練習啊，到底又會有什麼狀況……我該不會真的得靠月退的王血救治吧？千萬不要啊——

章之七　最強劍衛……已離職的

『唉，最近都被關在神王殿裡，好無聊喔，老頭幫我找點樂子吧，我們一起去捉弄死違侍怎麼樣？』——音侍

『你果然根本沒有在反省嗎……』——綾侍

『那該死的音侍什麼時候才能出去啊！我想要安寧的生活！』——違侍

『違侍，這該不會是你第一次沒有遮名字的公開發言吧……？』——珞侍

在西方城的日子，轉眼間半個月就過去了。

這半個月的時間，范統持續他不知道去哪裡進行的符咒練習，月退跟硃砂持續去上課，璧柔也持續外出打探消息，各人各自的進度都只有自己清楚，畢竟相見的時候通常都是在吃飯，沒有特意聚在一起開會的話，基本上也沒什麼機會了解彼此的狀況。

但今天吃晚餐的時候，璧柔站在餐桌前面對著他們，一副有什麼大事要說的樣子——這似乎宣告著他們終於該做點什麼了。

「經過我半個月來不斷打聽過濾消息的努力，我整理出了幾個比較有用的情報，我們大家來討論看看下一步怎麼做吧！」

范統維持著往嘴巴裡塞東西的狀況，跟月退還有硃砂一起看向她。

原來妳真的有去打聽情報啊？以我過去對妳的了解，我還以為妳號稱要打聽情報，但出了家門就跑去逛街購物買衣服了……我果然對妳有偏見嗎？

「說說看吧。」

硃砂淡淡地這麼說。

這種宛如上司的語氣是怎麼回事……？月退是璧柔的主人，妳可不是吧？

「嗯……首先是，西方城跟東方城的戰事好像又要繼續進行了，休戰了半個月，大概是各自處理國內的問題，現在又再次開戰了的樣子。」

啊？又要開戰？戰不完啊？那個假少帝這麼有把握可以掌控得住局面？他現在根本內憂都還沒解決吧，而且西方城的士兵真的相信他是真貨嗎？

「要開戰？為什麼？」

這個消息引起了月退的注意，他顯得有點震驚。

「這次好像是東方城發起的喔，我也不太清楚原因……」

哦？東方城發起的？

不清楚原因也是正常的，要是東方城的宣戰布告又在打官腔，誰看得出真正的理由啊？

「東方城發起的？為什麼，他們明明已經知道那爾西沒有王血了——」

月退無法理解矽櫻繼續發動戰爭的原因。原本應該是因為王血注入儀式破局，為了迫使少帝點頭同意配合才發起的戰爭，大家都是這麼認知的。

「搞不好是覺得你逃了以後也是去西方城，就是要逼你出面？如果西方城又戰敗，面對東方城的侵略，也只能盡快將你找出來以免滅國吧？」

硃砂每次做出的都是不負責任的隨性發言，這些話也使月退感受到了不少壓力。

「怎麼會……」

針對這件事的討論不急，璧柔想先把其他消息說完再說。

「第二個消息是，長老們好像被囚禁起來了，他們已經一段時間沒露面了，根據我努力打聽的結果，應該是那個混蛋假貨策動奪權，長老們被他得逞了，所以成為階下囚了吧。」

「咦？」

看得出來，月退也很在意這個消息，連續兩個消息都是他相當關注的。

「長老們……這樣嗎？」

他好像不知道該表現出什麼樣的情緒。依據他先前的說法，他在聖西羅宮的生活都受制於那幾個長老，那些體罰應該也都是長老們下令或者執行的，等於整個人被他們掌控，沒有自由，也就是說，長老們也是他應該憎恨的對象才是。

但看他現在的表情，似乎也沒有單純因為這消息而喜悅的樣子。不過，范統反正已經放棄了解他種種複雜的心情了，倒也沒有很想知道他此刻的想法。

「這不是大快人心的事情嗎？你看起來為什麼沒有很高興？」

范統不問，不代表硃砂不會問，而在硃砂問了之後，月退露出了困擾的神情。

「我不知道應該怎麼去想這件事情。很複雜。」

我也知道你很複雜。你一直都很複雜。說起來，那爾西的實力應該沒有你強吧？怎麼人家就能奪權，你就不行啊？你是不是對自己的人生態度太消極了，根本沒有認真想做點什麼？雖然你們兩個的情況好像也不太一樣，不能相提並論啦……

「最後一個消息是很重要的消息！」

璧柔神情認真地這麼宣告。

咦？慢點，已經最後一個消息了？只有三個消息嗎？以妳鑽石劍衛的人脈，打聽了半個月只有三個有必要讓我們知道的消息，是這個意思嗎？好像太少了點吧！還是西方城真的都沒有什麼可提的事情啊？但打聽這三個消息需要花到半個月的時間？

「鬼牌劍衛辭掉了魔法劍衛的職務，我想他應該對那個假貨有所不滿，所以才不願意繼續為他做事吧？我覺得他是我們可以拉攏的對象，雖然有點冒險，但還是該去見他一面試試看，你們覺得呢？」

哦哦？尋找願意支持月退的同伴，是嗎？這提議聽起來比上次那個去見那爾西有建設性多啦，可是，這樣等於我們得暴露我們的身分，讓對方知道月退現在就在西方城，那……萬一賭錯了呢？萬一他心裡還是向著那爾西，只是鬧鬧脾氣辭官在家，根本沒有支持我們的可能性，我們到時候怎麼辦？交涉不成，為了保護自己，就直接把他滅口嗎？

想要滅口也得有本事滅口才行啊！鬼牌劍衛，是那個矮子沒錯吧？他可是金線三紋——也就是說，跟月退一樣的等級耶！萬一他翻臉無情直接對付我們，我們有辦法自救嗎？

「鬼牌劍衛是哪一個啊？」

硃砂無法把稱號跟人對上，所以詢問了這個問題。

「最高的那一個。」

范統一時心直口快就回答了，當然說出來的是反話。

「不要聽范統說的，是最矮的那一個。」

璧柔馬上澄清了這個口誤。

喂！我只是好心想幫忙解答罷了，妳這女人態度為什麼這麼不友善啊！

「總之……是最強的那一個。」

月退的評斷方式跟他們不太一樣，而他話一說出口，范統便瞪大了眼睛。

什麼？我本來還抱著僥倖的心理，想說就算是金線三紋，裡面也有強的金線三紋跟弱的金線三紋，但你卻說他是魔法劍衛裡面最強的？他明明長一張年輕的娃娃臉，卻比那個大叔強嗎！那假如交涉破裂，我們真的會有活路？我覺得那個金髮的看起來好像比較和善的樣子，我們要不要換個目標看看啊！

「他是最強的嗎？比那個年紀稍大的劍衛還強？」

硃砂顯然對這句話也有點半信半疑，畢竟一樣是金線三紋，大家總會覺得有十幾二十年差距的話，應該是年紀較長的那個人比較佔上風才對。

「啊，鬼牌劍衛一般都是給實力最強的劍衛當的喔，這是西方城一直以來的慣例，雖然黑桃劍衛奧吉薩沒怎麼出過手，很難評斷他的實力，但鬼牌劍衛伊耶是五名劍衛中最強的，這在全西方城人盡皆知。」

原來是這樣喔？

「五侍的封號都有他象徵的意義跟評選標準嗎？」

我要問的是五名劍衛。自己翻譯一下，謝謝。話說這種常識性的東西，搞不好翻一翻暉侍的記憶都有？但我現在懶得翻，拜託直接告訴我吧。

「嗯——我也很好奇五侍的名字是怎麼取的，不過你現在提這個做什麼？」

璧柔妳就繼續裝傻嘛！誰在問五侍啊！

「月退，你應該聽不懂我的問題吧？」

范統轉而求助月退後，月退露出了尷尬的笑容。

「我知道你要問的是五個魔法劍衛象徵的意義跟評選標準……但我沒了解過這方面的資料，所以還是請璧柔回答你吧。」

喂……你這個……你根本是個不及格的皇帝啊！連自己的近衛臣子是怎麼選出來的都不知道！雖然可能也不是你選的，但你怎麼可以都不關心啊！你從來沒想過跟外人聯繫，培養一點自己的人馬好脫離那個牢籠嗎？你的人生觀到底是哪裡出了什麼問題啊！

「是這樣喔？我一時沒反應過來你說話又顛倒了啦，那我就大概說明一下好了。最初創立魔法劍衛這五個職位時，理想上的安排是這樣的——」

璧柔說著，便依照想到的次序講解了起來。

「鬼牌劍衛必須要是最強的，因為他是負責為皇帝剷除所有障礙的人；紅心劍衛必須有種無可質疑、願意為皇帝奉獻一切的忠誠，他主要的責任是維護皇帝的人身安全；黑桃劍衛必須擁有一顆冷靜的腦袋，他必須指出皇帝的缺失，並協助皇帝改正；鑽石劍衛必須有細微的觀察力，他的用途是代替皇帝親近人們，了解國內的情況。最後就是梅花劍衛了，梅花劍衛比較沒什麼特別的，大概就是每個劍衛的工作都可以找他協助，名義上雖然也是魔法劍衛，但實際上應該算四個劍衛的助手。」

喔——這樣聽起來還挺清楚的。也就是說，我們要去見的是負責替皇帝掃掉障礙的人……那麼我們被他當成障礙除掉的機率也不低吧？還是說他已經辭職了，所以不必擔心他繼續為宮裡那個傢伙履行鬼牌劍衛的義務？

「只是，這些都是當初理想的標準，後來選出來的劍衛未必每個都符合，也未必都有在執行這樣的工作，畢竟有的皇帝可能覺得魔法劍衛只要魔法跟劍術好就行了，有的皇帝覺得魔法劍衛只需要保護自己，五名劍衛可以聯合施展出來的保護結界也是在那種皇帝的要求下研發出來的，到現在剩下來的標準，只有鬼牌劍衛必須是最強以及紅心劍衛最重要的是忠誠了。」

聽起來有點感傷。而且我覺得紅心劍衛的忠誠，還被歪曲之後往別的方向利用了啊？拔雞毛算什麼？這是在測試忠心嗎？

「那麼，五個劍衛現在大致上都在做什麼？」

硃砂對現在的魔法劍衛職務狀況感到好奇，璧柔也就接著說明了。

「根據我的了解，之前伊耶主要負責練兵，城裡的守衛隊也是他訓練的，雅梅碟大概都在做假貨給的奇怪任務，奧吉薩幾乎都待在假貨身邊，不知道在做什麼，我……咳，以前大概就偶爾去沉月通道幫忙搶人這樣，然後梅花劍衛，似乎也是閒著，而且之前那個被音侍用噬魂之力傷了所以卸職，後來選出暫時的，實力素質又不太好，好像還在研究要不要另外找人選的樣子，可能會再召開評選會吧……」

還要再選啊？月退你要不要去應徵算啦？

「叫范統去應徵，搞不好可以臥底。」

硃砂喝了口茶，然後這麼說。

什麼！為什麼是我！哪裡錯了吧！先不管實力問題，只要給住手先生看到一眼不就破功了嗎！

「范統……不成吧？」

月退有點傻眼地吐出這麼一句話，反正他就是覺得范統不該去做任何危險的工作。

「范統根本不會魔法啊！這樣無法錄取啦！」

璧柔指出了一個重點，魔法劍衛不只是劍術要好，魔法也得下功夫的。

「對啊，范統不會魔法，不行的。」

月退小小地拍了拍胸口，似乎鬆了一口氣。

你那「幸好找到了一個正當理由可以阻止這件事」的神態是怎麼回事啊，月退？你就這麼不信任我的能力嗎——雖然我也不太信任自己……

「咳，那就繼續我們剛才的話題吧？我覺得我們應該去爭取伊耶當同伴，你們覺得呢？」

大家都維持沉默。

「除了爭取他當同伴，還有一個迫切需要解決的問題啊！恩格萊爾身上的限制需要找個高手幫忙解除封印限制不是嗎？我覺得如果是鬼牌劍衛，說不定有辦法？要奪回帝位，我們現在的狀態是辦不到的吧，我們總得做點什麼才行啊？」

對喔！都忘了！還有月退的問題啊！啊——這個可就麻煩了，這的確是一定要解決的問題啊，傷腦筋……

「恩格萊爾，你的意思呢？」

月退才是最應該表態的人，他們所做的事情、他們為什麼會在這裡，主因都在於他。都給了你半個月的心理準備時間了，你應該也考慮清楚了吧？快點做個決定啊。

「那就……試試看吧。」

儘管態度沒有很堅定，但至少他表達出了意願。

「嗯，那我等一下就去提出拜訪請求吧，伊耶的家有點遠，不在城內，來回需要一點時間。」

啊？不在城內？魔法劍衛居然不住在城內嗎？不，等一下，妳有必要這麼積極嗎？我們先擬定好對策再說啊！難道要這樣有勇無謀地直闖人家的住處？什麼都不準備嗎？

「我以為居民一般都住在城內？」

硃砂也覺得很奇怪，東方城那邊的狀況，各領地是有一些小聚落沒錯，但都是些過得比較辛苦的居民住的，像魔法劍衛這種地位高的人理應住在城內才是。

「可能他個性比較孤僻，不喜歡人多的地方的樣子？我也不清楚原因啦。他的劍衛府設在城外一處小丘上，不過至少跟西方城在同一區。」

那些都無所謂啦，重要的是我們不該這樣傻傻愣愣的就自己送上門啊！預防措施呢？撤退方案呢？

「要是談的結果很順利怎麼辦？」

范統終於忍不住自己開口問了。

「你是說不順利嗎？」

璧柔確認了一句，范統連忙點頭，然後接著問。

「萬一他相信我們，願意成為我們的同伴，然後想直接把我們抓去給那爾西的話，我們要怎麼應對啊？」

我是說他不相信我們，不願意成為我們的同伴的話啦。你們該不會都沒考慮過這個問題吧？你們覺得那矮子是可以輕易說服的對象嗎？

「對不起，我不太擅長計劃事情，一向是走一步算一步。」

月退居然在聽完之後道歉了，搞不好他真的沒想過這個問題。

所以你行事才總是那麼亂來嗎……？你做決定之前拜託先想想後果跟退路好不好？你又不是笨蛋，那顆腦袋動一下應該不難吧？

「唔……我想可能、應該還是跑得掉吧？范統你不要那麼悲觀啦。」

璧柔對於范統的提問，也只不安了一下，很快就決定把一切交給命運了。

不是我悲觀，是妳太樂觀吧……？

「我先回房一趟。」

范統對剩下唯一還沒發言的硃砂會說出什麼沒有興趣，他覺得還是回房間安靜下來卜一下這趟的運勢，至少對於自己的算命能力，他還是有幾分信心的。

儘管缺少一些器具，占卜不能算得很完全，但以他基本的能力，還是可以運作的，花了點時間，他對算出來的結果不知道該做何反應。

朦朦朧朧的，怎麼最近常常這樣啊？

每次都只能斷定沒有強烈的凶兆，所以應該沒問題，這樣很悶啊……什麼時候可以來個大大的吉兆？這半個月來我每天出門前都占卜，也從來沒看過好兆頭，唉……

由於現在住在璧柔家，吃住開銷都算璧柔的，沒什麼金錢上的需求，所以范統也沒打算在西方城擺攤做算命生意。況且，現在每天練符咒都來不及了，根本沒有時間做多餘的事。

璧柔的拜訪請求很快就送出去了，接著，便是忐忑不安地等待伊耶的答覆了。

請求拜訪的帖子，伊耶一向是不親自看的。

他十分痛恨交際應酬，對於招待一些陌生又麻煩的客人也毫無熱忱，一般訪客他是拒絕會面的，家裡的管事會負責過濾拜帖，覺得可能需要他過目的，才會送到他手上。

當今天在桌上看到這張拜帖時，伊耶一時也不知道該說是意外還是預期之中。

發函者是鑽石劍衛月璧柔。因為先前就聽雅梅碟說過一些事情了，這個拜訪要求背後可能有的目的，他想他也猜測得出來。

至於見還是不見，他其實也沒有考慮多久。

「已經太久沒有什麼讓人覺得有趣的事了。」

看著拜帖上的名字，伊耶此刻想著的，是隱藏在這名字後面的某個人。

「雖然很麻煩，不過，就見個面吧。」

有了會面許可，范統等人所要做的，自然就是整裝出發了。

既然打算跟伊耶攤開來說，月退那讓人看不清楚容貌的暗示也可以暫時先解除，反正去了那裡，這種伎倆也是會被看破的，還不如一開始就不要做，比較光明磊落些。

在去之前，月退跟璧柔溝通了一些小細節，范統則處於恍神狀態，大概還不太能接受今天就要去伊耶家的現實。

啊哈、啊哈哈哈，月退解除了暗示，也就是說我們一照面可能就有答案了嗎？我覺得這還挺刺激的啊，真的得先做好心理準備，最好站離門邊近一點，以便逃跑……

「好了，我們出發吧。」

璧柔說出這句話後，范統幾乎都維持在恍神的情況下跟著行進，下一次回神時，已經是正面面對那座丘陵上的大宅時了，以致他也有種「未免走太快了吧」的感覺。

跟大門的守衛報備過後，就有人來帶他們進去了。伊耶的居處建築挑高，有著十分高聳的屋樑，和璧柔那較為寬平的屋子不同，這裡感覺更像是西方的城堡。只是范統處於緊張胃痛的情緒中，難以好好觀察這座宅子，他現在實在不曉得該希望伊耶早點出現還是不要出現，但他也明白，逃避現實不是解決問題的好方法。

「少爺在裡面等著您們。」

僕人帶他們到正廳門口，恭敬地告知了這句話，看樣子沒有跟著一起進去的打算。

都已經來到這裡了，自然也沒有退縮的理由，走在最前面的璧柔在僕人打開門後毫不猶豫地踏了進去，走在後面的他們便跟進了。

坐在正廳內的男子，乍看之下只是個擁有一頭柔軟白髮的俊秀少年，然而那雙銳利的眼睛裡透出的感覺，並不是一個普通少年能夠擁有的。

范統現在也能比較敏感地感受到危險性了，伊耶就很直接地給了他危險感，至於是否有敵意，至少他還沒有明顯感受出來。

主人迎接客人，照理說該打個招呼或者說點場面話，但他只是掃過他們一眼，冷笑了一聲，讓人猜不透他在想說什麼。

「我不會說『歡迎光臨』。」

伊耶認人的本領固然很差，但那張與他討厭的人十分相似的臉孔，他還是辨識得出來，這只是證實他的猜想罷了，他絲毫不顯驚訝，甚至一開口就是這樣的話。

「之所以同意見你們，只不過是無聊罷了，有什麼能引起我興趣的事情就說說看吧，至於客套的廢話就不必了。」

雖然稱不上客氣，但至少不算完全排斥或激盪出火花的開場，讓范統稍微安了點心，而負責解釋來意的人，是璧柔。

在簡單說明己方狀況的過程中，伊耶那帶點不耐與不滿的眼神一直沒有改變，雖然摸不透他的心思，璧柔還是硬著頭皮說出了最重要的那句話。

「我們希望你能幫助我們，成為我們的助力，如果你不想管這些事情，希望至少能請你幫忙看看能不能解除恩格萊爾身上的力量限制……」

她一直說到這裡，伊耶都只靜靜地聽著，沒有打斷她的話，但在她提出了同伴邀約後，他卻也沒正視她回應這個要求，而是以一種不悅的視線，瞥向了後面的月退。

「要請別人幫忙，不會自己開口嗎？」

噢……我覺得這句話不太客氣耶，雖說矮子一直以來表現出來的態度，就我過去看到的印象來說，確實也沒有客氣過，可是正常人對皇帝不該用這種語氣說話吧？如果他不怎麼尊重月退，不就代表我們不太可能獲得他的幫助？

范統一面在心裡猜著伊耶的想法，一面進行著這樣的思考。而被伊耶直視的月退，則彷彿不曉得該如何回答。

那個，月退，你要是不說點什麼，他應該會生氣吧？

范統才剛這麼想，伊耶就冷冷地說下去了。

「我不覺得我有什麼理由非得幫助你們不可。」

「咦？但是，放任宮裡那個假貨繼續當少帝，這根本是不能容忍的事情吧？」

璧柔一聽伊耶這麼說就急了，若不能得到伊耶的支持與幫助，月退的處境真的會很為難。

「沒有任何證明。只憑這幾句話，就要我相信他是真的嗎？事情沒有這麼簡單的吧？」

他說是這麼說，卻也沒有像質疑那爾西時一樣，要月退現場使用王血的能力。

「我……」

璧柔實在很想說出「身為愛菲羅爾的我就是證明」這樣的話，可是在不知對方是否真能成為同伴的情況下，她不該輕易洩漏身分，這也是月退在來之前跟她商議過的。

「不過，我可以考慮這個提議，相對的，我有我的要求。」

本來伊耶看起來已經要拒絕他們的邀約了，沒想到，他突然又補了這麼一句話。

而這句話他是看著月退說的。

「什麼要求？」

到現在還一聲不出的話也太過分了點，月退總算順著他的話問了問題。

「我替你解除三十分鐘的限制，拿起劍，戰勝我。」

伊耶的要求十分簡單，他的語氣中也帶著對自身實力的自信，顯然他也不覺得自己會輕易落敗。

他彷彿只是追求一場與強者的比試——如果眼前的這個人是真貨的話。

「不行！恩格萊爾他右手還在復原中啊！而且戰鬥中如果有什麼意外，該怎麼辦？」

璧柔第一個就跳出來反對，伊耶金線三紋的實力可不是擺著好看的，她很擔心月退會在比鬥中受創。

「我唯有對強者俯首稱臣。我不允許站在我之上的，是個沒有實力的廢物。」

伊耶從座位上站起來的同時，冷笑著說出了這樣的話。

「誰管你是不是真的少帝，想要我服從，就拿力量戰勝我。就算你不是真貨，只要你夠強，扶持你當皇帝也無所謂啊——畢竟我看宮裡那個傢伙不爽很久了。」

從他的身上，可以感覺出他明顯的戰意，這樣的戰鬥意志似乎已經被他壓抑很久了，尋求好的對手一直是他本能所驅使的事情，如果現在送上門來的這個讓他失望，他是不會為他付出任何東西的——即使他是恩格萊爾。

畢竟他現在已經不是魔法劍衛了。他已經扔下了授勳，回復了自由之身。

「怎麼樣？不敢接受嗎？你所謂的金線三紋難道是要加入天羅炎來計算的？」

伊耶的話語充滿挑釁，璧柔本來還想再說點什麼，月退卻向前一步制止了她。

「我接受。」

這一次他的聲音平穩而堅定，不像之前總帶著猶豫。

「啊？可是，恩格萊爾——」

因為璧柔的身分不方便曝光，月退自然是無法穿著愛菲羅爾進行比試的，現在天羅炎也不在他手邊，他有的就只有自身的實力而已。

「其實我也想過，我也許真的很沒用吧。長達十年以上的時間，都被長老們掌控著，甚至空有力量仍被暗算，死得如此不甘心……我缺乏許許多多當皇帝需要的能力，又怎麼能說服別人無條件幫助這麼無能的我呢？儘管我並不是為了想當皇帝回來的，但是我必須去做一些該做的事情，取回我的劍，那麼我總是該自己做點什麼的。」

他說到這裡頓了一下，才接著說下去。

「除了我所擁有的力量，還有願意陪我回到這裡的你們，我或許什麼也沒有了。我知道這麼做也不能代表什麼或者證明自己的價值，只是力量是我少數可以使用的東西，我覺得我沒有拒絕逃避的道理。」

語畢，他迎向了伊耶的目光，藍色的眼中一片沉靜，並沒有為了即將到來的戰鬥而產生任何情緒反應，彷彿這只是一件他平常就隨時在經歷的事情。

「不錯的眼神，那麼就跟我來吧。」

伊耶點了點頭，首度有了讚許。他們當然不可能在大廳直接就這麼開打，曾經身為鬼牌劍衛的伊耶，家中自然有適合比武的地方，示意他們跟上後，伊耶就走向另一側的廊道，準備前往接下來要舉行戰鬥的場所。

月退既然都做出決定了，璧柔、硃砂跟范統也只能跟著他過去。行進的途中，范統多少還是有點不安。

「月退，打得輸嗎？」

該死的詛咒別再觸霉頭了好不好？

「我會贏的。」

盯著伊耶走在前方的背影，月退輕輕地回答，如同是對戰鬥結果的宣告，或者預示。

（待續）

✣ 自述——奧吉薩

『魔法劍衛，到底是做什麼的？』

『理應守護皇帝的魔法劍衛，就是像你這種人嗎？』

這個國家的皇帝，從很久以前就瘋了。

我第一次見到他的時候，是在黑桃劍衛的授勳儀式上。

儘管皇帝只是受長老控制的王血容器，一些正式的場合，他們還是會讓他出現，即使這其實沒什麼意義。

對不具備權力的皇帝來說沒什麼意義，對我來說，也不怎麼重要。

『你願意以你的名起誓，效忠於你的皇帝，背負起魔法劍衛的榮耀，守護西方城的正統嗎？』

當我屈著右膝低頭下跪時，皇帝輕輕柔柔的聲音在我身前響起。

這是授勳儀式必經的流程，來到這裡之前，我都已經很清楚了。

『我願意。』

我所要做的，也只是回答這公式化的台詞。

不需要猶豫、不需要思考，只因清楚這個誓言沒有絲毫價值，我不會為此負責，也不會因為這樣而良心不安。

這只是一個讓我得到魔法劍衛職位的象徵性儀式而已，身在殿內的人都知道，所謂的黑桃劍衛，協助的對象不是皇帝，而是長老。

依附著長老而得到權力，讓皇帝成為籠中鳥的幫凶。

當我做出宣誓之後，皇帝應當將我扶起，然後把象徵黑桃劍衛的勛章交到我手上——那雙沒什麼血色的手的確扶著我起身了，不過在他從一旁侍從端著的盤中拿過勛章時，他看著我的那張蒼白臉孔，卻露出了一抹令人不知如何形容的笑容。

『你說謊。』

聽見這句話時，其實我還有點反應不過來。

『究竟還有誰會在我面前說真話？我是西方城的皇帝？我是西方城的皇帝嗎？你會效忠我，守護我，順應我所有的要求？你會？』

你只不過是一個沒有實權的皇帝。你應該讓這個儀式順利完成，而不是擾亂儀式的進行，問出這些你心知肚明問題——我看著他的眼睛，心中這麼想著。

但這些一樣是不可能說出口的話。皇帝在公開場合代表的終究是西方城的顏面，就算這裡其實沒有幾個對聖西羅宮的狀況不知情的人。

『您自然是西方城的皇帝，而您的魔法劍衛也自然該順應您所有的要求，成為您忠實的守護者。』

我做出了一個「魔法劍衛」該有的回答，皇帝則在聽了這句話後，捏緊了手中的勳章。

『所有的人都在騙我。所有的人都只會做出不可能兌現的承諾。所有的人都在背地裡嘲笑我，明明只是個傀儡，卻以為自己是個王呢……？』

捏得過緊的手被勳章銳利的邊緣刺傷，那對西方城居民來說十分珍貴的「王血」，就這麼從他的指尖縫隙，往下滴落。

『陛下，您累了，先回去休息吧。』

『陛下，請……』

皇帝脫序的舉止，讓一旁的人過來中斷了儀式，不由分說地將他帶走。

勳章過了兩天還是送到了我手上，上面的血跡已經清洗乾淨……

然而，這一切只是個開始。

長期的壓抑會如何扭曲一個人的精神，我並不怎麼清楚，也沒有興趣知道。

只是當有個例子活生生出現在我面前時，我卻也不得不注意，不得不知曉。

『陛下，這是這次要請您救治的人。』

王血的治療效果遠勝過所有的靈藥，所有傷重病重的人，都會渴望獲得王血的恩澤，治療畢竟不像復活有一個月一次的限制，所有長老想施恩的對象，都會被帶到皇帝的房間來，讓他滴血治療。

領路的人通常是我，每一次我也只靜靜看著，不過從這天開始，情況卻出現了改變。

傷重得彷彿隨時會失去生命的年輕女性被放在皇帝的面前，眼看很快就要成為一具屍體了，她的丈夫以急切的眼神看著皇帝，但還是等不到皇帝有任何表示。

『陛下，請您以王血救治傷患。』

我又出聲了一次，然後，皇帝朝我看了過來。

『死了再說。』

他的語氣平平淡淡的，就如同他完全不曉得這是一句對傷患家屬來說多麼殘酷的話語。

『陛下……？』

希望妻子能得救的男子面上充滿了錯愕，顯然不明白皇帝為何會這麼說。

『我要休息，沒有心情，抬出去。』

皇帝簡單地做出了這樣的交代，然後微微一笑。

『嗯——睡醒的時候說不定人已經死了呢？不過復活一個月只能用一次，長老們不知道會不會答應呢？之後如果有更重要的人死了怎麼辦？應該是不行的吧？』

『請您別任性了。』

皇帝對傷患的痛苦無動於衷，用一種覺得一切都無所謂的態度說了下去。

『只要我不願意，你們能怎麼強迫我？威脅？利誘？已經沒有用了。你們可以從這個身體裡將鮮血榨光，只要不是由我使用，都沒有治療的功效，誰也不能勉強我做我不願意的事，我是這個國家的皇帝，這是你們說的……對吧？』

當我正在消化這是否代表皇帝此後都不願行使治療的能力時，皇帝轉向了那名顫抖的男子，又開口了。

『這是個很有趣的遊戲，下跪求我啊，在你的妻子死去之前——嗯，死了以後也還有六小時，你還有這麼多的時間可以讓我改變心意呢，說點能夠打動我的話來聽聽嘛，你不是不希望她死嗎？』

雖然他說得好像事情有轉圜的餘地，但從他充滿輕蔑的眼神裡，我看得出來他絕對不會改變心意。

『陛下，求求您救她，求求您——』

我退出了房間去告知長老們這件事情，得知皇帝不聽話，他們確實動怒了，只是他們卻也沒有任何方法能夠脅迫皇帝救人。

他們絕對不是不敢對皇帝用刑，只是不管如何加諸折磨，皇帝還是瘋狂般地笑著，完全沒有鬆口答應的意思。

『你們已經不可能再逼我做什麼了，我連死都不在乎，還有什麼能威脅到我？』

『用刑有什麼關係呢？只是我也不會拿王血治療自己的，把我折磨死了，你們負得起責任嗎？你們敢嗎？』

他們拿他沒有辦法。看著妻子斷氣的男子嗓子都求得啞了，皇帝也只含笑看著屍體逐漸冰冷，直到過了能夠復活的時間，再讓人把他們送出去。

旁人看見的也許是他的殘忍無情，但看在我眼裡的卻是不一樣的東西。

我不明白那樣深的絕望從何而來。

那樣會讓人為之一顫的絕望，猶如一個深淵……將人逼到這個地步，是不是有什麼錯了呢？

在皇帝的身體因為病重而急遽衰微時，長老們評估著該立他兩個兒子裡的哪一個為皇帝，方便掌控——然而，皇帝的要求卻讓他們的計畫無法實行。

從王室血親裡召來所有的孩子，選出最有天分的一個，過繼王血與皇位……這聽起來是個異想天開的胡來主意，但在東方城擴增國力造成壓力的情況下，他們的確需要一個能夠使用天羅炎的皇帝。

只是這樣的決定，讓我不由得困惑了。

『您的孩子呢？您打算讓您的孩子……』

『我的孩子？』

皇帝冷笑著重複唸了一次，然後說話了。

『不怎麼辦。只要不當這皇帝，什麼都好，愛送去哪就送去哪，活著還是死了都無所謂，他們長什麼樣子我都不記得，管他們會怎麼樣？』

『臣明白了。』

『不過，你為什麼會關心我的孩子怎麼樣呢？我的魔法劍衛……說要效忠於我，順應我所有的要求，守護西方城的正統……所以呢？你要代替我保護我的兒子嗎？你？』

皇帝的語氣充滿了不屑，而我還是一如以往地做出我應該做的回答。

『臣會的。』

在我這麼回答後，皇帝嗤笑了一聲。

『奧吉薩，你的承諾，值幾個錢？』

每做出一次的應答，就是說一次謊。

每一次的謊言，我都不曾放在心上，如同這一次的。

新皇即位後，我入宮的時間，比過去減少了許多。

那個被選為皇帝的孩子會過著什麼樣的生活，對我來說，也是與我無關的事情。

我報告的對象一樣是那些長老，其他的魔法劍衛，和我也沒有交集。

有的時候去找長老時，也會碰到裡面有別人在的狀況，他們不會介意我聽到裡面在談什麼，所以我不曾迴避。

『恩格萊爾今天的狀況怎麼樣？』

『一切正常。』

那個回答中帶著冷漠的少年聲音，對我來說是陌生的。

『去告訴他不准休息，督促他練劍！你就在旁監視，有什麼狀況再回報給我們。』

『是。』

門被推開來後，金髮的少年從裡面走了出來，側身而過時完全無視我的存在。

憑著微薄的印象，我認出他是先皇的次子……於是，我進去跟長老們交代了該交代的事情，隨即準備離宮回府，但在我經過花園時，又看見了那名少年。

少年看似漫不經心地坐在花園的一角，一副沒什麼事情要做的樣子，照理說不該是這樣的，所以我朝他走了過去。

『你怎麼會在這裡？』

少年藍色的眼睛往我瞥了過來，淡淡地反問。

『關你什麼事？』

『你應該去陛下那裡，督促他練劍。』

至少從剛才的話聽起來是這樣的。我知道皇帝已經有金線三紋的實力，根本不需要再做什麼苦練，長老的交代不過是要他不得閒罷了，但這個被交代監視皇帝的對象，卻沒有按照長老的命令去做。

『我偏偏不想去，你想怎麼做？回去告訴長老嗎？』

少年冷冷一笑，投注在我身上的目光銳利了起來。

『……沒有這個必要。』

我並不怎麼喜歡多管閒事。

少年那種尖銳的氣質，讓我彷彿想起了他的父親，說不上來那種感覺是什麼。

『是嗎？我以為黑桃劍衛是長老們忠心的部下呢，我覺得這應該不是誤會吧？』

面對他充滿挑釁的質疑，我的回應依舊自欺欺人。

『魔法劍衛是屬於陛下的，效忠的對象應該是皇帝。』

少年面上帶有諷刺意味的笑容沒有消退，他盯著我的勛章，笑著開口了。

『魔法劍衛，到底是做什麼的？』

我還沒有回答，他就說了下去。

『職責義務什麼都知道，做的卻完全是另外一回事。理應守護皇帝的魔法劍衛，就是像你這種人嗎？』

他完全不想要我的答案，自顧自地說完，就將頭轉開。

『你說自己應該效忠皇帝，卻不想做，我答應長老去監督，也不見得一定要做到吧？從哪裡來就回哪裡去，少來煩我。』

少年明明只是皇帝的侍讀，在宮中不算有什麼身分地位，說話的態度語氣卻充滿高傲。

那之後我偶爾也會看到他，他對所有的人總是視而不見，看不出有什麼在意的東西，也看不出心裡在想什麼。

而下一次我再近距離接觸到他時，已經是一個無可挽回的局面。

原本應當潔淨的地面，被暗紅色的血大量染紅，接近乾涸的血液來自倒臥地上，早已沒有氣息的少年皇帝，而凶手被按住跪著，低垂的頭使得臉孔被頭髮覆蓋，看不見他的表情。

皇帝死了。被長伴於身側的侍讀殺了。

事發後經歷了好一段時間才被發現，長老們進來時，只看見安靜坐在屍身旁的少年，即便震驚，也無法改變已經發生的事實。

『你為什麼這麼做！你瘋了嗎！他是擁有王血的皇帝，沒有任何人能夠取代，你到底在想什麼！』

行凶的少年緩緩地抬起了頭，空洞的眼睛慢慢聚焦，然後他扯動了僵硬的臉部，露出了扭曲的笑容。

『這樣，不是很好嗎？再也不是你們的了，你們也不必想著要怎麼控制他，他也不必再為誰做什麼，通通都去死吧，連我也一起殺掉，什麼都不剩，西方城就剩下偉大的長老們跟忠心的魔法劍衛，多麼美好的景況？』

其中一個長老揊了他一巴掌，使他的臉偏向一旁，這麼做只是洩憤，什麼也無法改變，大家都很清楚。

少年的視線捕捉到了我的身影，不自覺地與我的視線相對了。先皇的絕望像是重現在他的身上，儘管他不是皇帝，他沒有被逼著坐上那個不自由的位子……

『把他帶下去！』

少年被拉了起來，等待著他的，可以預見是一片黑暗的未來。

『慢著。』

猶如鬼使神差，我向前踏了一步，阻止了接下來的事情發生。

『將他留著，還有用處，我們不能讓人民知道我們失去了皇帝，王血注入儀式即將到來，他必須扮演我們的皇帝，安穩民心。反正以前也做過替身，應該很習慣了，與其殺了他，不如想想他有什麼利用價值。』

少年盯著我看的眼神帶著懷疑，皺起了眉頭，似乎在分析我的用意。

『就算欺瞞這段時間，最後王血注入儀式還是無法執行的！這事情到底該……』

『我有恩格萊爾的血。』

不知基於什麼樣的理由，少年眼中那求死的神色消退了，他平靜地說出了這樣的話。

『在他死之前，我保存了血液，當然，放在哪裡是不會告訴你們的。』

姑且不論王血注入儀式在只有血液，沒有皇帝本人配合的情況下是否能進行，這已經是他們最後的希望了。

當然少年也有虛張聲勢的可能，只是他不是笨蛋，他們也都認為少年知道失去王血、儀式失敗的嚴重性，所以在動手讓皇帝死亡前留了後路的說法，可信度很高。

但那實在是因為長老們錯估了少年扭曲的程度，直到不久之後，他們才會明白。

讓少年暫代少帝的提案就這麼被接納了，少年也接受了這樣的安排，而我自然必須陪伴少年左右，以免他又做出什麼可怕的事情。

『你為什麼要救我？』

與少年單獨相處的第一天，他就冷漠地問了這樣的問題。

我答不上來，所以維持沉默。

『總不會是一時興起吧？』

少年換上了屬於皇帝的華貴衣衫，合襯著他高傲的態度，而我依舊沒回答他的問題，只給了不太相關的回應。

『我是您的魔法劍衛，無論何時都會站在您這邊。』

我可以感覺到我的虛偽，少年自然也覺得從我的話語中找不出半分真誠。

『哦——這樣嗎？西方城皇帝終於有了一個效忠於他的魔法劍衛？恐怕連續好幾代的先

帝都要喜極而泣了呢？』

『……』

我沒有接他的話，他彷彿覺得這樣的反應很無聊，但他還是繼續說了自己想說的話。

『總而言之，你會幫我，是嗎？是什麼理由我不知道，但只要這點是確定的，其他倒也無所謂。』

『我會站在您這邊，您可以放心。』

我確實也沒有非得效忠長老不可的理由，若過去是為了得到權力，在擁有這麼多年後，也早已厭倦。

『黑桃劍衛終於想效忠皇帝了，真是令人高興呢。不過，我可不是真正的皇帝啊？你到底哪裡有問題？』

我還是閉著嘴不回應。

若說本以為沒有良心責任，卻會因為接觸到那種內心侵蝕至頂的絕望而感到刺痛……那到底能怎麼說明呢？

『你真的要站在我這邊？世界毀滅也沒有關係嗎？』

少年問了這個問題。這種事情我確實不怎麼在意，不管他是不是在說笑。

『暉侍呢！你把暉侍當成什麼了！』

『先皇將他的孩子託付給我。暉侍的事情，我很抱歉。』

明明所有的承諾都只是不具真心的謊言，我還是拿了之前的承諾當作藉口。

先皇不過是隨口問問，我也不過是敷衍應答的，從來都沒想過真的去做什麼，暉侍死了，我自然不會有任何感覺。

少年在發洩完情緒後很快就算從茫然轉為鎮定，每一次都是這樣子的，所以只要說一些平穩不刺激他的話就好了……

『奧吉薩，你這個人一定是天生少了什麼東西，簡直有病。』

當少年反感地對我這麼說時，我確實又一次啞口無言。

其實從以前到現在，我從來沒走上正軌。

一直都是個不稱職的魔法劍衛，多少年的日子也就這麼過下來。

原以為會看到一個邁向末日盡頭的世界，然而擁有王血的皇帝又回來了，而少年是怎麼打算的，我依舊看不透。

『只有你明知我是假貨，還不反叛，等到本尊出現在你面前時，你又打算怎麼面對他呢？「西方城皇帝的黑桃劍衛」？』

少年總是喜歡問一些很難回答的問題，排遣他的無聊情緒。

『如果他真的質問我為什麼支持您，我自然會想出答案回答他的。』

只是那時候，說出口的理由，是否又會是謊言呢？
我不知道。也許終有一天，會知道吧。

The End

✣人物介紹（違侍版）

范統：

跟珞侍走得很近的一個新生居民。到東方城雖然還沒滿一年，但也好幾個月了，卻還是草綠色流蘇，顯見沒什麼特殊，不是個人才，我早就跟珞侍說過不該隨便跟低賤的平民接近了，那只會降低自己的格調水準，偏偏他就是不聽，現在人還背叛女王陛下逃離東方城了，最後受到傷害的還不是珞侍自己嗎？可恨的新生居民。

珞侍：

女王陛下的繼承人，東方城五侍之一。我剛進神王殿時，他還只有一歲，完全就是個無法自己生存的小動物的樣子，尊貴的女王陛下自然是不會親自照顧他的，這種事情本來就應該交給侍女做。不過綾侍不關心他，音侍又粗魯得像隨時可以不小心扼殺好幾隻小動物，負責照顧他的侍女感覺也只是盡義務而已，沒有用心，所以我就……我真的只是擔心東方城唯一的繼承人還沒長大就死掉而已！況且他長到現在一直都很不可愛！而且越大越不可愛！但是……小孩子還是要好好教導他才行……幸好他又活過來了，東方城的繼承人是很重要的……

月退：

明明就在我的眼皮底下，我居然沒發現他是落月少帝！這是我人生中的汙點！不過，落月少帝居然埋伏到我們東方城來了，這到底是什麼樣的陰謀？之前派暉侍滲入就已經很過分了，這次居然是少帝本人親自來？落月是出了什麼問題？這樣欺騙珞侍的感情很有趣嗎！看在他救了珞侍的份上，我可以稍微不計較一點，但是珞侍會死也是落月的人害的吧！沒把國內的問題處理好連累我們東方城，還是一樣不可原諒啊！

硃砂：

我很忙，我也不是每一個新生居民都知道的。就各種數據顯示，新生居民多數沒有認識的價值。

璧柔：

哼，我本來以為她是新生居民，結果沒想到又是落月的奸細。音侍跟這種女人混在一起，活該被欺騙，像他那種無腦笨蛋自然是不會有什麼識人眼光的，全都是他自作自受，我一點也不會同情他。不過，戰場上聽到的愛菲羅爾到底是……？愛菲羅爾不是落月少帝的護甲嗎？可是這女人是人啊？可惡，要是眼睛能看清楚一點就好了，可能該配新的眼鏡了……

米重：

東方城長居的新生居民。他是個很令人厭惡的傢伙，偏偏又很狡猾沒有什麼明顯的錯誤可以抓，不然我早就判他死刑了，相信英明睿智的女王陛下一定也會贊成這個決定，此人不只帶壞東方城的風氣，還不可饒恕地進行各種非法情報販售，我總有一天會抓到證據的！我跟他買情報也只是為了蒐證而已！

綾侍：

東方城五侍之一。如果說音侍是粗枝大葉的莽夫，綾侍就是真正卑鄙陰險該殺千刀的小人！我覺得他一定知道什麼、不，他根本什麼都知道，唇邊常常浮起的那種陰險微笑讓人看了很不舒服！總是在想各種詭計暗算我！明明只是個迷惑女王陛下的妖孽啊！而且他到底哪裡看我不順眼，一直私底下偷偷針對我啊！

音侍：

東方城五侍之一。對神王殿的運行毫無幫助的蠢才。我真的覺得他應該被從侍除名，他到底做過什麼侍該做的事！成天只會胡搞亂來，還對女王陛下不敬，做了一堆該治罪的事情卻一再被女王陛下寬恕！他渾身上下可以被人稱讚的地方也只有那張可恨的俊臉跟不合理的實力了吧？總是在我看得到的地方虐待從我這裡走失的小動物，一定是跟綾侍串通好表演給我看的！

違侍：

我也是東方城五侍之一。在我進神王殿的時候，音侍跟綾侍就已經在了，好像不會老的妖怪一樣，而我這些年努力於政事，竭盡心力付出一切只為了讓東方城更好，比起某些掛著侍名號打混的人，我覺得我非常對得起我的職位，至於民間的反彈聲浪，顯然都是些不明白道理的垃圾新生居民造成的，之後勢必還要繼續肅清！

暉侍：

東方城五侍之一。不過他是落月的間諜，也不配掛著五侍的頭銜了，只是女王陛下一直不肯公開這件事情，讓他還保有一絲名譽……我想這也是為了東方城著想吧，傳出去還是有點不好聽的，這個忘恩負義的傢伙。

矽櫻：

東方城女王。女王陛下是我憧憬追隨之人，她那冷酷高傲的姿態深深吸引著我，我覺得王者就該有這樣的氣勢，而她端莊美麗的身影也襯托出她高貴的氣質，東方城能有這樣的女王，真是東方城的榮幸；相較之下，落月的皇帝就糟糕太多了，完全不能跟我們的女王陛下相提並論。

恩格萊爾：

西方城的皇帝。不就是剛才提到的那個新生居民嗎！沒有必要再說一次吧！

那爾西：

根據戰場上發生的事情，這個名字應該是那個假冒少帝的人的本名吧？這種人渣應該下地獄！居然公開殺害我們東方城的繼承人！王血注入儀式也是他破壞的，根本戰爭什麼的都是他搞出來的，明年的新年祈願我要改成咒殺他！

伊耶：

落月的鬼牌劍衛。雖然政治上需要調查這些人的資料，但我沒什麼特別的感想，而且……

我不想稱讚敵人，可是我不管再怎麼愛國，也說不出我們五侍的素質比較高這種話。

雅梅碟：

落月的紅心劍衛。我對落月少帝的走狗不感興趣，就這樣吧。

奧吉薩：

落月的黑桃劍衛。我認為他一定也是那個偽帝的幫凶，這些人全都泯滅良知！

天羅炎：

落月少帝的配劍。提起這個名詞，我好像還沒看過女王陛下拿希克艾斯的樣子，不曉得有多麼英姿颯爽啊……

焦巴：

音侍那個腦袋有問題的傢伙說這是一隻小花貓，我抱持著嚴重懷疑的態度。

噗哈哈哈：

這莫名其妙的笑聲是什麼東西？是故意寫來嘲笑我的嗎？給我收斂一點！被我發現是誰做的一定判死刑！

國家圖書館出版品預行編目 (CIP) 資料

沉月之鑰．第一部（愛藏版）/ 水泉作．-- 初版．-- 臺北市：臺灣角川股份有限公司, 2024.01-

冊；　公分

ISBN 978-626-378-301-0(卷 1：平裝). --
ISBN 978-626-378-302-7(卷 2：平裝). --
ISBN 978-626-378-303-4(卷 3：平裝). --
ISBN 978-626-378-304-1(卷 4：平裝). --
ISBN 978-626-378-305-8(卷 5：平裝). --
ISBN 978-626-378-306-5(卷 6：平裝). --
ISBN 978-626-378-307-2(卷 7：平裝). --
ISBN 978-626-378-308-9(卷 8：平裝)

863.57　　112017496

【愛藏版】

沉月之鑰

第一部・卷四

作者　水泉
插畫　竹官

2024年1月25日 初版第1刷發行

發行人　台灣角川股份有限公司
總監　呂慧君
編輯　溫佩蓉
書衣設計　單宇
設計主編　許景舜
印務　李明修（主任）、張加恩（主任）、張凱棋

台灣角川

發行所　台灣角川股份有限公司
地址　104 台北市中山區松江路 223 號 3 樓
電話　(02) 2515-3000
傳 真　(02) 2515-0033
網址　http://www.kadokawa.com.tw
劃撥帳戶　台灣角川股份有限公司
劃撥帳號　19487412
法律顧問　有澤法律事務所
製版　尚騰印刷事業有限公司
ISBN　978-626-378-304-1

※ 版權所有，未經許可，不許轉載。
※ 本書如有破損、裝訂錯誤，請持購買憑證回原購買處或連同憑證寄回出版社更換。

©水泉